# 因，父之名

李京怡 著

山东画报出版社

# 自　序

写《因，父之名》是我奔三前的事了，真没想到全部完工是在奔四阶段，没搞明白自己怎么会花了这么长时间。此前这些文字始终没有活过来，缺乏灵魂。我是我，它是它，我俩就像是彼此看着对方的陌生人。直到有一天我主动跟它来了情绪，合二为一。刚刚有了好的开始，我却因世间繁杂事暂且离开了这些文字，反反复复，纠结游走于两个看似不相关联的状态。就像围城，人向往自己缺失的部分。人说：人不贱，枉为人。我说：活人不让死话套牢。思维决定行为；行为决定习惯；习惯决定性格；性格决定命运！算是一种领悟吧。

小说，我认定它是随心所欲的世界。

我们这代人经过了很多世事变化：黑白电视到彩色电视，搓衣板到洗衣机，拍洋画到看漫画，打弹子到打台球和高科技产物的电子游戏机等……不必说，别人也能看到这些物件烙印在我们这代人身上的气息。这个世界很浮躁，人与人失去了信任。小说世界里可以肆意地抒发情感发泄情绪，找到心灵深处的安慰，这个世界可以成为人与人互诉真情的"平台"。我总想在这个"平台"中去寻找"知音"，向它（他或她）诉说内心的矛盾，迷茫，这就是小说。

一个故事的结束是另一个故事的开始，人的一生重复着不同的故事。从出生那天就没停止过，痛苦大于幸福，我用平和的心态去享受去面对。回望三十岁前的自己，扮演过不同的角色。在"工作"岗位上不停地上下，在公安局里做过临时工，光荣地成为过中国人民武装警察部队的战士——说起这事儿，我再次看到了当新兵授列兵衔仪式在遵义会议举行时，那颗全心全意为人民服务的心，荣誉感让所有人流下过幸福的眼泪。后来我离开了，考上了我只有在梦境中才会出现的大学。

呵呵，多了，咖啡喝多了。

昨天的一幕幕就像是一幅幅电影的画面在我脑海里浮现。而这些画面的背后都离不开一个导演，那就是父亲。人生如戏，在父亲导演的戏中我只能是故事里的角色任由摆布，衡量剧中角色的"好坏""表现"，标准永远在"导演手中"。

三十岁之后我忽然明白，世界本无"好坏"之分，只有"准确"与否。每个人都有权力去导演自己的"人生戏"！我希望我的孩子去完成他们的故事，解放天性，自导自演。因为现在的我，也是父亲。

# 目　录

第一章　小于　1

第二章　妈妈　43

第三章　忘记名字的女孩　63

第四章　杜老师　85

第五章　二五仔（上）　105

第六章　二五仔（下）　135

第七章　白粉仔　155

第八章　于丽娜　179

第九章　表哥　203

第十章　路班长　229

第十一章　陈队长　249

第十二章　老何　273

第十三章　妈妈　293

第十四章　陈正　315

第十五章　李璐　335

第十六章　爸爸　355

# 第一章　小于

我给小于打电话是要告诉他我要结婚了，在我给他打电话之前离开陕西路的时候，"YY"在我的身后倒了下去，"轰"的一声，紧接着路人开始发出尖叫声，而我离它还有些距离，并没有反应过来发生了什么事情，陕西路很快便被烟尘覆盖，我跟着散开的人群一起往陕西路的尽头跑去，大家都停在了陕西路的尽头，这时我才反应过来，"YY"终于被拆掉了。说它终于被拆掉了是因为在我的印象中，"YY"被拆掉用了很久的时间，大约有半年的样子，每次经过陕西路都能看到工人们在忙碌，可始终都没有什么大的变化，我并不懂拆迁这方面的事情，可我能感觉到，这个速度是不正常的。终于有一天，它自己倒下去了，而且就在一瞬间发生了。打给小于的电话是他老婆接的，在电话里我听到了小孩的哭闹声，小于老婆告诉我小于在和几个北方人做生意，陪客人喝多了在睡觉，我在电话里听到了小孩的哭声，她一边跟我说话一边哄着小孩，我说了声"打扰了"挂了电话。

烟尘开始覆盖到了陕西路的尽头，人群没有散开的趋势，反倒有越来越多的人聚过来看发生了什么事情，打完电话后我的牙齿感觉有一些涩，嘴里进了灰，我朝地上吐了吐唾沫，挤开人群离开了。在我离开的时候，一辆警车鸣着笛朝着陕西路开过来。

陕西路是贵阳曾经的中心，相对于这个城市的其他街道，它要宽敞和笔直一些，有北方的朋友曾经笑话过我这个说法，可我说的是事实，在贵阳这个到处都是山丘，依山势而建城的城市来说，像陕西路这样的街道的存在是一件奢侈的事情。这座城市被南明河一分为二，自南向北像是一个斜面的坡，由于地处高原，城市周围又都是人山，而城市里也难有平坦的地方，所以整个城市的街道都是弯曲且起伏的，街道大都狭窄而短小，街道的两边甚至都不处于同一个水平上。而处在南明河西边的陕西路则是个例外，这条街道宽敞而笔直，这样奢侈的街道自然会被充分利用，这个城市的第一家的士高"YY"便建在这里，穿越城市中弯曲且起伏不断的街道来到陕西路——尤其是在夜晚——简直像是来到了另一座城市，宽敞笔直的街道，闪烁的霓虹灯，熙熙攘攘的人群以及他们漂亮的穿着，这些都不像是这个城市里会存在的事物。离开陕西路，仅仅几米之遥，便又会回到那些弯曲且起伏的街道上，在那些街道上矗立的，则是一些普通甚至有些丑陋的建筑。

刚刚倒下的"YY"建在这条街道的中央位置，很醒目，天刚刚黑的时候，霓虹灯便会亮起来，大大的"YY"两个字歪歪扭扭地挂在这座在当时看上去要崭新很多的建筑物上面。在当时，每一个少年都对这里充满了好奇，我也一样，而第一次带我走进这里的人，就是我的朋友小于。可我的朋友结婚的消息我却是从别人那里听来的，他没有邀请我参加他的婚礼，我也没有见过他的老婆，他什么时候有的孩子我也不太清楚，我们已经很少来往了。

　　两三个小时后小于打过来电话问我什么事，我先跟他说了"YY"的事，他说全贵阳人都知道这件事了，是一场事故，听说还死了人。我不知道该怎样接他的话。然后他很严肃地问我还有别的事吗，我沉默了一会儿说没了，就这个事。气氛变得很尴尬，两人突然间都不知道该说什么，后来我主动挂的电话，我说有空了出来吃个饭，让我也见见嫂子和孩子，他说行，有空了再说吧。我知道"再说吧"就是拒绝的意思，但是我还是很客气地说，好，有空了给我电话。然后他说好就挂了电话。

　　听他说话的声音，我能大致想象到他现在的样子，一定与我印象中的那个小于有着天壤之别。我初三的时候便从学校退学回家了，离开学校的日子我无所事事，每天都在这个城市里弯曲起伏的街道上游荡，我经常会因为一点点小事就跟人吵起来，我喜欢用拳头解决问题，即便是处在完全劣势时也是一样。在十二中门口，同样是无所事事的游荡时，一堆学生围着另外三个学生，看样子是要教训他们，看到那几个学生处在明显的弱势，我便冲上去帮忙，结果那几个学生却趁机跑掉了。剩下的人把火都撒在了我的身上，他们有十几个人，可我绝不会坐以待毙，我的身材并不高大却很强壮，他们的老大先冲上来想打我耳光，反倒被我给了一嘴巴，老大一声令下，小喽啰们冲了上来，一开始我还能勉强招架，可毕竟耐力有限，最终我被他们架到了巷子深处教训了一顿。

挨打后我每天都守在十二中门口找机会报仇，可一直没有找到打我的那些人。直到有一天我爸做完生意回来，他知道了我挨打的事情，然后他笑了好久，第二天小于就来我家里了，我爸跟我们说，挨了打就得打回来，你跟小于去找，是谁打的你，你去打回来。这就是他的规则，他面对世界的方式，他已经是一个中年人了，可浑身都充满了攻击性，他总是告诉我自己还很年轻，还有很多的事情要去做。他对了自己的选择总是极端自信的，这种自信来源于我刚刚出生的时候，那时候爸爸辞去了爷爷为他安排的工作，那是八十年代初，下海潮悄悄地来到这座当时还很封闭的西南高原城市，勾起了一些不愿安于现状的人的欲望，爸爸便是这样的人，他也在那时候成了贵阳人眼中的异类。不过如果以他现在的状态来看，那时候他选择辞掉工作自然是无比正确的选择，他在做着贵阳最大的一家出租车营运的生意，另外一家和他竞争的出租车营运公司早已失去了竞争力，倒掉只是时间问题。可他那时候究竟是一时的冲动还是有过周密的考虑我也不清楚。爸爸很高大，说话声音大，饭量也大，他在吃饭的时候和我谈这件事情。

"你打不过他们吗？"他边吃边说。

"他们人太多了。"我说。

"小于来了就行了，人就够了。"他说。

"小于是哪一个？我不用别人帮我打架。"爸爸身边跟着很多人，我印象中记不起有叫小于的。

"你管他是哪一个！我叫他去帮你打回来，你跟着去打回来就是了。"我爸爸说。

"我的意思是……"我其实还有一些自己的疑问，不知道为什么会这样说。

"你意思什么？挨了打就打回来，就这么简单，我都安排好了，小于明天来家里，你跟着去。你多吃点饭，吃饱了才有力气，饭量要像你爸我这样大。"他对自己的饭量很是自信，也不容许我打乱他的计划。

如果要我自己来选，我宁愿再去挨一次打也不要爸爸找一个人来帮我打架，可我没有反驳的机会，小于来了。那是我第一次见到小于，他个子不高，穿一件灰色的衬衣，看上去并不威猛，甚至有一点点瘦弱，说实话在我是有一点点怀疑他的，只不过后来他自己用行动打消了我的疑虑。而那件初次见面时他穿的灰色衬衣，后来成了他的标志，任何季节，他都能用各种方法穿着那件衬衣，或者套上外套，或者挽起袖子。在我印象中，他换衣服的次数其实并不少，可唯独那件衬衣令我印象深刻。

我们找了一个周五的下午，在十二中门口扎了点，小于没有带人来，他告诉我，一个人就够了。十二中是一所普通高中，它的围墙是一个圈，圈里面是学校，而圈外面，是一个通着的环形巷子，巷子里住着居民，路是用石板铺成的。那天小于带了一把刀，刀很长很大，看起来很威风。放学铃还没响的时候就有几个学生先出来了，他们便成了我们审问的首要对象，几个孩子被我们带到了环形巷子里，小于把刀从背上拿下来，用手指有节奏地弹着刀面，我也把刀拿过来，学着小于的样子弹着刀面，甚至顺势挥了几下。这种感觉很奇特，浑身起了鸡皮疙瘩，似乎这刀有种特殊的魔力，这种魔力诱使我继续挥刀。那几个孩子被我吓坏了，放学前，他们便交代出那天打架的几个头头，然后小于留下了其中一个，让剩下的几个去把那几个头头找来。过了一会儿，那几个头头便出来了，他们叫着喊着走出了学校，然后跟着那个孩子走到了巷子里，看到我们的时候，他们中的一个转身就跑，其他人一看，也马上反应过来跟着就跑，可他们跑错了方向，巷子只有一个出口，就在学校门口正对着的地方，可他们却往巷子深处跑了，小于和我分成两路，在巷子深处截住了他们。在追逐他们的时候，那种奔跑是很刺激的，在石板路上，听着自己的脚步声和喘息声，巷子两边的建筑快速地从我身边闪过，也有路人麻木地站在边上看着我们，我很享受这种追逐的感觉，像是猎人在追逐猎物，能听到风的呼啸声。后来同样是用弹刀面的方法，使他们在十几分钟后，承认了打我的事情，不过他们都只是说那天打架有他们，一到是谁打了我这个问题上便互相推来推去。小于让他们全部蹲在地上，让我挨着一个一个打，其实这时候打架的乐趣早已没了，他们明显是弱势，不会再反抗我们，也不敢再逃跑，我觉得很没有意思，象征性地扇了每个人几巴掌，然后说可以了，小于便把他们放了。

晚上我们一起去吃了饭，吃的酸汤鱼火锅，那家店不大，但是客人很多，店里装修成了苗族山寨的感觉，在饭店的门口，有穿着民族服装的姑娘跳着舞欢迎客人。

"这里的服务员可都是苗族人哦。"小于说。

"真的吗？看着不太像啊。"其实我对这个问题没有多大兴趣。

"当然是真的。这里有两个老板，大老板和二老板还有些矛盾呢。"小于兴奋地说。

"这跟我们吃饭又没什么关系。我以前没怎么见过你啊，你在我爸那里做什么工作啊？"我说。

"什么都做。哈哈。"他的笑声很尴尬，很明显不想正面回答我的问题。

关于他们的服务员和老板都是苗族人这件事我后来求证过，结果是不管老板还是服务员都不是苗族人，只不过他们穿着苗族的服装跳着苗族的舞蹈欢迎来吃饭的客人罢了。可至少在当时，小于告诉过我诸如此类的很多事情，去任何地方，他都要跟我说一大堆关于那个地方的一些背后的事情，比如老板和二老板的恩怨，或者是某个地方的风水的讲究之类的。我那时候在这方面很崇拜他，他比我大五岁，或者多一些或者少一些，但应该就是在五岁左右。

开始喝酒之后我们又东扯西扯说了很多无聊的话题，酒精使我有一点点的迷糊,可我还是想搞清楚他和我爸究竟是什么关系。

"你肯定不是出租车司机吧?"我喝了一杯酒之后问他。

"当然不是啊。"他说这句话的时候语气有些强硬,似乎我说他是出租车司机侮辱到了他。

"我爸就是做这个生意的,那你不是出租车司机你做什么啊?"我问。

"你还小,说了你也不明白。做出租车生意可不光是有出租车司机这么简单啊。"他说。

"我可不小了,你跟我说说嘛。"为了给自己说的这句话提供证据我连着喝了两杯。

"慢点喝慢点喝。你以前有像这样打过架吗?"小于问。

"当然打过了,这算什么!我在广州上学的时候可是学校里的老大啊。"我自豪地说。

"这么厉害啊,这个我得敬你一杯了,来,喝!"小于说着就举起了酒杯,一饮而尽,他巧妙地躲避了我的问题,还把我带到了另一个话题上去。

后来我们讨论着关于打架的事情继续喝酒,小于喜欢一道菜,具体的名字我忘记了,是我们那里特有的菜,长得像树根,味道也像树根一样,我不喜欢那道菜,可小于很喜欢,他每次都能吃很多,而我吃上一两口就吃不下去了。那天我们都喝醉了,他也没有告诉我他在我爸爸那里究竟做什么工作,总之就是来帮我打架就是了,喝完酒后我晕晕乎乎地回了家,第二天醒来的时候已经是下午了，我给小于打了电话，他没有接。后来我们很长时间没有见面，我也忘记了小于帮我报仇的事情。而那个时候，我爸爸总是忙着生意上的事情，我妈妈也经常不回家。

　　这样奇怪的风平浪静的日子过了很久，直到有一天小于带我去了"YY"。我们是在"大大"旱冰城里遇见的，那时候这个城市里的年轻人大多聚在这里，像小于那样年纪稍微大一些的人并不多，大多数都是像我一样十五六岁的孩子，大家叼着烟，一堆堆聚在一起，有男有女。旱冰场处在一栋稍微有些破旧的建筑的二层，整个建筑的二层都被它占据，所以它在当时也算是很大的旱冰场，它的内部是一个规则的"L"型，自南向北，在"L"型的角落里，则是一个唱卡拉OK的地方，有很多男孩在那里唱歌，他们大多数五音不全，但总能换来一些掌声和口哨声，偶尔还会有女孩的尖叫声。有那么一段时间，我在广州读书，在那几个从广州回来的假期里，我每天和一群女孩混在"大大"里，她们中的一些染着黄色的头发，抽着烟，在"大大"里不停地穿梭着，伴随着卡拉OK里传出的跑调的歌声。"大大"是她们的玻璃鱼缸，她们是"大大"的金鱼，她们在"大大"里是享受的，至少在她们看来，这里有她们需要的水草和食物，她们才不会厌倦那日复一日的重复。那天我是一个人去的旱冰城，我去广州读书回来后，里面的很多人我就认不出来了，我不知道他们是什么时候从这个城市的哪个角落里蹦出来的。那天我并没有滑旱冰，我穿着旱冰鞋坐在一边，看着那些和我一般大的奇怪的孩子从我面前经过，看着他们染着奇怪颜色的头发和胳臂上的纹身。小于从我身边经过了两次我才发现了他,我喊了几声,他停了下来坐到了我的身边,我递给他一支烟,他点上然后脱掉了旱冰鞋,他用的是一个新的zippo打火机,银色的打火机,打开时发出清脆的响声,他想做出一个潇洒的动作来使用这个打火机,可他还不是很熟练,动作有些生硬,这样的打火机在当时的贵阳很难见到,以我对小于的判断,他没有办法自己买到这样的打火机。

"你也来这里呀?"我笑着问他。

"当然啦,我这么年轻。"他一边大口地吸着烟一边说。

"你的打火机很好看啊,哪来的?"我抑制不住自己的好奇心,看着他说。

"嗨,别问这个了,你喜欢啊?"小于收起了打火机。

"嗯……很好看啊,能借我玩玩吗?"我试探着问道。

小于没有说话,他使劲地抽完了嘴里的烟,突然问我想不想去"YY"玩玩。那时候"YY"刚开业没多久,很快就成了贵阳最火的夜总会,在我看来,那个地方,像我这样十五六岁的少年是没有资格进去的,当然,并没有这一点的规定,只不过我觉得去那里的人至少也都是二十岁的样子,所以我就自动把自己排除了。我当然是愿意去的,我们一起去还了旱冰鞋,离开了"大大"。

第一次走进"YY"的时候我是很紧张的,这种紧张感让我忘记了小于没有借给我打火机的不快,这里和"大大"很不同,"大大"是破旧的嘈杂的,可"YY"是有些精致的,小于带着我推开了"YY"的大门，三色的玻璃门，从左至右，红白蓝三色，然后由金色的门框包围起来。推开大门之后先是一个楼梯，然后走到高处，里面的音乐声就传了出来，这里的音乐声当然不会是"大大"那里的少年的嘶吼，这里有一些专门的乐手和歌手。关于这里的乐手和歌手，小于后来又告诉了我很多故事，我没有求证过，也不知道是真是假。我一直觉得"YY"的楼梯很奇怪，走到高处之后又要往下走，又回到和进门时一样的水平，楼梯倒像是个屏障，这个想法我没有告诉小于，后来去的次数多了之后我也就习惯了。"YY"的大厅并不大，小于跟我说过"YY"的舞台可以升降和旋转，可我一次也没有看到过。

那天我跟着小于，离开有些破旧的"大大"，穿过一条街，推开一个由红白蓝三色组成的玻璃门，走上一段奇怪的楼梯，然后就进入到了一个自从它诞生就盼望着能走进去的空间里，在从高处走向大厅的那一瞬间，我有一点点的眩晕感，我跟在小于的后面，坐到了一个角落里。这里和"大大"完全不同，这种不同竟使我有些莫名的兴奋，从我坐的位置看去，整个大厅尽收眼底，形形色色的男男女女端着酒杯，互相趴在耳朵边说着什么，一个穿着大胆的服务员走过来问我和小于喝什么，小于问我，我不知道该说什么，就说我听他的。那个服务员看出了我的紧张，她故意站得离我近了一些，她身上有香水味，这种味道是"大大"里那些穿着奇怪的小女孩身上没有的，她的衣服很暴露，我被她身上的香味控制，眼睛直勾勾地盯着她。点完酒的小于笑出了声，那个服务员也咯咯笑着走了，这使我很窘迫，我感觉到自己的脸在发烫，酒端上来的时候，我很刻意地没有去看那个服务员，可这种刻意也被人家识破了，她照样是咯咯笑着走了。我用大口喝酒来掩饰自己的窘迫，往四周看去，这里到处都是女人，有漂亮的不那么漂亮的，胖的瘦的，无论什么样子，她们身上都有一种我从来没有注意到的女人的气息，这种气息也是"大大"里那些小女孩身上所没有的，我瞬间觉得"大大"里那些小女孩失去了味道，后悔没有早点来"YY"里看看。在大厅的另一边，那里有几个包厢，里面是一些中年男人和年轻女人，他们从包厢出来时看到大厅里的人的眼神中充满了不屑，一个从包厢里走出来的女人从我身边经过，我很想看着她却又不敢看她，可她一眼就看出了我的心思，像那个女服务那样的笑我，可这一次我没有觉得窘迫，却意外有些美好的感觉，是那种掺着酒精，想要靠近她的冲动。意外的是，她竟然认识小于，不知道他们是什么关系，她走过来和小于喝了一杯，我也意识到她刚才的笑是和小于有关的，小于介绍我们认识，她的名字很明显不是真名，我说自己叫安安，她和我喝了一杯，又和小于喝了一杯。她的身材很好，穿着高跟鞋，离开的时候我一直看着她的背影，直到她消失在一个包厢里。

我觉得自己醉了，有一个穿着旗袍的女歌手在舞台上唱邓丽君的歌，她的声音听上去很妖冶，在那个有些妖冶的歌声里，小于一直要我喝酒，我便听他的，一直不断地喝酒。在我明显地感觉到我自己已经完全醉了的时候，我还在继续地喝，停不下来，后来那个穿着旗袍的女歌手离开了，换了一个男歌手上台表演，再后来我就不知道那个男歌手之后是谁来表演了。我也不再关注"YY"里那些令人紧张的女人，放弃了等待和小于喝酒的那些女人从我一直注意着的那一个包厢里走出来，我的脑子一直嗡嗡作响。

恍恍惚惚中我感到自己被一个大手提了起来，音乐声尖叫声一下子穿过了我的耳朵，然后绕着墙壁飞快地跑一周又再次穿过我的耳朵。我转过身看着那个大手，一个大高个子的胖子满身酒气地站在我面前，后面跟着一群年龄和我差不多大的小孩，胖子扇了我一巴掌，这一巴掌很重，我一下子清醒过来，我下意识地伸手去打他，可是没有打到他。这时候我听到了连续不断的尖叫声，酒精使我无法站稳，我倒在了沙发上，可同时我又看见那个胖子也倒了下去，小于站在他的后面，拿着一把椅子往他的头上砸。我试图站起来，我能感觉到自己要冲上去和小于一起去打那个胖子，可事实上我连眼皮都抬不起来，重重地倒在了沙发上。

第二天醒来的时候头很痛，我发现自己躺在医院的病床上，小于在一边朝我鬼笑着。我不知道怎么了，愣在病床上。

"你他妈的也太不能喝了吧，你把自己喝医院里了。"小于一边说一边笑着。

我还是发着愣，头很疼，全身都是酸的，嗓子特别的干，小于递给我一瓶水，我一口气喝光了它。

"慢点慢点，别又呛出病来了。"小于在一边笑着拦我说。

我有一点不好意思，被小于看了出来，他笑得更厉害了，护士过来提示他声音太大了他才停了下来。

出院后小于告诉我在"YY"打我的人是十二中那一片的老大,叫大傻,我笑了笑,是挺符合他的形象的。小于说我们上次在十二中打的人里面有他的小弟,现在他要出来替他的兄弟报仇。小于说完这些的时候我突然有了一种身在江湖的感觉,我感觉我和小于像是两个刀客,因为意外卷入江湖纷争,现在别人来寻仇,而我们要趁这次机会扬名立万,立足江湖。我想起了在广州读书的那些日子,如果把这里比做江湖的话,那那些日子就是我在小岛上修炼的日子。我把这些想法告诉了小于,小于没有理会我,他可能觉得我很幼稚,连我的话都没有接,只是告诉我两天后在花果园立交桥下见面。花果园立交桥在贵阳市郊,这个地点的选择使我对这次打架充满了兴趣,远离城市,立交桥下,两帮人的大战斗,听起来都很刺激,令人兴奋。

我一直期待着那天的到来,两天里我都没有睡好觉。小于把他的刀送给了我,出发前,我学着小于的样子将刀背在了背上,那时候我才刚刚开始长个儿,刀背在我的背上显得很奇怪,我早早地就到了立交桥下,坐在一边将刀放在腿上。花果园立交桥是一个低矮的立交桥,其实这个城市里的立交桥都很低矮,几乎没有特别高大的气势恢宏的立交桥,可能和地势也有一些关系吧。立交桥下很少有人经过,偶尔经过的路人都会冲我看看,我抽着烟,在他们看我的时候抬起头冲着他们吐烟,他们便加快步伐离开了,我当时很有成就感,那天我抽了很多烟,抽到嗓子都发疼了。

大傻那边的人到的时候小于还没有来，大傻那边加上大傻一共来了八个人，我当时有一点点害怕，但是我还是装出镇定的样子，抽着烟，冲他们的方向吐着烟，有一个染着黄头发的小弟跑过来问我我们剩下的人呢，我说一会儿就到，然后他又回到他们那边去了。那个叫大傻的老大看起来快三十岁了，他左脚伸到前面斜着站立着，然后身子一直抖，边抖边看着我，我看着他，想起在"YY"里提起我的就是他，我在心里想着等小于带来人之后打他求饶的样子。可这样的想象也熬不过漫长的等待，过了一会儿之后我那种江湖的感觉就都没有了，桥下面很脏，车子从上面开过去后就会有一点点灰掉下来，我把刀放在一边，站起身来，他们那边除了那个叫大傻的大哥之外其他的人都坐在了路边。我等得快要睡着了小于才到，他穿着他那件独特的灰色衬衣，他到了之后我问的第一句话是，就你一个人？他回答说，一个人就够了。然后那边那个叫大傻的老大就过来和他说话，说是要单挑还是群殴，由于桥上面不断地有车经过，他们具体说什么我没有听太清楚，我只是握着刀看着他们，随时等待着去冲锋陷阵，过了一会儿之后我发现，桥上好像是堵车了，而贵阳这个城市其实很少会堵车，桥上的每辆车都焦急地响着喇叭，喇叭声使我的脑子充血，我握紧了刀看着他们。小于和大傻谈了一会儿，大傻往后退了去，出来了一个小弟，看样子是要单挑吧，小于冲我招了招手，我提着刀往前走去，这时候桥上面的汽车喇叭声越来越强了，我正往前走的时候，小于突然拿起刀用刀背往那个小弟背上砸去，然后那边一群人冲了上来，小于拿起刀挥了几下他们就退回去了，这时候大傻往小于这边扑来，我拿起刀冲了过去，我还没冲到小于跟前大傻就停住了，他转身跑了，然后他的小弟也跟在他后面跑了。我一下子愣住了，看着小于，不知道这到底算什么，小于冲我笑笑，说，赢了。我把刀扔在了地上，突然间觉得很无聊，期待了很久的事情，想象中的刀客形象，还有自己所谓的江湖，我突然间明白了那天小于为什么不接我的话，我有些懊恼，把脚下的石子踢来踢去，小于过来把刀捡了起来叫我走，我也只能跟在他的后面离开。我们沿着立交桥下面走着，路上偶尔有人经过。天快黑了，我看着小于的背影，拿着两把刀，走路一晃一晃的，样子很好玩，我的那种懊恼的情绪突然间消失了，我在他身后笑了起来，笑得停不下来，蹲在了地上，小于没有听到，他只是自己往前走着。

　　十二中的老大被我们打败后过了不到一个月我便忘记我们是怎么赢的了，等我再去"大大"的时候已经有人能认出我来了，我很享受那种感觉，那是一种很奇怪的感觉，是一种被人瞩目被人在乎的感觉。我已经被大家遗忘了好久了，离开这个城市去广州上学的这段时间里，我原本认识的人都找不到人了，就好像我一回到这个城市的那一瞬间他们就一起离开了这里一样。我的父母开始频繁地不回家，有一天晚上我睡得不熟，听到了客厅里发出了声音，我起身打开了门走了出去，结果外面空荡荡的，那天我在客厅里坐了一夜，天快亮的时候坐在沙发上睡着了。父母经常不回家的原因就是因为爸爸所做的生意——出租车营运，这个生意听上去并不累，买点车，雇点司机就可以了，可事实上不是这样的，出租车营运生意就和开餐馆一样，老板必须时时刻刻盯着，虽然爸爸下面也有一些人可以去做这件事，可过上那么几天，爸爸还是得自己去盯上几天，跟着这辆车走走，去那辆车里待一待，有时候夜班也要跟，是一件很辛苦的事情。有时偶尔放松几天，就会出现各种各样的问题，比如司机在计价器上动了手脚，或者和另外一家出租车营运的司机起了冲突，这些都得爸爸去自己解决，没有人能够代替他去解决这些问题。有那么一段时间，爸爸刚刚给自己所有的出租车上装上了计价器，还找了三个信得过的人来监督，可事实情况并不理想，最终还是得自己多盯一盯。而他盯着自己的生意，也使得司机们始终保持着积极工作的态度，生意也越来越好。爸爸妈妈不在家的时候，我得自己照顾自己，去外面吃饭或者吃妈妈在家的时候做好的留在冰箱里的剩饭，因此我身上总有一些钱，这些钱可比同龄的那些上学的小孩身上的零花钱多很多倍，我总是将这些钱花在"大大"里认识的那些人身上，大家一起抽烟喝酒吹牛和女孩玩，就是这样，我很少一个人花这些钱，相反，一个人的时候，我总是在家里的冰箱里找到解决问题的办法。现在，我的这些钱又可以将小于召唤出来，一起去做点什么，打发这无聊的日子。

一起喝了几次酒，我开始撺掇小于去找别的老大挑战一下，小于告诉我说不是说想挑战就挑战的，除非等他们来找我们打才可以，他劝我放弃这个想法，报了十二中的仇就可以了。可后来我还是不甘心,小于便教了我一招,我们一起去"YY",在那些老大的桌子边坐下来,等他起身的时候,"不小心"将酒洒在他的身上,他当然不高兴了,要我们道歉,我们执意不道歉,然后大家便吵了起来,最后气不过打了起来,打的时候在"YY"里面肯定闹不起来,最后大家便约时间约地方打架,然后打赢他们。可到了真正实施的时候出了问题,前两个晚上我们都没有遇到小于口中所谓合适出手的老大,第三个晚上终于等到了一个小于表示可以出手的老大,据说此人打架凶狠,打架很少输过,而且喜欢打毫无缘故的架,小于告诉我,有一次这个人在街上瞎晃,有两个外地人看了他一眼,他冲上去就把人家打了一顿,后来还总是发生类似的事情,慢慢地就这样打着打着,他就变成了一个老大了,身后也跟了一些和他性格类似的喜欢无缘无故就打架的兄弟们,如果我们将他打赢,那么我们的名声必然会传出去。

我们盯着这个老大看了很久,一直找不到适合出手的机会,每次倒好的准备洒在他身上的酒因为时机不成熟而被我自己喝掉了。

"就这么一直等下去吗?他一直坐那不动我们怎么办?"我问小于。

"不等了。"小于说。

"什么意思?"我问。

"开始计划啊。"他说。

我兴奋的拿起酒瓶,因为等待太久的缘故,完全忘记了把酒酒在那个老大身上的计划，而是直接拿起酒瓶走到他身边，冲着他的脑袋砸了下去。我没有用太大的力气，因为本身就是挑衅而已，可毕竟是一个酒瓶砸在脑袋上而不是一杯酒洒在身上，我的做法让这个老大和小于都愣住了，包括老大身边的那些小喽啰和附近桌子喝酒的人，大家都愣住了。这种暂时的静止持续了不到十几秒，老大掀翻了桌子，小喽啰们也叫着吹起口哨来，四周的一些桌子上也有人站起来起哄，我一下子不知道该做什么，小于一把拉住我的胳膊，将我往外拉去。那个老大亮出了刀子，"YY"里很多客人开始往外涌，我和小于跟着这些客人一起走出了YY，那个老大和他的小喽啰们在我们身后叫嚣着。

过了两天那个老大约我们见了面，在一个停车场的门口，他告诉我们他叫老五，然后说了一大堆他和每个街的老大的关系，然后还有一些他们的排名之类的，说到最后，提出了一个要求，要我和小于向他道歉，道完歉了事，我和小于当然拒绝掉了。然后就打了起来，这次打架和在立交桥那里不同，是真的打了起来，他们那边一共有十几个人，我们这边是我和小于，一开始几个小喽啰并不是我和小于的对手，可就在我大意的时候我的背上被狠狠地踹了一脚，那一脚踹得我喘不过气来，我在地上趴了一会儿才站起来，在我站起来之前，还有人过来在我肚子上踢了几脚，不过都没有背上的那一脚疼，我躺在地上看着他们，想起了小时候在工业学院爬树的情景，从树上爬上去，有时候会掉下来，如果运气不好的话，身体就会磕到地上的石头上，疼的很久都爬不起来。小于跑来我这边帮我，也被围了起来，小于拿起刀挥舞着，趁着老五的兄弟们向后退的时候带着我冲出了人群，跑了出去。

我们一直向前跑，老五的兄弟们也亮出了家伙，拿着刀在后面追我们，后来这一幕经常出现在我的梦里，我总是梦到被别人追，有时候拿着刀棍追，有时候空手追，有那种几十个人追的场面，也有被一个面目模糊不清的人追的场面，在街上跑的，山上跑的，河边跑的，很多种场景，有些是我去过的地方，有些我压根不知道是什么地方，总之自己总是在跑，不断地往前跑。一辆皇冠出租车停在路边，我们冲进了出租车里。

"不拉活了。"出租车司机闭着眼睛躺在座位上慢悠悠地说。

老五的兄弟们已经追了上来，挥舞着手里的刀往出租车这个方向冲来。

"你不想干了？"小于语气变狠了一些。

"不好意思不好意思，没认出来。是于哥啊。"出租车司机紧张地坐起来，从后视镜里看着我们，发动了车子。

"先往前开。快！"小于说。

司机对于小于的称呼使我感到奇怪，司机看上去比小于大太多了，而小于似乎很正常地接受了一个比他大上很多的人叫他哥这件事，可见在我没有看到的时候他会经常被这些司机以于哥来称呼。出租车往前驶去，老五的兄弟们放弃了追逐我们，一个小弟气急败坏，将一把长刀扔到了发动了的出租车上，我和小于靠在了出租车的座位上，小于的脸上有伤，我的身上到处都在隐隐作痛，小于拿出烟，没有点燃，焦急的摸着口袋。

"王八蛋，把我的打火机顺走了！"小于恶狠狠地说。

"是那个 Zippo 吗？"我一边用自己的打火机帮小于点上烟一边问。

"嗯！王八蛋,等着老子收拾他！干嘛不拉活了？偷懒啊？"小于吸了一口烟说道。

出租车快速的行驶，穿过弯弯曲曲的街道。

"没偷懒。是火车站那边闹事,说咱们的车到了他们的地盘上,我们都不拉活了,都去火车站,看这帮人想怎么样？我刚在路边等着另外一个司机叫我呢。"出租车司机说。

"老板也在？"小于停了一会儿说。

"嗯！"出租车司机说。

出租车很快就开到了火车站，在火车站前面的广场上，一边停着十几辆拉达，另一边停着几十辆皇冠，我们坐的这一辆皇冠也停在了皇冠的队伍里，司机下了车，小于也跟在后面下了车，我正要下车，司机和小于都拦住了我，说怕一会儿会有冲突，要我待在车里别动，我没打算要听他们的，可我的脚刚放在了地上我便看到了我爸爸，他站在一群司机的最前面，后面是这十几辆皇冠，他没有看到我，小于和司机跑了过去，我把脚收了回去，坐回了车里。

对面也站了同样的一群人，也有一个人站在他们的前面，那个人摇摇摆摆的走到我爸爸的面前。

"你的兄弟们不守规矩啊,跑到我的地盘上来拉人啊。"那个人说。

"不好意思啊。这怪我没交代好,我的错。"我爸说。

"也没这么严重,也不能怪你,就是你下面的人的问题。只是这事咱得处理一下。"那人说。

"怎么处理啊?"我爸爸问。

"呵呵。简单,赔钱,道歉。"那个人说。

"谁赔钱谁道歉?"

"谁坏了规矩谁赔啊。"

"是我下面的人坏了规矩吗?"

"是啊。"

"王磊你过来。"我爸冲后面的一堆人说道。

一个胖子晃晃悠悠走了过来。

"跟他说声对不起。"我爸说。

"对不起。"胖子说。

我爸一摆手,胖子退到了他身后。那个人笑出了声,伸出了手,我爸从口袋里掏出一些钱往他手上放去,他愉快地接受了,转身要走,我爸拍了拍他的肩膀,他刚一回头,胖子冲上去一拳头冲着他的脸打去,那个人身后的人要冲上来,他弯着腰伸手做出了拦下来的姿势,他们又停了下来,这一拳很重,他有些直不起腰来,他用手捂着自己的脸站了一会儿,慢慢地直起了腰,脸上的血顺着指缝流出来。

"什么意思？"那个人说，他看上去有些惊恐。

"你过来。"我爸爸看着胖子说。

胖子走到我爸跟前，我爸伸出手去摸了摸他的脸，脸上似乎有伤。

"是这里吗？"

"嗯！老板。"

"歉也道了，钱也赔了，这一拳他也还给你了，大家都按规矩办事，这事咱两清了。"

那个人喘着气瞪着我爸爸，我有些担心，可那个人始终没有还手。

"算你狠！咱们走着瞧。走！"那个人说道。

"今天这事最后一次。你那点破车撑不了多久了，你那点车那点人迟早都是我的。"我爸爸说。

那个人头也没回捂着脸带着人离开了。一群拉达车集体发动，地上的尘土被尾气管喷出的尾气给吹了起来，在这些尘土里，那一群拉达车轰鸣着离开了。小于跑到了我爸的身边，趴在他耳朵边说了些什么，我爸朝我坐的这辆车里看来，我猛地低下了头，隔着那么远他看不到我，可我却觉得这眼神有一种骇人的力量，这力量使我有些恐慌和不自在。

在这座封闭的西南高原城市里，那时候还没有正规的出租车，而街上的出租车是由个人承包的一些车来跑，我爸便是一个做这样的生意的人，他的车队由开始的几辆上海牌汽车发展成几十辆皇冠牌汽车，根据不成文的规则，他的皇冠车队跑城市北边，而另外一个人的拉达车跑城市南边，互相不侵犯彼此的地盘。可我爸这边的发展明显超过了另外那个人，我爸这边的车越来越多，另外那边的车越来越少，自然的，我爸这边的车就会去到别人的地盘上去拉人，而发生在火车站里的这场争斗，便是因此而起的。

这天晚上爸爸带着我和司机们一起吃饭，这是我第一次见到他手下的所有司机，吃饭安排在贵阳最大的饭店的二楼，一共坐了二十几桌人。爸爸带着我走进饭店，这些司机一起站起来，冲着爸爸鞠躬，齐声叫他老板，这些司机穿着统一的黑西装，这种装扮使得他们的气质看上去很不错，每一桌都是黑压压的一片，爸爸的脸上挂着满足的微笑往里面走，我跟在他的身后，试图去分享爸爸身上散发出来的那种满足感，可这种感觉又使我觉得有些压抑，浑身不自在起来。

吃饭开始，司机们难得放假，都在豪爽地互相拼酒，他们也前来向爸爸敬酒，而这些酒爸爸都没有喝掉，他将这些酒倒在一个大杯子里，过上一会儿，大杯子看着要满起来的时候，小于就端起这杯酒一饮而尽，然后继续吃饭。我试图和坐得离我很近的小于聊点什么，可在这种场面里的他让我很陌生，他的表情很明显是在拒绝我，这与我平日里看到的他完全不同。

我想这是他的江湖，他有他的生存方式，而在我的江湖里，挨了打之后当然不能就此罢休，我和小于需要报仇。我们报仇的时间是在挨打后半个月的一个晚上，在一个老五回家必经的巷子里，我和小于守了很久，老五喝多了从街道上走进巷子里，小于潜在后面，等老五经过后从他背后踹了一脚，老五很结实，这一脚并没有踹倒他，我马上跟上去又补了一脚，老五倒在了地上，小于冲着老五的肚子踹了几脚，我紧跟着又补了几脚，老五大声朝后面喊了起来，我们知道了后面还有人，转身就往巷子外跑。这时候小于竟然跑了回去，我惊讶地看着他，他在老五的身上摸了摸，向我跑来，老五的兄弟们在不远处喊叫着冲过来。

"你在找什么？"我边跑边问。

"当然是重要的东西啊。"小于边跑边掏出Zippo打火机，一边在手里转着一边说。

他的动作已经很熟练了，不再像第一次见到他玩这个打火机时那么生硬。

报仇的感觉很爽，我们一起去了"YY"庆祝，可庆祝开始没多久我们就开始被打扰了，一些小街道上的小混混来找我们要和我们拜兄弟，要认我和小于做大哥，一开始我们很高兴，一一答应着，来了几个之后小于便有些烦了，可我倒是很开心，后来来了几个乡古，他们不但要结拜兄弟，而且还要搞一些乱七八糟的仪式，我也终于厌烦这件事情了，小于提出去外面喝酒，我同意了。

凌晨时分，我和小于坐在了河滨公园的长椅上，河滨公园不大，依着北园河而建，里面有一些长椅和树木，在河滨公园可以看到不远处陕西路上的霓虹灯，一闪一闪得很漂亮，我们俩买了酒，坐在公园的长椅上喝完了买的那些酒之后又去买了一些酒。这一次喝了一会儿我们停了下来，天快亮了，两人都喝不动了，我趴在了一条长椅上，而小于则半躺在另一条长椅上。

"我们结拜兄弟吧。"我冲着小于说。

"好啊。"小于没有动，看着我说。

"可我不知道该怎么结拜？就像电影里那样吗？还是像那些乡古说的那样？"我说。

"你也这么叫吗？我觉得乡古这个叫法不怎么样。"小于说。

"怎么不怎么样，大家都这么叫啊，乡村古惑仔，简称乡古，多有意思啊。"

"我不觉得有什么意思。古惑仔还要分什么乡古城古吗？你们这些城古？我要这么叫你吗？"

"我没有别的意思，就是觉得好玩。这样，我以后不这么叫了。我不知道你是……"

"不提了。我们结拜吧。"

我们俩从长椅上爬下来，也没有商量好具体要用哪种方式，两个人都醉醺醺地跪在长椅下面。

"我们应该朝着河的方向跪。"小于说。

"有什么讲究吗？"我问。

"也没有，感觉河那边亮堂一些。"

"好。"

我们又站起来，朝着北园河的方向跪去，北园河那边陕西路上的霓虹灯已经灭了。俩人一起朝着北园河磕头，嘴里说，不求同年同月生，但求同年同月死，这句话说了十多遍才停。天也蒙蒙亮了。

"应该还有一个仪式，不求同年同月生，但求同年同月死。"小于边说边从口袋里摸出一把小刀，划破了自己的手指。

"不求同年同月生，但求同年同月死。"我重复着这句话，也划破了自己的手指。

小于将长椅下的啤酒拿过来，将两人的血滴了进去，摇了摇酒瓶，我们俩将那瓶酒喝完了，然后两人坐在长椅下，不一会儿，两人都睡了过去。

老五很快就找到了我们，他也采用了同样的方法来对付我们，即蹲点守候，可我们还是赢了，这次赢在运气，小于不知道从哪新搞来了一把刀，很兴奋，我们拿着刀在河滨公园里砍了几棵竹子，刀很锋利。试玩刀之后很晚了，小于执意要送我回去，我们走到一个巷子里的时候老五带着十来个人出来了，我扫了一下他们的手，没有带工具，心里便有一点窃喜，小于让我往后站，那帮人刚往上冲的时候，小于从后面拔出了刀，轻轻一划，有一个人受伤了，其他人也就停了下来，然后小于便冲我喊，跑。我们俩快速地跑出巷子，身后能听到老五在大声地咒骂我们。

"看见老五那怂样了吗"我边跑边冲小于喊。

小于没有接我的话，只是看着我笑，我们俩跑了好久，觉得他们差不多不会追上来了才停了下来。

我们绕了另外的路回家，小于还是执意送我回家。在楼下的时候小于便走了，我看到屋子里的灯亮着，快速地跑上楼，门没有锁，我打开门走了进去。我爸和我妈坐在沙发上看着我，两人都没有表情，冷冷地看着我，我问他们什么时间回来的他们也没有回答。突然间我爸起身开始打我，没有任何先兆，他打我并不狠，和老五那些人比起来根本就不算是在打，可我有些难过，我爸打我的原因是我已经五天没有回家了，可事实上他们也有五天没有回家了，我没有吭一声，越是不吭声我爸越是尴尬，最后他先停了手，挨完打后我在房间里一直坐在床上坐到天亮。

中午起来的时候妈妈做了午饭，一家人一起吃饭。

"你明天去北京路那边上课，学书法。"爸爸说。

"为什么要学书法啊？。"我有些意外。

"让你去学你就去。你现在喜欢在外面瞎跑就是因为心不静，学了书法就好了。"

我不说话了，气氛有些尴尬。我昨天夜里刚刚挨过打，这种形势使得我在第二天有用沉默表达自己的权力。而爸爸不说话的意思就是这件事板上钉钉，谁也更改不了。

"这个主意挺好的。我赞成。你爸是为你好。"妈妈说，她明显是在缓解气氛。

"一点都不好。我爸给我报名让我去学，又不是自己去学，让他自己去学他肯定不愿意。"我说。

"谁说我不愿意！"爸爸有些生气。"我是没有时间，我要有时间我也去学，学好了也像王市长那样给人题字。"爸爸接着说。

"我……"我有些反应不过来，不知道该如何表达自己。

　　"就这么决定了，毛笔什么的在门口那个桌子上，你明天带着去。"爸爸说。

　　我看了一眼那个桌子，上面有一个大纸袋。我爸爸和妈妈继续吃饭，爸爸吃饭的声音很大，使我很烦躁。

　　我去上书法课了，那里的学生年龄有大有小，满屋子都是墨汁的味道，我对于这种味道没有什么抗拒，而且我发现自己对于学书法也有一点兴趣，教我的老师也说我有学书法的天赋，可我不愿意这样被我爸爸安排，这使我觉得很不舒服，尤其是在发现自己的书法写得还不错之后。第四次书法课下课后我用毛笔在自己的脸上画了一朵花，然后顶着那朵花回了家，回到家后我没有洗脸，吃饭睡觉都顶着那朵花，这一次我爸没有打我，他告诉我，不学书法可以，但必须学一个其它的兴趣班，就是不许在街上瞎混。我洗掉了脸上的花，选了很久，最终选了吉他班，而选择吉他班的一个很重要的原因就是因为我那时觉得吉他还比较时髦，算一件不那么无聊的事情。

　　有一天我练琴的时候小于来找我出去，我们俩在"大大"里待了一会儿之后小于说去"YY"里玩，在"YY"里小于给我指了一个人，看上去年纪不大，应该和小于差不多大，他告诉我那是北京路的老大，问我想不想去挑战一下。我先是同意了，可后来不知道为什么，我同意之后心里觉得不舒服，我也不清楚具体的原因，所以也没有再想这件事。

那天"YY"里有个歌手在台上抱着吉他唱歌,唱的什么歌我忘了,我记得我跟小于说我在学吉他。小于正在注意着北京路老大的一举一动,没有听清我说的话,等他回过神来再问我的时候,我就不想再说了,便找了别的话题跟他聊了起来。那个话题是老五,我问他关于老五的事情,小于跟我说老五应该不会再回来找我们了,在外面传的是,我们已经赢了老五,所以他要再来找我们会被别人笑话。那天"YY"里那个抱着吉他唱歌的歌手唱了两首歌就下去了,两首歌具体是什么我都记不清了,而小于那天看出来我的情绪不是很高涨,他问我原因,我说我也不知道,这是实话。

我是同期那个班上第一个能弹一整段曲子的学生,那一段曲子是《爱的罗曼史》,那天老师表扬了我,他说没想到我能学这么快,那个时候我特别的开心,这种开心已经掩盖了打赢老五所带给我的那种开心,甚至让我忘了还要挑战北京路老大的事情。

可那天回家后我发现家里的气氛有些奇怪,我进门的时候爸爸在换鞋,他看上去有些沮丧,其实这种沮丧只有我看得出来,他是个自尊心极强的人,即便是在沮丧的时候,如果你不了解他,你也不会认为他的状态是沮丧的状态,反倒会认为他很兴奋。正因为我了解他,所以我知道爸爸的状态不对,他有些沮丧,甚至说有些难过。我把吉他放在门口,他看了我一眼就去了卧室。我听到了他和妈妈的对话。

"我吃饭的声音有那么大吗?"爸爸说。

"不是很大啊。"妈妈说。

"你不用安慰我了，他妈的，今天和王市长吃饭被他说了一顿。"爸爸说。

"说你吃饭的声音大吗？"妈妈问。

"说我吃饭吧唧嘴，还笑话我，当时还有老黄他们几个都在。"爸爸说。

妈妈没有再说话，爸爸从卧室里走出来，他看着我，我不知道该说什么。

"你去学吉他了？"

"嗯。"

"学得怎么样了现在？"

"能弹一首完整的曲子了。"

"什么曲子？"

"爱的罗曼史。"

"弹给我听听。"

妈妈站在卧室门口，爸爸坐在沙发上，我抱着吉他弹起了《爱的罗曼史》，随着我的弹奏，爸爸整个僵着的身子有些放松了，他靠着沙发半躺着坐下去，脸上竟然有了一点奇怪的笑容。我受到了鼓励，继续努力弹奏，爸爸脸上的这种笑容消失了，他的眼圈红了，眼眶里流出了眼泪。我弹完了，妈妈从一边走过来，爸爸马上又恢复了以往的坐姿，妈妈也没有看到爸爸的眼睛，可我注意到了，爸爸也知道我注意到了，他站起来走到我的身边摸着我的脑袋。

"弹得真不错，不愧是我儿子！"他说。

小于也知道了我在学吉他，他说学吉他是一件很没意思的事情，不知道我为什么会选择去学吉他。我自己也说不上来理由，只说这件事还算时髦，小于玩着他有些旧了的Zippo火机，笑着说弹不好吉他没什么丢人的，可在外面被人欺负却是丢人的事情。然后他围绕自己的这个观点给我讲了很多事情，具体什么事情我忘记了，反正都是一些关于打架之类的事情。讲到后来他突然间提示我挑战北京路老大的事情，问我还有没有兴趣，我当然说有兴趣。而吉他兴趣班我也陆陆续续地去上课，一直保留着弹吉他这个兴趣，尤其是在打架之后，我经常会自己一个人坐在家里弹自己新学会的曲子。多年后我陪着爸爸第一次去台湾，在出租车里听到广播里放罗大佑的《恋曲1990》，我很兴奋，我告诉出租车司机我会弹唱这首曲子，司机也很喜欢这首歌，我们俩聊了很多关于罗大佑和吉他的话题，聊到兴奋处，出租车司机的嘴里还会蹦出几个闽南语词汇来。

北京路老大叫老六,不知道和老五有没有关系,这些都不重要,总之,我们很快就和老六掐上了。接下来的事情就会和老五一样的,看谁打赢谁了。

第一次掐架的时候老六倒是带了不少小弟，地点约在了花果园立交桥下面，当时和十二中老大打架的时候也是约在了这里。我看着老六带的那一大堆人有一点点担心，而小于看起来很自信的样子，结果一开打我就知道为什么了，我刚拿起刀往前一冲，老六的小弟们就全跑掉了，我以为老六也会和十二中的那个老大一样，马上就会转身跑掉，可是却没有。他往我们这边冲了过来，边冲边骂他的小弟不讲义气，当然，他冲过来的结果就是被我和小于狠狠地揍了一顿。

我们边打边要老六认错，可是他没有，我们越是打他，他越是更狠更大声地骂我们，后来我和小于都打累了，便让他走了，可他还是不愿意认错，走的时候还回头冲我们喊，五天之后还是这里见面，到时候你们给老子等着这一类的话。我问小于他的话信还是不信，小于说当然得信，这人是个硬茬。

五天之后同样的地方我发现老六带着老五来了，我们很诧异，结果老五上来就说老六是他的拜把子兄弟，今天他一定要帮兄弟出这口气。小于说他以前也不知道他们的关系，看来真是冤家路窄啊。就像老五自己说的那样，他来当然要帮他的兄弟出气啊，可我想他其实更多的应该是为自己出气吧。那天第二次掐架的时候我们输了，小于的习惯不好，总是不愿意多带一点人，每次都是我们两个，而这次老五和老六早有准备，他们叫的人也多，而且这些人里没一个一开打就跑的，所以我们被围在了中间打了一顿，老五和老六要我们认错我们没有认，然后他们就继续打我们，他们打累了停了下来，而我们走的时候我跟他们说，你们等着，我们走着瞧。我说这句话的时候老五和老六笑得很开心，他们的小弟也跟着笑起来，而我们两个只能在他们的笑声中带着被打伤的身体默默地离开了。

老五后来成为了我和小于甩不掉的包袱,我们后来有几次打架并不是因为他,可每次都会绕回到他那里,我开始有些厌烦这样无聊地打来打去,我建议小于搞一次刺激的下一次狠点的手被小于拒绝了,他说没有必要破坏一些规则,可我实在受不了打来打去之后有时候在"YY"里碰到还要坐在一张桌子上喝酒,可小于却说这正是这件事有意思的地方。那时候我和小于打架已经有了一定的名声,有很多人都来找我们,也是在那时候我们开始有了很多的分歧,小于总喜欢单打独斗,也就不爱跟他们在一块,我便偶尔和他们一起出去打打架什么的,一开始小于还会说一说我,要我不要随便自己一个人出去打架,后来他也就慢慢不再管我了,甚至于好长时间,我们俩都不会见一面,有时候会在"YY"里碰到,因为有了新的朋友,我也不需要总是被小于带着才去"YY"里了。

可这样的没有太多的意外的日子还是让我觉得有一些无聊,有一次出去瞎混时又和老五纠缠在了一起,我带着一帮人一直将老五追到了一个巷子的死角里,老五像往常那样做出一副无所谓的样子,他那无所谓的态度使我强烈地感觉到这样的打架太像是游戏,你打我一拳,我还你一拳,太没有意思了,于是我决定结束这种没有意外的无聊的打架方法,我要让站在我身后的那些人享受一下真正的制服的快感,我把刀架在了老五的脖子上,逼他跪下来向我认错,有一些人开始劝我,还有一些人在起哄,我的头脑一阵发热,连脸上都在发烫,可老五并不相信我会对他做出什么事情来，他做出一副很大气的样子，要我朝他的头上砍，我将刀面反过来，在他的脖子划了一刀，血流了出来，在他白皙的脖子上，从金链子的缝隙里渗了出来，可他还是没有跪下来，我继续把刀架在了他脖子上，用刀背打着他的脸，我要他向我认错，他没有说话，只是恶狠狠地盯着我，然后慢慢地跪了下来。没有人再起哄了，他们开始劝我，并拉开了老五，让他离开了巷子。老五离开后大家都很尴尬，都慢慢散去了，我也慢慢冷静了下来，不知道下一步该做什么，我把刀扔在地上，蹲在地上抽了一根烟。那时候我的头发有一些长，我的头发从小就长得别人快，感觉上并没有留多久，就长得很长了，风吹着我的长发和我嘴里吐出的烟，我的刀被我扔在一边，我不知道自己干了什么，也不知道是该站起来还是继续蹲在那里。后来我蹲在那里抽了好多烟，我能觉察到一种恐怖的气息，这种看上去喧闹实际上很有规律的日子可能被我打乱了，也许会发生一些特别的事情，和以往不一样的事情，不是说有多少人或者说有多大的场面和声势，而是很冷静的很直接的结果，我可能真的惹恼了一些人，因为从来没有人像我那样做过，让老五跪下来，比打伤他更为严重一些。

  这个城市的冬天并不冷，一般的情况下偶尔会下一点点小雪，可是那年冬天雪很大，很奇怪，小孩子们都很兴奋，跑出去堆雪人打雪球，我想我还在那样的年纪吧，可是我却早已做不出那样的事情了，我总是在心里想着老五的后续动作，可却一直很安静，没有发生任何的意外的事情。窗外有一群高中生放学，他们看上去要比我大一些，他们拿着雪球互相扔着，兴奋得大喊大叫，扭着身子躲着袭来的雪球，然后随时准备着将自己手里的雪球抛出去。父母在家，睡得很早，我很想和我的父亲交流一下关于我逼老五跪下来的那件事情，可最终我还是没有开口，晚上的时候我跟小于打电话，可我一开口却说的是下雪的事情，小于说雪已经化了，我跑下楼去看，果然已经化了。后来我又打了过去，又不知该说些什么，寒暄了几句便挂了电话。我觉得很奇怪，自从老五那次之后好久没有打过架了，和小于见面也越来越少了。

　　过了几天之后我在街上闲晃时感觉后面有人跟着我，可是人并不多，确定了之后，我装作不经意地在一家小卖部给小于打了电话，然后按小于的指示快速地走到了十二中的门口。果然，他们开始越跟越紧，在十二中的巷子里我和小于会合，他穿着他那件灰色的衬衣，外面套着一件厚一些的棉衣，一个人带着一把刀，我已经习惯了他这样的作风，可是这次我总是感觉有一些不对劲。不到一分钟的时间里，我们便被堵在了十二中的巷子里，老五并没有来，来的是老五的老大叫老何，他是个老江湖，比我们年纪大多了，平时压根不会参与我们这些小打小闹的事情，他好像有自己的小生意，还做一些帮别人看场子的事情。那时候这个城市里很少有人天天在外面吃饭，而老何却天天坐在贵阳市最好的饭店的橱窗里，有时候他仅仅是要一杯茶，坐在那里，等着他的小弟来给他汇报工作，基本上不需要他出场的时候他是不会亲自出马的，而这一次，他竟然站到了我的面前，在他的身后跟着三个和他年龄相仿的人。老何很瘦，叼着烟看着我们。

"你就是安安啊？看着不怎么样啊。"老何说。

"你想怎么样？"我说。

"我想怎么样？看来你还真是不懂规矩啊。实话告诉你吧，要不是因为你有那个爹，我们早他妈收拾你了，大家伙都是看你老爹的面子不收拾你，就你自己，你他妈算个屁！"老何说。

这句话使我哑口无言，我很不舒服，我打了这么久的架，收了很多小弟，我一直没有意识到他们所谓的看在我爸的面子上这件事，我有些窝火，想要冲上去，小于一把拉住了我。

"既然都是看在李哥的面子上，那现在这是什么意思啊？"小于看着老何说。

"李哥？哈哈。我们愿意叫他李哥他才是李哥，现在我们不愿意了，他和他这傻儿子一个样，就是个屁！"老何说。

"你爸才是屁！"我激动地说。

老何和他身后那些人都笑了起来，突然他把烟踩在地上，从身后摸出一把小匕首就朝我刺了过来，小于一把推开我，挡在前面，老何拿起匕首就朝他划过去，小于躲了一下，我们便转身往另一个方向跑。这时候我已经不用小于再告诉我什么时候该跑了，我不知道该把它称为经验还是本能的反应，反正我是转过身在小于前面跑了。老何和他的人在后面追我们，十二中的隔壁是市里的艺校，我知道在艺校的围墙上不久前开了一个小门，老何他们应该不知道这件事情，如果运气好的话，小门可能是开着的。我边跑边算,还有多少米是艺校的小门,看到艺校的小门的时候我的心跳得很快,在巷子的拐弯处,我快速地冲向小门,门是开着的,我撒开腿开始拼命地往前跑,这时候我听到了小于的一声惨叫,他很可能是摔倒了,我愣了一下,并没有停下来,继续转身往另一个方向跑去,艺校正是下课的时间,所有人都奇怪地看着我,我拼命地跑到艺校另一边的围墙,然后翻过了艺校的墙,翻过艺校的墙之后是一个下坡的街道,我越跑越快,跑过那条街道之后拐进了一个巷子,然后从巷子里往另一边跑,一股奇怪的力量推着我往前跑,拼命地跑,我不敢停下来,我的耳边是小于的那一声惨叫,我一直往前跑,经过了好几条街道,终于跑回了家,家里没有人,我关上门把自己锁在房间里,在床边蹲了下来,大口地喘着气。

后来我去医院里看望小于,医院在北京路上,离陕西路不远,是一条很窄的弯曲的小街道,我酒精中毒的那天,小于就是把我送到了这所医院。医院里墙上的油漆有些斑驳,我在楼道里站了好久,想了很多要和小于说的话,并且将这些话在心里重复了好几遍才鼓起勇气走进了病房,这些话的内容很简单,无非是为自己找一些借口,希望他能够原谅我。

小于躺在病床上,看到我走进病房,冲我笑了笑。这一笑使我很意外,这一笑使得我原本在心里演练好的话无法说出来,我一时不知道该如何做,愣在病床前看着小于。

"坐吧。"小于用脑袋示意边上的另一张病床,他似乎看出了我的尴尬。

我在心里重复着原本演练好的话，找着合适的时机将它们说出来，可是这时机一直没有到来，我希望小于骂我几句或者选择让我走，那么那些作为借口的话就能够说出来，可他如此客气，甚至客气得有些陌生，那些话我实在说不出口了。

"这个送给你。"小于从身下拿出了那个Zippo打火机。

我没有说话，愣在一边。

"你不是一直想玩玩吗？送给你。"小于笑着说。

"对不起。"我终于说出了一句话。

小于没有说话，将打火机递给了我，他很客气地叫着我的大名，和我说着一些客套话，等到我再次反应过来向他道歉的时候他就转过身装睡了。我走的时候他看着我跟我说了再见，面带微笑，礼貌地点了点头。

后来老何被抓了，据说是因为和一个比他小十几岁的女孩拉拉扯扯，后来被人家告了强奸，也有人说是因为走私烟，这也一直是他的小生意，也不知道究竟是因为哪一个原因，而老五老六也没有再找过我。Zippo打火机是我爸送给小于的礼物，意思是要他在外面看着我点，别让我做出什么出格的事来，也别被人给欺负了。十二中的那个老大后来在陕西路上开了一家卖丝娃娃的小吃店，生意很好，丝娃娃是我们这里特有的一种小吃，薄薄的面皮里可以裹好多种菜，由于裹起来的样子像是婴儿的襁褓，所以叫做丝娃娃。有一次我去他的店里吃丝娃娃，老板认出我来了，他坐了过来和我聊了好久，他看上还是和以前一样有些愚笨，说话的时候把腿抖来抖去，他给我点烟，我把那个 Zippo 打火机送给了他。

"这不是你爸送给小于的那个吗？"他说。

"这不是。"我说。

"就是。你看这里，于哥给我看过，我见过的……还有这里。"他很愚笨。

他不断地指给我看，不知道我压根没有兴趣再看一眼，也不知道他再说下去可能会使我发火。我一把夺过打火机，将它扔了出去，打火机在地下滚了几个圈，竟然还是好好的。

## 第二章　妈妈

街上的广告牌有些还没有换掉，上面是已经过气的明星，但是大多数已经是大的液晶屏幕广告了，而很多人对此并不满意，说是在开车的时候会影响驾驶，不过这完全阻止不了这个城市改变的步伐。整个城市的高楼大厦越来越多，建设的速度也越来越快，虽然那些因为地势而弯曲起伏的街道没有发生根本的变化，不过由于建筑的不断翻新和推倒重建，那种在我记忆中有些破败和萧瑟的城市景象已经在慢慢消失了。而更为彻底的是，新的城区金阳也已经建好了，这是一个完全不同于以往这个城市的样子的新城区，这里没有弯曲起伏的街道，也没有低矮的不规则的建筑，这里的街道笔直平整，崭新的建筑有规则地排在街道两边。如果不是回来结婚，我想我可能也不会又突然去注意到这个城市的变化。因为未婚妻很少来贵阳这个城市，所以我要带着她到处走走，对于新城区我其实没有太大的兴趣，倒是她兴趣很大，执意要我带她去。新城区离老城区有些距离，不像老城区，新城区街道平整笔直而且四通八达，可当我开着车带着她进入新城区之后，我自己却迷路了，一下午的时间都花在了找路上，也没什么心思看看新城区。我安慰自己，到处都是新盖的高楼大厦，长得都是一个样子，也没什么好去看的。新城区里还没搬进去多少居民，要找到个人问路很难，而在未婚妻面前我不能太丢脸，所以最终还是靠自己绕了半天找到了来时的路开回去。我想她已经发现了我绕了很多的路，因为新修的政府大楼我经过了三次。

结婚是一件会牵扯很多人的事情，不像是谈恋爱，家里好多人都在做准备，但是有些事情还是要自己去决定的，比如"YY"倒下的那天我从陕西路拿回的喜帖，这个是找人专门做好的，做得很精致，外面用的很正的红色，看上去很漂亮，里面是常规的喜帖的内容，由于之前已经跟做的人交待好了，所以只留下了被邀请者的一栏是空着的。大部分的喜帖给了爸爸，由他去填写，可我这里也留下了一部分，是要给我要邀请的人的，婚礼举行前十天的一个晚上，我和未婚妻待在家里，开始填写喜帖。

我从来没有想到过自己会这么早结婚，甚至于手里拿着喜帖写下一个个名字的时候还是没有完全地接受这个事实，可这就是我的选择，没有任何人逼迫过我给过我任何压力，这是我完全自主做出的选择，很久以前开始，我便开始向往婚姻生活，那种稳定的一成不变的婚姻生活。很多人把这件事看作是我家人给我施加压力所造成的结果，甚至认为这纯粹是我父母的安排，可事实不是这样的，这是我的自主选择，我知道，这与我童年时对自己未来的想象完全不同，可那想象如果实现了，那可能真的只是一个童话故事吧，或者是不那么美好的童话故事。

我们共同的朋友没有问题，她的朋友也没有问题，还有我现在的一些朋友也没有问题，问题出在填写一个小时之后，还剩下一堆喜帖是空的，可在我这里，我却发现，有一堆人是应该来到我的婚礼的，因为他们是我成长过程中的重要组成部分，可问题是，这么多年之后，他们中的一些人是我联系不到的，一些可能他们自己不愿意来，比如小于这样的，一些人已经离开这个世界了，还有一些人是我自己不愿意看到他们或者他们不愿意看到我。

结婚对于自己的人生来说是一件重要的事情，要去承担很多的责任，也不能再任性地去做事情，当然也不能再提着刀在陕西路上追着别人打或者被别人追着打。结婚更像是一个成人礼，接受一些规则，放弃一些自由，在这样的时刻，如果陪伴你成长的人能够在场自然是一件好事，可是桌上放着那么多空着的喜帖，一大片的红色在灯下面很好看，我却不知道该怎么去面对他们。

未婚妻叫李璐，小我两岁，是父母介绍的，她的父母和我父母交情不错，她不是本地人，个子很高，人也长得很漂亮。她很懂事，我父母很喜欢她，其他亲戚也都很喜欢她，他们总是很亲切地叫她璐璐，倒是我，一直改不过口，总是叫她李璐，对此她倒也没什么不高兴。喜帖的事弄得差不多后她就去休息了，剩下我一个人坐在屋子里，她走之前跟我说，安安，你自己也早点休息。我跟她说了晚安。她叫我安安，这是我的小名，我们家人都这么叫我。

她离开屋子带上门的时候我让她帮我把大灯关掉了，屋子里就开着一个台灯，黄色的光，很温暖。我也在心里跟自己说，安安呀，早点休息吧，有些事就不要再多想了，都是要结婚的人了。自己叫自己的小名总是怪怪的，虽然是在心里想一想。我把剩下的喜帖往一起放了放，其中有一张是不小心写错了的，我拿着笔在上面无聊地划着，写了几个"安安"，我的字很丑，歪歪扭扭的。

安安这个小名听上去不像是一个男孩子的小名，其实我的小名是改过一次的，我之前的小名跟安安这个小名反差很大，叫闹闹。据我爸爸说，我还在我妈妈肚子里的时候就不老实，我妈妈怀我的时候累坏了，所以我还没生下来的时候我妈妈就给我起好了小名，叫闹闹，果然，我生来下之后，哭的声音都要比别的小孩子大。我比别的小孩先学会走路，也先学会说话，很多小孩子喜欢被大人抱着，可我刚刚学会走路的时候要是大人总是把我抱在怀里我就会不断地哭，我妈妈有些担心，说这样会不会太闹了，我爸爸说这样才好，男孩子就该这样，于是我妈妈很喜欢喊我的小名，闹闹闹闹地喊来喊去，我听到别人喊我的小名的回应方式可不一样，很多小孩会笑，会咯咯咯地笑，我会扑过去一下子抱住妈妈，然后拖着她要她带我走来走去。这是我上幼儿园之前的生活。家里来了一个比其他小孩重比其他小孩爱动的大胖小子，爸爸妈妈自然很开心，这样其乐融融的日子每天重复着，没有人会对它厌倦。我慢慢地长大了，依然要比同龄的小孩重一些爱动一些，爸爸每次看着我都笑，说我以后肯定要比他长得高大。冲着这个美好的愿望以及邻居对我的夸赞，上幼儿园之前，爸爸妈妈带我参加了健美儿童的比赛，我自己并不清楚这样比赛的目的，只是会按照父母的要求去做，可最终的结果是，我输掉了比赛，颁奖的那天是我人生中第一次感觉到愤怒的时候，那时候的我还不会完全清楚地表达自己的不满，我只做了一件事，就是在领完奖后在台上把脖子上的塑料银牌给踩碎了。这一幕让在场的大人们很尴尬，包括我的父母、主办方以及其他孩子的家长，可大人们拿一个孩子也没有任何的办法，只能继续在这种尴尬的气氛里颁完剩下的奖。不知道有没有联系，因为我踩碎了奖牌，某种神秘力量对我做出了惩罚，还是从此我自己的身体产生了抗拒，后来的我虽然一直都很强壮，可是身材并不高大，也没有超过爸爸的身高，实现他儿子要比自己长得高大的美好愿望。

  这件事情并没有破坏家里其乐融融的气氛，在爷爷奶奶爸爸妈妈的簇拥下，我上幼儿园了，虽然只是第二名，并且奖牌也被我踩碎了，可爷爷奶奶爸爸妈妈依然很骄傲地告诉幼儿园的老师，我是市里健美儿童评选的第二名，老师听到这件事后会做出惊讶的表情，然后就过来捏捏我的脸，说我真棒，我很喜欢她说我真棒，可我不喜欢她捏我的脸，后来爸爸妈妈来送我的时候还是会提起健美儿童的事情，老师依然会做出惊讶的表情然后说我真棒，再过来捏捏我的脸，直到有一次我打开了她的手。她并没有捏疼我，可她那样捏我的脸让我很不舒服，我下意识地打开了她的手，她的反应很快，马上笑着和我父母说起了别的事情缓解了这次尴尬。

放学后，我爸爸第一次打了我。我爸爸打的是我的屁股，打了两下之后妈妈开始劝爸爸教训一下就行了，不用再打下去了。可爸爸依然在打，而且力气越来越大，原因是我没有认错，这样的认错并非指的是口头上的认错，我很聪明，在我爸爸打我之前我就在口头上认错了，而我爸爸之所以觉得我没有认错是因为我没有哭，这也是大人的逻辑，在他教训小孩的时候，尤其是小男孩，如果他哭了，就证明他知道错了。可是我的屁股挨了十几下巴掌我依然没有哭，我不想哭也不喜欢哭，即便是能够感觉到疼，我也不想用这样的方式去表示我很疼或者我知道错了。爸爸最终还是舍不得打了，然后和妈妈一起揉着我的屁股说一些心疼我的话，一边还要装作很严肃的样子使那些心疼的话不会使我理解成已经原谅我的话，这些我都懂，我很聪明，大人们的心思瞒不过我。

爸爸和妈妈是经人介绍认识的，爸爸对妈妈很满意，可妈妈并不太满意爸爸，觉得他有些粗鲁和愚笨，不够浪漫。可外公外婆都很喜欢爸爸，也喜欢爷爷奶奶，于是婚事就这么定下了。爸爸在公安局工作，爸爸妈妈结婚后，妈妈开始在政府工作，结婚后妈妈对爸爸的印象依然没有改变，从结婚开始，爸爸就以自己的想法要求妈妈，我出生之后，以我为理由，妈妈失去了更多的自由。她有些厌烦爸爸这样的控制，任何事都要自己做主的毛病，可她也没什么办法，她也不能怪爸爸，爸爸是个对家庭对亲人很负责任的人，他的很多强权和控制，都是从负责任的角度出发的。比如说，妈妈要和同事去另一个城市旅游，爸爸就必须问清楚去的路线，都是什么人去，甚至说他送妈妈去，这使妈妈厌烦，赌气不去或者故意什么都不告诉爸爸。在我要上幼儿园之前，贵阳开始流行学习新概念英语，很多一辈子都不可能出国的人也说自己要出国去，去学习新概念英语，虽然他们一直都在学习新概念英语第一册。妈妈也要去学习，爸爸无奈同意了，不过他不许妈妈去外面上课，而是花钱请了一个家教来家里教妈妈。新概念英语学了一段时间，妈妈的英文进步很大，有一段时间贵阳的电视台总是播放话剧《娜拉的出走》，妈妈总是拉着我和她一起看，我看不懂，妈妈倒是不厌烦，电视上播一遍，她就看一遍。当诗人风潮进入贵阳的时候，妈妈也被吸引了，她也变成了一个诗人，一个想要追求自由和浪漫的诗人，这些东西，爸爸都给不了她。

幼儿园在北京路上，北京路很窄很小，是一个斜坡的样子，如果你不去注意，很多次你经过它了也不会觉察到它的存在。幼儿园很漂亮，它的墙壁是五颜六色的，上面粉刷着很多可爱的小动物，而且就处在我出生的那家医院的斜对面。老师没有再捏过我的脸，她发明了一种限制我这样的爱动的淘气的孩子的方法，就是在像我这样的孩子淘气的时候在他脚下用粉笔画一个圈，这个圈是有讲究的，如果不是太淘气的小孩，他的圈就大一些，他可以做一些简单的活动，稍微淘气一些的小孩,他的圈就小一些，我是当时幼儿园里圈最小的小孩，因为只要阿姨不在，我就会干出一些淘气事来，所以我的圈被画得越来越小，直到后来被罚站在圈里的时候圈小得动都不能动。幼儿园的阿姨只要画我一次圈，就会告诉我的父母，不过他们也做不了什么，打我的屁股我不会哭，反倒是爸爸会越打越生气，后来他就用这句话来安慰自己，他说，也好，男孩子嘛，有个男孩子的样子。我很替我爸爸的这句话争气，不断地缩小着自己脚下的粉笔圈。直到后来发生了一件事情，这件事情和我没有关系，是我的妈妈，她离开了我爸爸画的圈。

妈妈去了遵义，说是去参加政府扶贫工作，实际上是去参加那里的诗人聚会，很奇怪，那时候贵阳有很多诗人，他们都选择去遵义那里聚会，爸爸知道妈妈是去做什么，却无法阻拦她。那时候我爸爸刚刚辞掉工作开始做生意，他只有几辆车，并且没有威信，他要每天去跟车去监督那些司机，以防他们偷懒或者将赚来的钱放进自己的腰包。妈妈的离开让他的性情有了一些变化，当幼儿园的阿姨再次告知我被划了圈时，我爸爸狠狠地打了我一次。事情是这样的，中午午睡的时候，我盖着毯子觉得不舒服，我便爬起来看了看，阿姨不在，于是我便掀掉了毯子，开始在自己的床上跳来跳去，跳了一会儿觉得很无聊，我就往别的小朋友的床上跳去，我们的小床都是挨在一起的，我没跳几个床就惹哭了一个小女孩，阿姨把我带到门口划了一个圈，那个圈很小很小，我站得很辛苦，于是我离开了那个圈，可我又不能回到床上去睡觉，我站在幼儿园墙外的五颜六色的动物下面看了很久，沿着被刷成长颈鹿脖子的排水管爬到了楼顶上去了。楼顶上很脏，跟幼儿园里面漂亮的布置和外墙上五颜六色的动物完全没有任何关系，可是爬水管消耗了我很多的体能，我在楼顶上睡着了。妈妈刚刚离开爸爸，爷爷奶奶和爸爸，幼儿园的老师们，甚至后来还来了警察，夜里，我在爷爷奶奶的哭声里从长颈鹿的脖子上爬了下来。

因为这件事我挨了爸爸的打，我没有哭，可是我越不哭我爸爸就越不高兴，我的屁股吃了不少苦头，后来我终于第一次在爸爸打我的时候哭了，我哭着喊妈妈，爸爸就停下来不再打我了。

一个熟悉的人猛然间离开你的生活总会让人有些不适应，不管你是安安，还是闹闹，很多知道我妈妈离开的人给我起了一个外号，这个外号也很快就传开了，就是"娜拉的儿子"，从此我又多了一个名字，虽然我很厌恶这个名字，这个名字对我来说就是耻辱，可我无法拒绝他人的谈论。那些关于我妈妈的谈论，各种各样奇怪的传闻，都伴着娜拉的儿子这个名字传进我的耳朵里。

妈妈走后，爸爸那样亲切地叫着我闹闹然后说我是个小男子汉的时候也越来越少了，可我依然经常站到幼儿园老师画的小圈里，也经常沿着长颈鹿的脖子爬上幼儿园的楼顶，后来因为我，长颈鹿的脖子被切掉了，换到了另一边没法靠近的挨着另一个建筑的墙壁上去。孩子们都注意到长颈鹿的脖子被切掉了，我第一个向老师提出了长颈鹿没有脑袋的事情，可是老师们并没有听我的话，后来有几个女孩子向老师提出了长颈鹿没有脑袋的事情，园长才和所有的老师开了会。可是为了节约成本，幼儿园没有换掉整面墙的画，而是将长颈鹿留下的脖子抹了一部分，然后接上了一个梅花鹿的脑袋，这只奇怪的鹿就那样一直留在墙上，和其他的动物一起陪伴着这所幼儿园里的小朋友们。

和墙上的鹿一样，这座城市里的人大都这样处理问题，在这座高原上封闭的省会城市，人们的生活节奏都很慢，这里街道弯曲起伏，经常有建到一半的建筑突然变换风格完全变成另一个样子，孩子们也不会有远大的理想，也没有文学作品或者电影描述过这里，那些猎奇的文学作品或者电影都直接跨越了这座城市去到了它周边的村寨里去，没有人关心这座自己生活着的城市，除了我，一个孩子。爸爸因为妈妈的离开以及那种疯狂的投入在生意上的热情而忽视了我，除了在幼儿园的时候，我有些无所事事，幼儿园的园长是一个奇怪的老爷爷，他送给我一本基础素描画册，我对它产生了浓厚的兴趣，这使得他很高兴，因为在一段时间内，我把精力转移到了画画这件事情上，在幼儿园里我也就没有那么淘气了。好景不长，我画了一段时间这个城市的建筑，高楼、低矮的平房、弯曲起伏的街道，还有一些在街道上的人，我画的画不好，我只是一个孩子，我只是尽我所能将自己看到的世界画下来，这个城市经常下雨，出太阳的日子很少，我就经常画雨，雨很好画，用笔点一些小点在纸上或者画一些线条在纸上，就可以忽略掉雨帘背后的建筑或者人，这样的雨天和弯曲狭窄的街道很快使我对画画丧失了兴趣，我想画那种大一些的场面和有大太阳晴朗的天气，虽然这些只是我的想法，因为我画不出那样的场面，也不知道该怎么画晴朗的天气，可还是因为这一点，画画这件事被我抛弃掉了。放弃画画之后，我在园长的办公室里挑了一本小人书，那是一本关于江湖的书，这本书合了我的胃口，里面有英雄和大侠，有厉害的武功和使用暗器的小人，可园长的一时疏忽却造成了严重的后果,在那座有着奇怪的鹿的幼儿园里,我开始了自己对于江湖和武功的向往。园长没收了我的小人书,可书里的内容我都背了下来,在我在幼儿园的最后一年里,我开始向往外面的世界,我对这个城市的河道和城市边缘的大山产生了兴趣,我想要离开这里,去过那种大侠的生活,到江湖上去。

很快,我就实施了自己的计划。我带着自己的小水壶,一把爷爷送我的小木剑,离开了家,一直沿着河往山的方向走去,我离开了城市,越走地势越高,远处是大片大片的树林,公路上开始出现一些大卡车,而河流已经找不到了,我只好跟着公路继续往前走,当大卡车经过的时候,我就爬到路基下面的水渠里去,大卡车过去了,我再爬上来继续往前走。

我没有找到江湖,而是走到了一个村子里,我在村口的一家商店那里喝了水,灌满了我的小水壶便继续上路了。走着走着我便迷失了方向,路上的车也越来越少,而路边的树木越来越多,我离大山更近了。

天渐渐暗了下来,我已经忘记了自己此行的目的,只是不断地往前走着,越走越累,我开始有些恐慌了,路上连车都没有了,路况越来越差的公路两旁的树林里传出鸟叫声,这声音越来越恐怖。

天黑了的时候我在公路边找了一个小山洞躲了进去,又冷又饿,小水壶里的水也早已喝光了,爷爷送我的木剑还在,可却没有什么用处,我坐在山洞里昏昏沉沉,一会儿便睡了过去。我醒过来时,周围安静得可怕,什么声音也没有,我想要离开山洞,可身体却蜷缩在山洞里不听使唤,我慢慢地闭上眼,脑海中出现了一些奇怪的恐怖的画面,又吓得马上睁开了眼睛,可眼前一片漆黑,什么也看不见。

在山洞里坐了很久,我最终鼓起勇气,决定按来时的路往回走,一开始我的腿在哆嗦,我舞着小木剑唱着歌给自己壮胆,这很有作用,过了一会儿之后我的恐惧感就减小了。远处传来车的声音,我没有多想,往前面跑去,车的声音越来越近,车灯的光也看得见了,有好几辆车,我快步地向前跑去,车子离我越来越近,终于,停在了离我不远处。

我手里攥着小木剑,由于车灯的照射,我看不清对面来的人的长相,在他的身后,还有几个人,这个人走到了我的面前,我拿着小木剑朝他刺去,他一把抱起了我。

"闹闹!"这是一个熟悉的声音。

找到我的是和爸爸合伙做生意的司机,他摸着我的脑袋,笑着说我真能跑,跟着他一起来的司机都把这当成了一次离家出走,我无法向他们解释我走到这里的目的是在寻找江湖,可如果说是离家出走,又何尝不是呢。

"回家去。"那个司机将我抱上了车,车后座上放着一大堆零食。"饿了吧,吃吧。"

我从后座拿过零食吃了起来,饿了这么久,却吃得很慢,好像忘记了饿的感觉,几辆车子排着队往市里驶去。找到我的那个司机爸爸给了他一笔钱,这笔钱如果是开车的话要一年才挣得回来,那个司机也没有推托,高兴地收下了钱就走了。爸爸给完钱,看着我不说话,我怕他会打我,可是他没有,他就是看着我不说话,我莫名其妙地"哇"的一声哭了起来,这哭声惹怒了爸爸,他伸出手脱掉我的裤子打我的屁股,打得很轻,我不再哭了,爸爸抱起我,擦掉我的眼泪。

"以后还离家出走吗?"爸爸问。

"不了,再也不了。"我坚决地回答。

而我没有善罢甘休,我在幼儿园里钻研起武术来,还有几个小男孩也跟着我一起钻研,我们还召开了比武大会,一共有四个男孩参加,大家都来展示自己所学到的武功,后来我们觉得没有意思,就开始比武,比武的时候一个男孩想要悄悄绊倒另外一个男孩,这可不符合我们的江湖道义,于是大家要惩罚他,男孩也知道自己错了,很甘愿地接受了惩罚,而惩罚的方式由我决定,我按照小人书上的方法,要他闭门思过,我们悄悄打开幼儿园地下储藏室的门,将他关了进去,然后比武大会继续。比武大会被老师打断了,我们商量着过几天再举行,大家各自回家了,我们忘记了那个被关在地下储藏室的男孩,他被救出来的时候,因为长时间呆在封闭闷热的地下室里而休克了,他被送到了医院,就是我出生的那座医院,他在那里被抢救了过来。而我们几个武林中人也受到了惩罚,我,作为比武大会的发起者被幼儿园开除了。很多年后我还见到过那个男孩,他已经完全忘了这件事情,在他的记忆里,去医院是因为自己吃错了东西食物中毒,这完全是两回事。

我最后一次去幼儿园的时候,幼儿园在重新粉刷它的外墙,那些鲜艳的颜色都被涂掉了,那只奇怪的鹿还没有被涂掉,它睁大眼睛看着我,似乎要和我说点什么。那天天在下雨,爸爸带着我,拉着我的手,撑着伞,离开了幼儿园,离开又窄又短的北京路。由于下雨的关系,整个城市都显得灰蒙蒙的,那时候的楼房都不高,我跟在爸爸的后面,不住地抬头东张西望。

半年之后,爸爸的生意开始好了起来,妈妈的离开刺激了他赚钱的欲望,他每天的时间都花在了赚钱和计划未来的赚钱之路上,他打通了一些关系,又买了几辆车,雇了几个司机,给司机们提了工钱,把一些年龄大的技术不好的司机换掉了,每一辆车挣的钱都比原来多了一倍。我们家搬了新房子,是一个带小院子的两层小楼房,在这个小楼房里爸爸迎回了妈妈,回家后的妈妈还是没有远离她的诗歌,她总是在说一个诗人的诗,偶尔还会读上几句,海鸟,我爱你那绯红的面庞,这样的诗句会使爸爸误会,他认为这样的诗句是那个人写给妈妈的,而妈妈很崇拜那个人,可他又抓不到妈妈任何对家庭不忠的证据,妈妈也确实没有做这种事情,她只是单纯地在参加诗人的聚会,而诗人这个词离我爸爸的世界很远很远,他无法想象到那应该是怎样的一种状态。爸爸没有任何作诗的天赋,他只有赚钱的天赋,很多年之后,当我们家的财产已经多到超乎想象的时候,诗人这个词早已消失在人们的视野中,很多人开始后悔自己当年做过诗人,为什么不把这样的精力花到挣钱上去,而妈妈也不再提那次诗人聚会,对于爸爸的控制也心甘情愿,安心地做着太太，每天的心思都在煲汤这样的事情上，再也没有提过诗歌这两个字。这是这个时代的魔术，爸爸后来成了这个时代的成功者，命运没有赐予中国人诗意，而是赐予了赚钱的机会。

妈妈回来的第三个月里的第一天，我在院子里玩耍，家里电话响了起来，当时爸爸忙于生意不在家，妈妈在楼上的杂物间整理东西，我去接了电话，电话里一个陌生男人问我我爸爸和妈妈在家吗，我告诉他，我爸爸不在家，我妈妈也不在家，然后他就挂了电话。没过多久家里就响起了敲门声，我晃晃悠悠地跑去开门，可是门闩有些高，我够不着，妈妈从楼上下来，她站在我旁边打开了门。妈妈很漂亮，那天她穿着一件很漂亮的长裙。妈妈打开门，一个头上戴着黑罩子的人闪了进来，他拿着刀，只露出了眼睛和嘴，我愣愣地看着他，他将手向我伸来，想抓住我，妈妈大喊着向前扑了一下，那个人愣了一下，然后用刀朝妈妈划了一下，妈妈将我一把护在了身后，那个人扔下刀跑掉了。妈妈的整个右腿上全是血，她关上门，然后朝屋子里跑去，她去打电话，我站在院子里看着她的血从门口往屋子里滴出了一条线，我想去追那个划伤她的人，可是我打不开她重新关上的门。

那个划伤我妈妈的人最后被抓住了，是当时和我爸爸合作搞出租车生意的司机，也就是那天晚上我离家出走时找到我的那个人，爸爸给了他过多的钱，使他觉得我才是真正的生财之道，比经营出租车挣得快多了，他也知道了爸爸这段时间经营出租车确实如传闻中那样挣到了不少钱，很快，他便策划了这次绑架行动。我还坐过他的车，他喜欢说脏话和女人，他看上去是说给我听，其实就是在自言自语，我一个小孩子，当然听不懂他说的那些女人的事情。这件事发生之后，我奶奶就跟我爸爸说，我的小名起得不好，她说闹闹这个名字招的这个不好的事情，我爸爸倒是不相信这些的，但是毕竟发生了这么一件让人不舒服的事情，加上那时候他真的觉得我有些太过顽劣了，尤其是把别的小孩关到地下储藏室那件事情，他听了我奶奶的话，要给我改个小名，可是改什么却又想不出来，后来奶奶说不如就叫安安吧，连我大名也一起改了，大名里改了个字为安字，说是取两个意思，一个是平安，一个是安静。

改了名之后，由于大家都知道发生了不好的事情，所以改口都很快，于是再也没有人叫我闹闹了，在我快上一年级的时候，我便从闹闹变成安安了。

妈妈虽然因为我受了伤，可是却并未换来我的好感和亲近，妈妈离开的这段时间并不长，却足以造成我和她之间难以逾越的壁垒，我们产生了隔阂，这隔阂很难消除，我始终不明白，是什么样的东西比我还有吸引力，能够使她扔下年幼的我去遵义，我无法原谅她。我小的时候很有意思，总是要在妈妈面前显出自己很刚强的样子，比如搬一下自己明明搬不动的东西之类的事情，可我毕竟只是个小孩子，睡觉前还是喜欢听故事的，可我妈妈不讲故事，她更喜欢给我读诗，我听不懂那些诗，觉得一点意思也没有，后来妈妈不再给我读诗了，她告诉我曹植七步成诗的故事，她也要我七步成诗，走一步便要说出一个句子来，她将这些句子记录下来,看看能不能做成一首诗,当然,我又不是曹植,我的句子离诗歌差得太远了。其实妈妈也会讲一个故事,虽然只会这一个,可比起给我读诗或者要我作诗来说,我简直太喜欢这个故事了,那是一个关于动物打井的故事,说是一堆动物想要喝水,可以附近没有水源,所以它们准备打井来取水,于是动物们便一个一个上去挖井,一个动物挖累了就换另一个动物挖,挖了很久很久,水还是没有出来,最后轮到猴子了,它拿起铁锹,刚往上面一挖,水一下子就出来了,动物们都很高兴,因为井总算是挖成了,猴子是这里面最开心的动物,它跟其他动物说:"水是我挖出来的,我看以后就叫它猴儿井吧。"动物们纷纷表示同意,于是便有了猴儿井的故事。这个故事看上去很短,可是妈妈很聪明,有时候她能讲很久都讲不完这个故事,因为前面有一堆动物在挖井,她每次讲的顺序都不一样,第一次是大象先出场,过了几天就变成长颈鹿先出场了,所以在我看来这个故事就又有了新样子,因为每次动物的顺序都不一样,这样一来,猴子倒是不重要了,前面就能听到好多的动物用不同的方法挖井,每次到了猴子就一下就完了,而且在很多时候,猴子还没有出场,我就已经睡着了。

想到这个故事的时候心里有一些不舒服,这么多年过去了,那种诗人聚会也不复存在了,妈妈也完全回到了家里,可我还是没有原谅她,甚至说她似乎都够不到原谅不原谅这个阶段,而只是在离我更远的地方,像不曾存在过一样。

想到这些虽然会让人有些难过但是也没办法去做什么,我把台灯关掉了,台灯的光照着剩下的那一堆喜帖,上面金色的字被照的发出的金灿灿的光让人很不舒服。我半躺在沙发上,望着黑漆漆的天花板,我仿佛看到那只奇怪的鹿停留在天花板上,我没有揉眼睛也没有使自己清醒,我使自己处在一种迷糊的状态,看着那只奇怪的鹿。

我突然间很想去找爸爸谈谈,和他谈谈关于妈妈的事情,我们之间从来没有谈过这个问题,似乎大家都不愿意触碰它似的。我站起身来,在房间里踱了很久,我还是敲响了爸爸的房门,是妈妈开的门,爸爸在里面问是谁,我要爸爸出来,妈妈要我进去,我没有进去,过了一会儿,爸爸出来了。

我和爸爸站在走廊里,我和他说起我想起的那些事情。

"你怎么看待这件事情?"我问爸爸。

爸爸没有回答我,他叹了一口气,看了很久的天花板。"都是过去的事情了,大喜的日子就要到了,不要想这些了。"爸爸说。

"我知道了。"我说。

我送爸爸回房,爸爸开门的时候看着我笑。他的笑让我想起了妈妈还未离开前一家人其乐融融时的场景,当爷爷奶奶爸爸妈妈簇拥着我这个第二名的健美儿童第一次去幼儿园的时候,我站在幼儿园的外墙前兴奋地冲着妈妈喊:"妈妈你看,妈妈你看,猴儿井。"一家人和幼儿园的老师都笑了起来,妈妈说:"哪是什么猴儿井,哪里有猴儿井,墙上的动物里就没有猴子。"

"我儿子说是就是,就是猴儿井。"爸爸笑着说。

# 第三章　忘记名字的女孩

江湖梦破灭，比武大会也导致了我上小学之前的半年一直都待在家里，生意上的成功使爸爸的性情好了很多，这半年里他在闲暇时倒会偶尔陪陪我，说说话，给我讲故事，问我心里在想些什么，这半年里我也不再那么淘气了，也没有闯什么祸，我也很信任爸爸，直到有一天。

一天夜里，爸爸突然来到我的卧室，他坐在我的床前看着我。

"安安，爸爸跟你说一件事情。"爸爸说。

"什么事？"我问。

"你要上一年级了。"爸爸说。

"嗯。不用天天待在家里了。"我开心地说。

"我打算把你送到爷爷奶奶那里去读一年级，在工业学院附小读。"爸爸说。

"我不想去那，离家太远了，我放学了得坐很久的车才能到家。"我说。

"你就住在爷爷奶奶家。爸爸生意太忙了,你妈也得经常帮忙,家里没人管你,你一个人在家我们也不放心。"爸爸说。

"是因为那件事吗?"我看着爸爸说。

爸爸没有说话,点了点头又紧接着摇了摇头。

"我不想去工业学院那儿读小学!"我说。

爸爸没有回应我的话,他关上门离开了,我一个人躺在床上睡不着觉,我在想有没有什么办法能使我不去工业学院那里上小学,可我没有想到什么办法。

工业学院是一所大学,离市区有十几公里,沿着市郊的公路一直往北,越走越高,开始能够看到大山,公路的弯道也变得越来越多,在我小的时候,我第一次离开家想要去寻找江湖时,我就是沿着这条公路不断地前行,经过了工业学院,往更远的地方去。公路经过几次大修已经变得宽敞而平整,路上的卡车也被驱赶到了其他的低级别公路上去,这条路变得温柔多了。爸爸送我的时候有雾,能见度很低,我不想和他说话,我认为他对我使用了不好的手段,我仿佛隐隐约约看到更小的那个自己在这条路上带着自己奇怪的念头昂着头奋力地往前走着,可外面的世界究竟是什么样子,谁又知道呢。

车子开到了工业学院,慢慢驶进工业学院的院子。

"你是个坏人。"我坐在副驾驶上说。

爸爸没有说话。

"你是个坏人。"我继续说。

爸爸笑了一声，这笑声伤害了一个孩子的自尊心，我用脚在车门上踹着，力气越来越大，爸爸没有理会我，车子驶到了工业学院的家属区，我看到爷爷奶奶站在家属区的门口。我没有下车，坐在车里，手紧紧地攥在一起。爷爷奶奶在车外面和爸爸说话，说了几句，奶奶走过来拉开了车门，她伸出手来抱我，叫着我的小名，笑着看着我，捏着我的脸。

"闹闹啊，不喜欢和奶奶一起过吗？"奶奶笑着说。

奶奶叫的是我以前的小名，爷爷站在奶奶身后纠正，要奶奶叫我安安，奶奶没有听。

"闹闹，下车来。"

我听话地走下了车，爸爸从后备箱里把装着我的生活用品的小箱子递给了爷爷，他看着我苦笑了一下，回到了车上。爸爸摇下车窗和爷爷奶奶说再见，叫我要听爷爷奶奶的话，我没有理他，而是捡起地上的一块石头，拿起石头朝他刚刚因为生意慢慢做大而送给自己的礼物的新车上划去，我当时能够清楚地感觉到，这辆车是值很多钱的，我在想，既然要因为赚钱把我送到这里来，那我就要让你的钱受到损失，我使出了自己最大的力气，在车上划出了一道很深的划痕，爷爷奶奶脸色变了，走过来拦住我，爸爸看着我骂了一声。

"我下次来再收拾你。"

"你是个坏人。"我还是说的这句话。

爸爸没有回应我，他发动车子，车子慢慢地驶远，我捏在手里的石头被爷爷一把夺了过去。

"安安！你太不像话了！"爷爷厉声说道。"你爸爸起早贪黑，每天在外奔波都是为了这个家，你拿石头划他的车，你以为修车不要钱的啊？"

我噘着嘴不说话，爷爷手里拿着石头，因为说话太激动而喘着气。

"你太不懂事了。我得好好管管你。以后你要再敢用石头划车饶不了你！"爷爷说。

我心里很难过，觉得自己像是被抛弃的小动物一样，爷爷扔了手里的石头，还在念叨着爸爸起早贪黑挣钱不容易之类的话，我完全听不进去这些话，背着自己的小书包和爷爷奶奶一起往家属区里面走去。

爷爷奶奶退休前都在工业学院教书，退休以后就住在工业学院的家属区里。工业学院依山而建，学院的最里面便是山，山上有一条小溪流下来，流过工业学院，一直流到穿越市区的北园河里去，小溪的两边有很多树，后来长成了一个小树林，小树林的旁边就是我上的工业学院附属小学，一座三层高的小楼和一个有着低矮院墙的小院子，从小学出来沿着小溪往外走，便会穿过工业学院的教学区和学生住宿区，而爷爷奶奶住的工业学院的家属区则要沿着山脚往西走，附属小学则在工业学院最东边的墙角上。沿着小溪往南走走出工业学院是一个下坡，从附属小学往家属区走又是一个上坡，工业学院像是一个斜的平面，西北高，东南低，在这个斜的平面上，还有很多因地势而起伏的地方，比如快要到学院门口时，如果走的是东边的路，就要经过一段大坑一样的路，而西边，则稍微平坦一些。我爸爸来看我时喜欢走西边的路，他总是说城里面开车就是上坡下坡的，出了城还要上坡下坡，可我坐着他的车的时候更喜欢走东边的路，车子在那个大坑里行驶的时候，那种感觉真的很奇妙。爸爸平均一个星期来接我回市区一次，他补好了车上的划痕，看不出任何痕迹，也没有收拾我，不久他又换了一辆更好的车。

那天爸爸开着新车来接我，他叫我坐在了副驾驶的位置上，然后笑眯眯地看着我。

"怎么样？儿子。这车怎么样？"爸爸开心的问我。

这辆车很棒，这是一辆崭新的皇冠车，看上去好看极了。

"看，自动挡的，踩着油门就行，换挡轻松多了。"爸爸发动车子，踩着油门给我演示。"听到刚才那一声了吧？这就换挡了，这可比手动挡的车轻松太多了。也没比手动挡的车贵多少，钱可真是个好东西。"

"好东西。"新车的座椅很舒服，我兴奋地说。

"你知道什么呀，什么好东西。这孩子。来，把安全带系上。"爸爸说。

爸爸将车停在了工业学院连接市区的公路的路边，他先是给自己系上了安全带，然后又给我系上了安全带，这是我们家买的第一辆有安全带的车，系好安全带后爸爸盯着我看了一会儿，然后发动了车子。

"有了这东西，我们就不怕开快车了，这东西就是用来保证我们的安全的。"爸爸兴奋地说。

"爸爸你能开多快啊？"我看着爸爸说。

"你想爸爸开多快啊？"爸爸说。

"能开多快就开多快。"我笑着说。

"给你开到一百八看一看。"爸爸说。

爸爸猛踩油门，车子一下子蹿了出去，然后紧接着超了几辆车，拐了几个弯之后爸爸将车子开到了一条刚刚修好还没有通车的公路上，这是一条长直道。爸爸继续加速，车子越来越快。我斜着脑袋盯着速度表。

"一百……一百三……一百五……"爸爸和我齐声喊着。

"一百八了！看到了吧？儿子！快看！"爸爸很兴奋。

"看到了看到了！好快啊。"我开心地说。

车子继续快速行驶，我和爸爸都很兴奋，两人一起笑着，这速度好像将之前每次爸爸来接送我时我们之间的那些不愉快都抵消了一样。大直道的尽头，爸爸将车速降了下来。我和爸爸都沉浸在飙车的兴奋之中，两人脸上都挂着满足的笑容，爸爸掉头，开着车载我回工业学院。他要继续去忙他的生意，这也是少有的他送我回工业学院我还是保持着高涨的情绪的时候，爸爸也很开心，摇下车窗，让车窗外的风吹进来。

工业学院里虽然有一个附属小学，可是生活在这里的小孩子并不多,所以工业学院里的大学生总喜欢逗我玩,可我一点也不喜欢跟他们玩。他们中的一些会交女朋友,牵着手在小树林里散步,碰见我的时候他们会摸我的头,然后叫我的小名,他们在谈恋爱的时候总是表现出一副很喜欢小孩的样子,捏我的脸,我从小就不喜欢别人捏我的脸,他们和幼儿园老师的结局一样,被我打开他们的手,这其中有些手很好看,有些手则很丑,对于这样的回报他们都很尴尬,后来捏我脸的人就越来越少了。

小学二年级的时候,他们不再捏我的脸了,而是摸我的脑袋,可是他们摸我脑袋的时候我会骂他们,我已经多少懂了自己口中说出的那些脏话的意思了。慢慢地就没有人捏我的脸摸我的脑袋了,有些刚考上工业学院的新生不知道,会被我骂得很惨。有一天我骂人的时候被爷爷听到了,晚上的时候爸爸和妈妈便一起过来了,加上奶奶,一家人围坐在一起,我以为会被打或者被骂,结果他们说着说着就忘了他们此次聚在一起的目的是什么了,他们哄着我睡觉,然后围坐在一起打麻将直到天亮。我们家人总是会这样,因为某一件事聚在一起,可最终却在做另一件事。小孩子总是会迷信大人的权威,相信大人做事总是有条有理,可事实上却不是这样的。

小学三年级的一个假期里,爸爸妈妈认识了一对夫妇,他们也有一个和我一般大的孩子,后来爸爸就商量着带着我和妈妈跟那对夫妇和他们的孩子一起去青岛玩一次,我做好了一切准备,可出发的时候我才知道,目的地从青岛变成了三峡,而原因竟然是他们一起在前一天摇了个骰子。那天爸爸妈妈和那对夫妇聚在一起，他们在商量去青岛玩的事情，那对夫妇突然间说去青岛吹海风其实也没有多大的意思，而我妈妈竟也这么觉得，可是换一个地方究竟是去哪里呢，妈妈突然间提议去三峡，一下子有了两种选择，如何抉择呢，那对夫妇提议说摇骰子吧，一个骰子，小就去三峡，大就去青岛，后来自然是摇到了小，然后莫名其妙地就更改了目的地。

我对那对夫妇和他的孩子印象很深刻，那个女人姓林，叫林碧君，后来死掉了，这让我彻底地记住了他们一家。旅行中第一次在船上吃饭，点菜时，我爸爸让我点，我点了一个贵一点儿的菜，然后那个女人也让她孩子来点，她孩子点了一个娃娃菜，那个女人便当场打了她孩子一耳光，她说她孩子没出息，她孩子当时快要哭出来了，眼睛红着坐在一边不说话。我问她为什么要打自己的孩子，他没有做错任何事，爸爸很尴尬，不许我再说话，那个女人也没有回应我。后来菜上来后大家便一起吃饭，似乎都忘记了刚才发生过的事情。她孩子一直不说话，那女人也摸摸他的脑袋，我对摸摸脑袋这个细节记得是很清楚的，因为我很抗拒别人摸我的脑袋。大家都很开心地笑着，也没人看外面的风景，包括那个和我一般大的小孩。我倒是对吃的东西没有多大的兴趣，我点菜的时候只是随便指了一个，我喜欢看船外面的风景，喜欢船两边的悬崖峭壁，有时候会看到大量的悬棺，看到悬棺时我会有一点点怕，但是我不会说出来。

那个女人其实是没有多少钱的，可她总是要在任何场合都要做出她很有钱的样子，她孩子点娃娃菜在她那里都是不能容忍的行为。她一辈子都在标榜自己是有钱人，一辈子都活在有钱人的梦里，然后也因为这个梦付出了代价。

那个女人应该很讨厌我，不过她的孩子因为我帮他出头和我成了朋友，一路上我们总在一起说话，他还告诉了我他很多秘密，而我也把自己小时候一个人离家去寻找江湖以及幼儿园里比武大会的事添油加醋告诉了他，这些经过小男孩自觉的虚荣心添油加醋的故事刺激到了他，他告诉我，这些并不算男子汉做的事情，真正的男子汉要在这个年纪去牵女孩的手，他就牵过了。我没有牵过女孩的手，也从未想过要去牵女孩的手，那时候我还是很讨厌女孩的，她们整天聚在一起叽叽喳喳，要么就因为一件很小的事情哭鼻子，或者被毛毛虫吓得大喊大叫，我不喜欢她们。可我是一个好胜心很强的人，我实话实说告诉了男孩我没有牵过女孩的手并说我很讨厌她们，男孩嘲笑了我，并说他已经牵过两个女孩的手了，我马上告诉他，我回到学校就去牵女孩的手，牵了就写信告诉他。

回到家之后假期还没有结束，我还没有做好准备要去牵女孩的手，我们家又第二次去了三峡，这一次更奇怪，原本我和爸爸妈妈爷爷奶奶打算去广州，可有一天夜里爸爸和爷爷俩人坐在屋子里避着所有人，他们说了很久的话，出来之后就决定全家一起去三峡，我当然提出了反对。

"刚刚才去过三峡,我不要去三峡。"我说。

"大人说话小孩别插嘴,这事不由你决定。"爸爸说。

"你们是不是又摇骰子了,又摇到三峡了?"我看着爸爸说。

爸爸一巴掌打到了我的脸上,爷爷走过来拉住了爸爸想要再打我的手。

"不许打孩子!什么毛病!他什么都不知道。"爷爷生气地说。

爸爸叹了一口气,我从爷爷身后绕过去,用脚踢爸爸,力气很大,爸爸没有理我,我踢得更厉害了,奶奶从另一个屋子里走过来抱起了我,那一刻我发现,当奶奶走进这间屋子里的时候,爷爷和爸爸似乎受到了某种惊吓,他们马上故作轻松,好像什么都没有发生过似的。我没有明白这其中的奥秘,我以为爸爸在掩饰打我的事实,我抱着奶奶大声地哭了起来,添油加醋地告着状,爸爸马上堆起了笑脸,接受奶奶的批评,似乎奶奶说什么都是对的。

一家人出发了,这是一次奇特的旅行,我们家到后来也没有再聚首过这么多的亲戚一起去旅行过,这趟旅行有爷爷奶奶,爸爸妈妈,小叔和他的妻子,两个姑姑和两个姑父,两个姨妈和两个姨父,舅舅,此外还有一堆表哥表弟和表姐表妹,浩浩荡荡,一个大队伍前往了三峡。

旅行线路还是第一次去三峡时的线路,没有任何新意,我对这趟旅行完全失去了兴趣,唯一不同的是第一次我们与其他游客坐一条游船,这一次爸爸在宜昌单独包了一条游船,一大家子人上了船,开始了三峡之旅。

上船后不久大表哥来找我,他是大姨父的孩子,他和我一起将船上的男孩子召集到一起,我们在天刚刚黑的时候坐到了甲板上,几个男孩子便开始吹嘘自己做过的最牛的事情。

"我把一只虫子吃到了嘴里。"大表哥说。

这句话让其他男孩子安静了,大家都不知道该说什么,过了一会儿,我先说话了。

"你们拉过女孩子的手吗?"我说。

几个男孩子在摇头。

"我拉过。"大表哥说话了。

"不止拉过手,还做过别的事。"他继续说。

"什么事?"我好奇地问。

"就是那种事情啊。"大表哥自豪地说。

其他男孩子笑了起来,我多多少少明白他的意思,也跟着笑了起来。

"好玩吗?"我问。

"嗯……不是很好玩。"大表哥说。

他的回答使大家很意外,所有的男孩子都竖着耳朵盼望着他说好玩,然后再告诉一些我们不知道的事情,可是他没有,大家都有点失望,有一个表弟开始怀疑他说的话是不是真的。

"你在撒谎。"他说。

"我没有。"大表哥说。

"你就是在撒谎,就是在撒谎。"

"我没有,我就是没有。"

两人打了起来,一会儿其他的男孩子也参与了进去,包括我,莫名其妙地,一堆男孩子打在了一起,并且很快地分成了两派,分成两派之后没多久,吵闹声就吵到了正在打麻将的大人们,他们冲上甲板将我们分开,各自拉着自家的小孩打了起来,可一边打却在一边旁敲侧击地骂着其他家的小孩,刚刚还在麻将桌上和和气气得像是一家人,马上又因为孩子打架而分成了几家人,女人们各自说着关于其他家庭的风凉话,男人们则在一旁抽着烟叹气或者要自己的女人回去。

"都给我到下面去,吵什么吵!"我爸爸的话结束了这个奇特的场面。

大家都带着自己的孩子悻悻地离开了,我还站在甲板上,我妈妈没有上来拉我,也没有说别人家的风凉话,她在船舱里,我看着我的爸爸,突然间觉得有些孤独,没有被打没有被骂,好像跟其他小孩不一样似的。我爸爸叫我过去,我走了过去。

"你跟别人动手了吗?"

"没有。"

"嗯?"

"动了,我帮大姨父家的大表哥了。"

"你打谁了?"

"我忘了。"

"站在这想想。"

"嗯。"

"站好!"

"嗯。"

我站在甲板上,爸爸回船舱里去了。没过多久他又回来了。

"别人有打到你吗?"

"没有。"

"行了,跟我回船舱里去。不许再打架了听到没有?"

"嗯。不打了。"

我跟着爸爸回船舱里去了,在楼梯上我碰到了大表哥,他来找我,爸爸先回船舱里去了。大人们继续打麻将,我和大表哥坐在甲板上。

"你自杀过吗?"大表哥问我。

这个问题吓到了我,我一下子不知道该怎么回应,可是出于男孩子的好胜心,我竟然有些想要挑衅表哥。

"我没有!不过我不怕!你就有过吗?"

"我有过。"

他的回答使我意外,我的挑衅失败了。

"我爸爸在外面还有个老婆,我还有个弟弟。"表哥说。

"真的吗?"我问。

"嗯。那个弟弟和他妈妈在广州,我爸我妈为这事吵架,我很难过,我就自杀了。"

"你怎么自杀的？"

我的问题提的很奇怪，我本应该安慰一下表哥，可平日里我们两家来往并不多，说实话我并不担心他的情绪和心情，我对他自杀的方式倒是更好奇一些。

"吃药。"

"吃什么药？"

"就是家里的药，所有的药凑在一起吃下去。"

"都吃下去了吗？"

"嗯。我爸我妈带我去医院里洗了胃，又好了。"

表哥开始跟我具体的描述洗胃的过程，他的描述加上我的想象使我觉得很不自在，自己的胃里也好像有某种东西在爬一样。

晚上我和爸爸睡在一起，我一直睡不着。

"爸爸你洗过胃吗？"我说。

爸爸没有回答我，他还没有反应过来，过了一会儿他猛地反应了过来，一下子坐了起来，他瞪着我。

"你问这个干什么？"他吃惊地问我。

"没事，表哥说他洗过胃，听上去很恐怖，我就问一下。"

"哦，你表哥为什么要洗胃啊？"

"他自杀，把家里的药都吃了。"

爸爸没有再说话，他一直看着我，看了很久。

"安安，把你放到爷爷奶奶那里你讨厌爸爸吗？"

"以前讨厌，现在不了。"

"你会……怎么说……会恨爸爸吗？"

"不会。"

"你可不要碰奶奶的药，听到没有？"

"我不会的。洗胃太难受了，我不想试。"

说完这句话我便累了，爸爸却一直若有所思地看着我，我快睡了的时候他去找爷爷了，俩人又要秘密地说上些什么，以后我和爸爸也会像他和爷爷那样吗？总是要躲着大家秘密地说上些什么。

到达巫山县的时候雾很大，在一个清晨，游船在巫山县靠岸，我们这一大家子上了岸。我们住在巫山县最大最好的宾馆里，可是这个宾馆还是很破旧，总有些和你所生活的时代不符的感觉，大姨父说，像是从棺材里挖出来的一样。宾馆大堂的墙上有一大幅画，上面画了迎客松，这幅画是这个宾馆里唯一能够体现出最大最好这几个字的东西，所以大家都围着它站了一会儿，还在它面前合影留念。

那天夜里，我们所有人坐在宾馆的院子里等着看月亮，据说这个月亮是十年内最大最亮的月亮，当天这个宾馆里就住了我们这一大家人，大家有说有笑热热闹闹地待在院子里，可月亮却一直没有出来，我也不知道关于最大的月亮的这个说法怎么讲，也跟着坐在院子里，抬起头等着天上的月亮。奶奶似乎受到了特殊的照顾，包括姨父姨妈，都对她敬爱有加，好像是她的孩子似的对待她。而爸爸和爷爷还在躲着大家商量事情，我隐隐约约觉察出了一些不对劲，爸爸回房间的时候，我跟着他回去了。我本来想去探听关于奶奶的一些事情，可爸爸却和舅舅待在房间里，他们的门没有关，我本想离开，却下意识地留在了门外。

他们在谈钱的事情，从他们的谈话里听得出来，爸爸在生意起步时问舅舅借了一笔钱，现在他们在谈这笔钱的利息的问题，看不出他们有任何的亲戚关系，俩人互不相让，都坚守着彼此的底线，最终，爸爸做出了让步，按照舅舅提出的利息还给他这笔钱，并且商量好还钱的时间。俩人商量得差不多时，爸爸说要出去看月亮，准备离开。

"别以为你现在自己做生意了翅膀硬了，你以前还不是跟着我混过。"舅舅说。

"别人赚钱了眼红了就说出来，不要提以前的那些破事。"爸爸说。

"牛逼啥啊？你不也是我家曾经的奴才么？"舅舅说。

爸爸停下了脚步，他走到舅舅跟前。

"看在你妹妹的面子上我不和你计较，你和我说话最好还是放尊重点。"爸爸看着舅舅说。

"哟，那你倒是别看我妹妹的面子啊。"舅舅笑着说。

爸爸一拳打到了舅舅的脸上，舅舅的鼻子里流出了血。

他和舅舅扭打在一起，院子里的姑姑姑父姨妈姨父从楼下冲上来，他们唧唧喳喳地在劝架，拉开爸爸和舅舅，爷爷奶奶在院子里不知道发生了什么，焦急地在下面大声地问着上面的情况，两个姑姑在人群外向他们汇报着上面的情况。

月亮出来了，又圆又亮，一大家子人坐在院子里，大家都忘记了刚才发生过的事情，嘻嘻哈哈热热闹闹地在议论着月亮，月亮好像听到了他们的议论，很争气地挂在天空上没有再躲回到云里去，而且越来越大越来越亮。爸爸和舅舅也看上去和好了，两人坐在一起喝着酒，舅舅不时用毛巾敷着自己的鼻子，爸爸偶尔还帮他拿一会儿毛巾。爷爷奶奶最开心，坐在一堆人中间，和大家交流着关于月亮的事情。爸爸偶尔会盯着奶奶看很久，也不说话。

从三峡回来后不久学校就开学了，我上了四年级，我忘记了表哥说的那些大胆的事情和他的苦恼，却想起了那个陌生男孩告诉我的关于要拉女孩子手的事情。四年级第一次考试我就没有考好，我在一到三年级的时候每门课都是可以考一百分的，可四年级的时候我的数学只考了九十分。因为那时我的注意力开始转移到女孩的手上，我并不是没有胆量去牵一个女孩的手，而是在找一双漂亮的手，我注意了很久，找到了一双最漂亮的手，我想我要牵的就是这双手了，可是没过多久，我就发现我们班的一个男生在下课时牵了她的手，因此我和那个男孩打了一架，当然是我打赢了，可那女孩也没有牵我的手，倒是因为这件事，我被叫了一次家长，挨了我爸爸一顿打。虽然遇到了障碍，可是我没有放弃。我又确定了另外一个目标，依然是从注意手开始，这次我确定目标后发现她没有拉手的男孩，我便开始想办法去拉她的手，结果我还没有付诸行动的时候那个小女孩就转学离开了。

四年级快结束的时候我还没有完成拉手这件事,班上很多男孩女孩都拉过手了。

有一天放学后小树林里面玩,我爬上了其中一棵树,坐在树杈上看着树林中的小溪。过了一会儿我看到我们班的一个女孩站在树下面,她和我说话了。

"你怎么爬到树上去的?"她问我。

"抱住树往上爬就行了。"我看着她告诉她。

她不说话了,还是站在树下面。我盯着她的手看了好久,并不是很好看,可是四年级就快结束了,我还没有拉过女孩的手,于是我鼓足了勇气。

"我可以拉你上来啊!"我冲着她大声地说。

她把手伸给了我,我奋力地将她拉上树杈。她的手不好看,长相也一般,戴着一副眼镜,背着书包坐在我的旁边。我想把手伸过去拉住她的手,可是我的手总是挪不动,天色渐渐暗了下来,树林里来了好多工业学院的情侣。天快黑的时候,女孩说她要回家了,我不知道该说什么,就先跳下了树,然后在下面要她也跳下来,她不敢跳下来,后来过来一个大学生将她抱了下来。我们俩往树林外面走的时候,我把手伸了出去握住了她的手,我当时心跳得很快,我们俩就这样拉着手走到了工业学院门口,走的是东边的那条路,走到工业学院的门口她就回家了。那天夜里我一直都没有睡着,我闻着自己手上的味道,好像是有淡淡的香味又好像没有。第二天起床的时候，奶奶拉过我的手用香皂洗了它，香味就没有了。

后来放学后我们经常一起去小树林里面，我把她拉上树，一起坐在树上，她也敢往下跳了，我在下面接着她，她经常会在跳下来时把我冲倒，然后扑在我的身上哈哈大笑。不久后我想起了要给那个男孩写信的事情，便在一次爸爸接我回家时问爸爸，爸爸跟我说了很久别的事情，没有告诉我他的地址。吃饭时爸爸突然说起了这件事情。

"林碧君死了。"他对妈妈说。

"出什么事了？"妈妈问。

"她老在外面装自己有钱，别人还真信了，把她给绑架了。绑架之后要五十万，他们家哪来的五十万。她跟绑匪实话实说了，绑匪不信，撕票了。"爸爸说。

"什么时候的事啊？"

"就是最近。"

"真可怜，孩子那么小，和安安差不多大。"

"警察找到她尸体的时候已经过去很多天了，唉，不提了，吃饭吧。我干嘛在吃饭的时候说这些。"

"就是。快吃饭。"

爸爸妈妈似乎完全忘记了我的存在，而我也不再问那个男孩的地址了。

四年级第二学期，我送那女孩到工业学院门口的时候总是要抱抱她，她也喜欢抱抱我。我们每次拥抱的时候我的嗓子都很干，很不舒服，拥抱完后我从工业学院的大门走回爷爷家，走很久，走走停停，偶尔还要在长凳上坐一会儿，然后又站起来继续往回走。那时候我走的是西边的路，很平坦，却走得踉踉跄跄的。有一天我想起了大表哥说的那些话，我提出来要和那个女孩试一试，女孩哭着跑开了，从此再也没有理过我。

# 第四章　杜老师

上五年级以后我的成绩就不如以前好了，爸爸越来越忙，我们聚少离多，他和爷爷一直躲着其他人商量的事情也瞒不住了，奶奶生病了。有一天爸爸接我回市里，晚上的时候带我去见了一个老师，这个老师姓杜，个子不高，人也长得很普通，他要这个老师教我英文，至于原因，据爸爸说我们省将在我这一级升到六年级时开设英语课，所以现在就让我开始学习，走到其他同学的前面去。奶奶生病后身体不如以前，我周末的时候去学习英文，不在家里烦她吵她，也是一件好事，我没有什么意见，同意了。其实还有一个重要的原因就是其他同学都没有开始学习英文，这真是一件很时髦的可以跟同龄孩子炫耀的事情。

爸爸和杜老师聊了很久的天，其实主要的内容就是在说学费的事情，然后中间穿插着一些可有可无的闲谈，最终说好了学费，爸爸就带我离开了杜老师家，离开时他的老婆出来一起送了我们。回去的时候已经很晚了，杜老师家住得比较偏僻，爸爸开着车从他们家出来的一路上都没有路灯,爸爸的车灯照着前面的路,经过一辆车,爸爸就闪一下灯,我不知道为什么要闪灯。

"为什么过去车的时候要闪灯呢?"我好奇地问爸爸。

"你看,现在这是近光灯。"爸爸说。

"嗯。"

"现在我抬一下这里,这是远光灯。"爸爸抬了一下灯光操纵杆。

"过去车的时候呢,就要从远光灯切换到近光灯,如果不切的话,就会照的对面来的车看不清路,就容易出事情,你看,这辆车就没有切近光。"

一辆车开着明晃晃的远光灯与我们会车,远光照得我什么也看不清,爸爸摇下了车窗。

"会车不变灯找死啊。"爸爸朝过去的车喊。

对方自然不会回应,可能都完全听不到爸爸在说什么吧,这辆车过去之后,爸爸继续给我示范灯光,我觉得没有什么意思了,就问爸爸其它的关于开车的问题,爸爸笑了笑,开着车掉了头往北驶去,车子离市区越来越远,慢慢地路两边就没有路灯了,车子越开越快,车灯照着前方的路,除了爸爸的车之外四周什么都没有。终于,爸爸停下了车,在一片荒野里。

"来,坐上来试试。"爸爸打开了车门,走出了驾驶室。

我从副驾驶上坐到了方向盘前,爸爸下车的时候熄了火,他坐到了副驾驶上。

"想不想试试？"爸爸说。

"嗯。"我很兴奋。

"自己发动试一试。"爸爸说。

我发动了车子，脚试探性地往油门上踩去，车子慢慢向前行驶，发动机发出低沉的突突声，这声音使我兴奋。

"开得真不错。好玩吗？"爸爸问。

"好玩。"我说。

我受到了鼓励，继续往前开了一点，爸爸说可以了，我踩了刹车，车子停了下来。这是我第一次开车，车子行驶了六十米，速度很慢，可是我却很兴奋。我回到了副驾驶的位置上，爸爸掉头往家里开去，一路上我们都很兴奋，继续谈着关于车的话题，爸爸告诉了我很多我以前不知道的东西，都是一些开车的时候要注意的事情。

第二天他又去忙生意了，我回到爷爷奶奶家，拿着爸爸买给我的杜老师让买的英文书，开始了在杜老师那里上课的日子。

杜老师具体叫什么名字我忘记了，他说话的语速很慢，总是喜欢重复自己已经说过的话。回想起来，他的英文水平是很差的，他的很多单词的发音甚至音标的发音都是不正确的，这些对我也造成了影响，一些简单的单词我偶尔还是会读出奇怪的发音，这些其实都是受杜老师的影响。可他也带给了我很多不同的东西，他经常给我们放美国电影，爱情片，西部片，战争片，什么电影都有，不过这些给我留下的印象却不是最深刻的，有一次他给我们放了一个关于美国大学的片子，里面介绍了很多美国大学，耶鲁大学，哈佛大学，我印象最深的是哈佛大学，因为杜老师最喜欢的就是哈佛大学，他也最爱给我们介绍哈佛大学，还经常把哈佛大学那一段拿出来重放一下。

每个周末的晚上，我都要去他家里学习英文，在杜老师那里，我也能获得奖励和表扬。他的表扬方式不是口头的，如果你表现好，他会做漂亮的贺卡给你，上面写上英文，写上你的名字，当着其他学生的面送给你。那样的贺卡我收了很多，不过后来家里搬了几次家，我的贺卡就基本上丢光了，关于这个问题我曾经向爸爸提出异议，可他的回答是坚决的。

"不就是几张破贺卡吗！丢了再去买就是了！"这就是他的回答。

"你就知道钱。"这里面多多少少有一些我对于总是见不到他的不满在里面。

杜老师的那些贺卡分不同的颜色，不同的折叠方法，上面又用彩笔画了很漂亮的画，大小不一。杜老师的手很漂亮，手指很长，手上的皮肤白皙透明，就是这样的手才能做出这么多美丽的贺卡来。每次上完课，他都要花很长的时间来洗掉自己手上的粉笔末，有一次我爸爸来接我接得晚，我坐在他的旁边看他洗手，洗了很久，洗得很认真，他洗完之后还帮我也洗了手。

我上他的英文课一直上到了五年级第一学期末，结束的原因是他不教英文课了，他离开了这座城市，去广州做生意去了。其实，这和他老婆是有关系的。杜老师的真正职业是文化馆里的一个闲职,挣的钱并不多,教英文是他的副业,多少还能挣一些钱。杜老师在文化馆的工作是他岳父帮他找到的,他老婆那时候要比他挣得多一些,也不知道是不是因为这个原因,杜老师在家里是说不上话的。他的老婆一点也不温文尔雅而且很粗鲁,即便是我们正在上课的时候,她有什么事也不会敲门,直接从外面推开里屋的门,扯着大嗓门就进来了。而且她一般也没有什么大事,都是问杜老师有没有买菜之类的事。我们的课是规定了时间了,可杜老师往往讲得高兴了就会超一点儿时间(因为家长来接我们的时候往往并不是卡着下课的点来的,都会稍微晚一点点儿),她老婆便不高兴了,在外面说着风凉话。

"人家家的孩子你操这么大心干嘛啊,还搭上自己的时间,什么事差不多就行了啊。"一般都是这一类的话,每次只是语气和一两个词语有一点点变化而已。

杜老师一般都不说话,继续上他的课,可我们已经没有心思听了,那时候除了我之外,其他的学生都不固定,可一般就是四到五个学生,我们都会盯着门口,等着他老婆推门进来,杜老师看我们也没心思听了,一般也就下课了。可有一次杜老师讲得很高兴,好像是讲到水果,他自己用纸剪了很多水果的样子给我们看,下课时间到了以后,他老婆便在外面喊了起来,杜老师没有理会继续讲,他老婆推门进来。

"行了行了,今天就到这了,你们走吧。"他老婆冲着我们说,声音很大。

我们开始拿自己的书本，准备走。

"你们都坐下！还没下课呢！"杜老师有一点不高兴，他的声音虽然小，但是说话比平时要用力。

我们又都坐下了，杜老师继续讲。他老婆也出去了。可杜老师刚讲了不到一分钟的样子，他老婆拿着扫地的笤帚从外面冲了进来，直接就往杜老师身上打，杜老师个子没有他老婆高，可力气比她老婆大，他平时看上去总是很温柔的样子，可生气起来还是很可怕的，他踢翻了面前的桌子，夺过他老婆手里的笤帚，然后伸手打了他老婆一巴掌。这时候来接我们的家长们都已经来了，他们拉开了杜老师和他老婆。他老婆当着众人的面，说要和杜老师离婚。

后来婚没有离，我们的课也在继续上。可他老婆在家的时间越来越少了。后来有一天，他老婆跟别的男人在一起的事情被杜老师知道了。有一次我们正在上课的时候杜老师突然间哭了起来，很大声地哭了起来，这是我第一次见到成年人哭，我有些惊慌失措，不知道自己该做什么，另外的几个学生也和我一样，我们都愣在一边，看着杜老师哭，他用手抹着眼泪，那时候他的手已经没有原来那么好看了，他下课后也不再花很久的时间来洗手了。我想要去安慰他，又不知道该如何安慰他，我便一直盯着他看，并且不自觉地往他跟前走去，杜老师看到我走近他，慢慢地停止了哭泣。

他老婆婚外情的对象是在舞厅认识的，是一个广州人，来这个城市做生意的，他来到这个城市之后生意没做成，却认识了被杜老师打了一巴掌的杜老师的老婆。

有一天，杜老师和他老婆以及他老婆的婚外情对象站在了同一个画面里，那是在杜老师家的客厅里，杜老师冲进了厨房，拿出了菜刀站在了他老婆和她的情夫面前，那个广州来的情夫吓坏了，忙说这件事和他没关系。杜老师举着菜刀一直也不动手，那个情夫趁机跑掉了。情夫跑掉之后杜老师也没有去追，他把刀放到了自己的脖子上，跪在了他老婆的面前，然后他开始打自己巴掌，要他老婆原谅他，不要离开他。

他老婆原谅了他，并要他辞掉文化馆的工作，去广州做生意，杜老师同意了，带着积蓄离开了这个城市，去广州做生意去了。而他老婆依然留在这个城市里，不过她似乎再也没有去过舞厅。也是在杜老师的英文课结束后不久，我也第一次去了广州这座城市。在去广州之前，我对于这座城市唯一的印象也就是杜老师留下的这些事情里关于广州的一些零碎片段了，而这些零碎片段对于我来说，只有一个字，钱。

说到钱，在去广州之前爸爸带着妈妈和我请舅舅吃饭，并且还上了借舅舅的所有钱和利息，不知道爸爸出于什么心态，还多给了舅舅一部分钱，具体给了多少我不清楚。舅舅那时候的生意似乎已经不行了，只有做着自己本来的那份工作，已经没了三峡之行时的那种气势，妈妈不太过问家里的事情，她对于爸爸的生意能够赚来这么多钱表示惊讶，我是一副无所谓的样子，只有爸爸最兴奋，他几乎没有吃饭，不断地和舅舅说着话，舅舅似乎输了气势，对于爸爸所有的话都只有应和，没有提出任何自己的见解。

出发去广州的时候我很奇怪，这次是生意上的事情，爸爸带着我说要让我见见世面，可是他还带了十几个司机，这让我很奇怪，不知道这是什么意思，爸爸也没有告诉我。我们一行十几个人坐火车去广州，贵阳离广州并不远，这也是很多的贵阳人喜欢去广州的原因之一，爸爸和司机们一路上都在说着广州的繁华，这勾起了我的好奇心。

火车到达广州站，旅途的劳顿没有击垮我的好奇心，从走出火车站开始我就对周围的一切充满好奇，广州比我的家乡大，街道笔直且宽阔，不像我家乡的那样蜿蜒曲折，建筑也很漂亮，有高大崭新的大厦，比起我的家乡那些歪歪扭扭的建筑确实要漂亮很多，司机里有大部分都是第一次来广州，他们和我一样，对任何事物都充满了好奇。我们见到了外国人，在我们住的酒店里，我试图用杜老师教我的英文和他们交流，但是失败了，不知道是出于紧张还是其他的原因，我的口语很奇怪，说出的话也不是我自己想说的，那些外国人都没有听懂，只好对我说了几句他们听不明白我在说什么的意思，我大概明白了他们的意思，就不再说话了。可我爸爸误会了，我出口的英文让他很意外，他的脸上放着光彩，对同行的司机们大肆夸耀我的英文能力，司机们文化程度不高，他们哪明白什么英文能力，全都向我投来艳羡的目光，弄得我很不好意思，也不再愿意和外国人说话了。

出于对我在外国人面前的表现使他在手下面前很有面子的夸奖，爸爸第二天带着我去吃了西餐，这是我第一次吃西餐，爸爸看上去好像吃过几次，不过在我的面前他依然有些紧张，爸爸教着我刀叉的用法和吃饭的讲究，我很认真地学着，我的认真使爸爸很开心，他大口地喝着红酒，不知道是不是酒精的作用，爸爸说出了这样的话：

"你好好念书，我也好好挣钱，以后送你到外国去念书。"

他的话让我很意外，加上西餐厅的那种气氛的影响，我也说了让爸爸意想不到的话。

"我要念哈佛，要靠自己考奖学金，不让你出钱。"我说。

关于哈佛和奖学金的事情是杜老师放的片子里说的，我把这句话说出来的时候爸爸愣住了，他摸了摸我的脑袋，我讨厌别人摸我的脑袋，可是他摸的时候我也没有那么厌烦，我笑了。

爸爸竟然流下了眼泪，这使我很意外，他看着我的脸停了很久。

"闹闹，爸爸这几年老在外面跑，苦了你了。"爸爸也叫错了我的小名，像奶奶接我的那次一样。我害羞地笑了笑。

"服务生。"爸爸朝后面拍了拍手。

爸爸又点了一份牛排，我很争气地都吃光了，爸爸也把剩下的红酒喝光了。

下午，我和爸爸和同行的十几个司机一起出门了，这时候我才知道此行的目的——买车，爸爸有点微醉，一路上都在和司机们说要挤掉几个搞出租的，我隐隐约约地听明白了一些，在我的家乡那座小城市里，有五家在搞出租车运营的，爸爸是其中起步时最小的一家，现在不是了，现在爸爸成了第三大家，这次来买上十三辆皇冠，加上原来的上海牌轿车，回去再招一些司机，爸爸的出租车生意将成为第二大家。爸爸兴奋地跟司机们说着这些，过了一会儿我开始明白这些不是说给司机们听的，这些司机们天天跟着爸爸，当然知道生意做到了什么程度，这些话是爸爸说给自己的儿子听的，他要告诉自己的儿子他的能力，让儿子以他为骄傲，他把儿子说的关于哈佛的事当真了，他在告诉儿子，他将会有能力供他出国读书，可他不知道自己的儿子说的英文其实那些外国人没有听懂。

买车的地方很气派，我还从来没有见过这么多辆车排在一起，而且有很多奔驰宝马这样的豪华品牌，爸爸在司机们检查那些皇冠车的时候带着我去看了停在一边的奔驰车，他似乎很感兴趣，坐在车里试了试，还让我坐进去试了试。

买车结束之后，一行人浩浩荡荡开着十辆皇冠车回家了。离开广州时沿途的亚热带风景很是漂亮，比火车上看到的风景漂亮多了，爸爸见我很喜欢，还要车队把车停下来，在一处风景漂亮的丘陵地带，我们父子俩站在车外面看了很久的风景。

"广州是个好地方啊，城市里面好，乡下也好啊。你说是不是？"爸爸说。

"嗯。"我开心地回答。

回到家乡之后新车都开进了车库里，还新招了一些司机，这次招司机的同时，倒掉了一家出租车生意，这个城市剩下四家做出租车生意的了。这个消息令爸爸兴奋，他为司机们全部订做了制服，清一色的黑色西装。招新大会在车库里召开，所有的司机穿着黑色西装,按照新司机和老司机站成两排,爸爸在一个小台子上讲了话,就是一些激励大家之类的话,然后任命了三个老司机来负责以前要他自己来干的跟车监督的事情,并且为每一辆车上都装上了计价器,这一点在这个城市的出租车业中也是首创。

招新大会结束,员工们在车库里集体看爸爸从广州买回来的黑帮片的录像带,后来每天的工作结束后经常还会有集体看录像带的活动,那时候我也喜欢去凑凑热闹,学一学里面的台词和动作。而这次招新大会之后,爸爸手下的所有人都改了对爸爸的称呼,原来一些李哥之类的称呼都改掉了,他们学着电影里的样子,都叫爸爸老板。从此爸爸只有一个称呼,就是老板,那些司机们齐声喊着老板,爸爸也不答应,只是慢慢地从他们身边走过去,我突然间觉得他有些悲凉,他从此只有一个称呼——老板,就像是一个符号一样。

真如爸爸所说,六年级,这个城市里所有的小学开始开设英文课,而学校里给我们代课的英文老师也姓杜,他看上去很年轻,其实实际年龄要比看上去大一些。他是这所学校里比较特别的一个老师,他不骂学生也从不打学生,而且每次校长来听课的时候,他也不像其他老师那样做出一副恭恭敬敬的样子。有一次他点到了我的名字,让我读一段课文,我拿起课本正要读,我的几个同学开始朝我使眼色,我明白了,我得捣捣乱了,以前我让他们这样做过,现在得我来回报他们了,可是在内心深处,我是渴望这个老师喜欢我的,我不知该怎么办,愣了下来。

"你不会读吗?这么简单的课文。"杜老师问我。

"啊,这个……我会。"我紧张地说。

说完这句话之后那几个同学开始窃窃私语,他们等待着我的表演,可是我让他们失望了。我认认真真地读完了那一段课文,读完之后,我看着杜老师,他让我坐下。我的这个行为并没有给自己带来好处,后半节课,杜老师开始以我为反例,来说明口语的重要性,其实那时我是读得很认真的,只不过那时我还在受着第一个杜老师的影响,我的口语是有一点点的奇怪的。

从此之后杜老师也没有再叫我回答过问题,当然,他不是故意的,他提问永远都是随机的,只不过我一直没有进入他的随机里而已。有一次放学后我在街上游荡时碰到了杜老师,他很奇怪我放学后为什么不回家,在这个年纪,放学之后都应该乖乖回家才是,我不愿意告诉杜老师我爸爸接我到了市里之后自己又去忙生意让我自己出来吃饭,找了点其他的借口,杜老师听出来是借口,他没有拆穿我,还带着我去他家里吃了饭,那天他家里也只有他一个人,他自己做了饭,饭菜很可口,吃饭的时候他也没有告诉我平日里是不是也是这样,我也不好意思去问他。杜老师带我们班不到一个学期,他便被调到另一个成绩较差的班里去了,这期间校长来听过三次课,这个调动的决定是由校长决定的。原因是杜老师的授课方式并不适合考试,因为他把大部分的时间花在了与课本无关的内容上。很快,学校便为我们班换了一个英文课老师,他第一次叫我起来回答问题的时候,我便照着那几个同学的意思,开始捣乱,捣乱的方式多种多样,总之就是不正面回答问题,然后说点别的,老师被绕了半天之后便明白了怎么回事，叫起其他学生来回答。

　　杜老师离开学校之后一个月，我带几个同学联系其他班级组织了一场规模浩大的罢课。大家有两个原因会响应罢课：第一，学校生活有些无聊，第二，大家刚刚上六年级，都认为自己年纪大了，得做出点年纪大的事情来。

　　同学们到后来也没有一个人知道，我真正提出大家罢课的原因是什么，我罢课的目的其实是因为杜老师。自从那次去他家里吃饭之后，我经常在放学后去他家里吃饭，而他家里也总是他一个人，我在客厅看电视，他在厨房里做饭，做好饭之后我们就一起吃饭，他的厨艺在不断地长进，他还能记住我喜欢吃的菜，在第二次我去他家里的时候多做一些。在吃饭的时候，我们还会玩一个游戏，杜老师端上来一个菜，我就要用英文说这个菜的名字，我的英文发音也变得越来越标准。

　　罢课持续了一天就结束了，原因是第二天早上校方拿出叫家长来威胁，于是大家一哄而散，罢课宣告失败。

　　开始正常上课后，学校开始了对罢课事件的调查，下午我就被叫到了校长办公室。

　　"说吧，罢课的事情是不是你带的头。"我刚一进办公室校长便问我。没什么好说的，我爸爸被叫到学校里来了，这时候爸爸又挤掉了一家出租车生意，这个城市只有三家搞出租车生意的了，他们分好了各自在这个城市里跑车的区域，然后在自己的地盘上跑车，爸爸分到的地盘越来越多了，他没有想到他会因为我被叫到学校里。校长很快知道了爸爸和爷爷奶奶的关系，爷爷奶奶也来到了学校里，爸爸颜面尽失，在从广州回来后的很长时间里，爸爸一直记着我和外国人对话的那个场面，他可是认为自己的孩子将来要去国外留学的，可我却出了这样的事情，敢在六年级就罢课的学生是不可能出息到将来能够去国外留学的。

因为罢课的事情，我被学校放假一个星期回家反省，爸爸继续忙他的生意，而我则无所事事地在街上游荡，有一天我走到了杜老师家的楼下，想了很久还是没有上去，我都已经被停课了，没什么脸面去吃他做的菜了。从杜老师家楼下往回走，经过甲秀楼，在甲秀楼附近的一个小巷子口，两个看着年龄不大的街头混混看着我，我也看着他们。

"看什么看？"他们说。

"老子想看就看，你们能把老子怎么样？"我冲着他们说。

两人当然不服，冲上来要吓唬我，不知道从哪里来的火气，我直接一脚就朝着其中一个踹了过去，另外一人扑了上来，我们三人纠缠在一起。甲秀楼附近都是些老小区，这里居住着很多老人，混混们也不常在这里瞎混，老人们很少看到纠缠在一起打架的小混混。我们三人这样纠缠在一起，还顺势捡起地上的砖头朝另外一个头上砸，老人们自然看不下去了，报了警。

这是我第一次进派出所，我坐在警车上，旁边的民警一直盯着我，好像我会做出什么危险的事情似的，一开始我有些恐慌，可走进派出所的时候这种感觉就完全变成失望了，这里和其他的地方没有什么区别，办公室和办公桌，只不过工作人员穿着警服而已。那两个混混似乎经常来这里，他们还认识这里的民警，还试图和民警开玩笑，可民警没有理他们。爸爸来到派出所的时候一脸慌张，这很不像他。他看着我，一脸茫然。口中念念有词："你究竟是怎么了？你究竟是想干什么？"就是这两句话，不断地重复着。我一句话都不说，另外两人中的一个被家长领走时我还骂他，我的骂声没有激怒他，反倒是激怒了爸爸，他大声地冲我吼："你究竟是想干什么？你究竟是怎么了？"还是这两句话。

在广州的时候，我和爸爸住在酒店里，一天晚上电视上在放一个广告，是关于一所贵族学校的，那所学校好像叫英皇贵族学校，学校看上去很大，设施很豪华，广告里还在吹嘘学校的师资力量以及封闭管理的好处，最重要的有一点，广告里提到过四个字——出国留学。

爸爸决定把我送去这所贵族学校，做出决定后没多久，他就去这所学校里做了考察，考察的结果很满意，他预交了三十万学费，给我报了名。报完名回家之后爸爸通知了妈妈和爷爷奶奶，一家人难得聚在一起，却是为了一件并不那么开心的事情，爸爸更像是被逼无奈做出这个决定，可他在被逼无奈的时候依然保持着自己的强势。

"去了广州一定要好好学习，要是敢再犯什么事我一定饶不了你。"爸爸边吃饭边说。

我没有说话，爷爷奶奶和妈妈都满面愁容地看着我。

"一年可是要三十万学费啊,你一定要好好学习啊。"爸爸说,这次他的语气缓和了不少,有一种殷切的希望在里面。

"我不想去广州,我就想在贵阳。"我说。

"这孩子!名都报了,这可是贵族学校,这是好事。"爷爷说。

"是啊,安安,去了一定要好好学习。"妈妈也跟着说。

我又不说话了,爸爸也不再吃东西,他看了我一会儿,叹了口气。

"一年可是要三十万的学费,一定要好好学习。"爸爸又重复了这句话。

后来我也没有再说过话,我的情绪很低落,我不愿意去广州上学,而爸爸则一直在重复三十万学费一定要好好学习这句话,我不知道该如何回答他。我厌恶他这样的安排,我从来没有想过自己要离开贵阳,去一个陌生的城市,在我还这么小的时候。我虽然很喜欢广州,喜欢那里的高楼大厦和酒店里的外国人,喜欢西餐厅里的牛排和音乐,喜欢车市上那一排排豪华车,喜欢高架桥和城市外那些亚热带景观,可我不愿意离开我的家乡,离开爷爷奶奶,离开爸爸,虽然他要隔很久才看我一次。

学校里的学生和老师都知道了我要走的消息,我是这座城市里第一个去读贵族学校的孩子,学生们甚至老师都表示很羡慕我,他们都忘记了我罢课和进派出所的事情,他们都在恭喜我,可他们不明白我内心的痛苦和不安。六年级很快结束了,我要离开了。毕业那天所有的孩子都很开心,他们开始聊起了去上哪一所初中,上初中之后不用再戴红领巾这样的话题,有几个孩子还一起相约去看自己将要去读的初中，我也想和他们一起，可这都不可能了，他们已经知道了自己未来的同学是什么样子。很明显，他们几个会在初中的时候成为更好的朋友，而我将要面对的是什么我自己一点都不清楚。我不知道自己要上的初中是什么样子，爸爸给我形容过那里恢弘的建筑和完美的管理制度，我对这些没有兴趣；我也不知道在那里我遇到的同学我将来的朋友会是什么样子，他们听得懂贵阳话吗？他们会愿意和我做朋友吗？他们也是因为罢课和进派出所而被送到那里去的吗？爸爸不会告诉我这些，他只会告诉我，那里的孩子和我一样，有一个像他这样的爸爸。

这个夏天很短暂，爸爸陪我的时间也多了一些，可能是他知道我毕竟是要去一个离家一千公里以外的地方。我突然间有些舍不得贵阳，记得我第一次从广州回来时，我告诉爷爷奶奶，贵阳和广州比起来差太远了，我以后一定要离开贵阳去大城市，可现在我不这么想了，我不愿意离开贵阳，我开始舍不得这里的一切，甚至慢慢开始厌恶起广州来。

离开前的那一晚我和爸爸睡在一起，他看着我看了很久才开口说话。

"到了广州要听话，人生地不熟，不要惹事。"

我没有说话，装作睡着了，还发出了几声打呼声。

"别装了！你这孩子，好的不学，净学会一些坏毛病，唉，也怪我天天在外面忙，没有管教你，爸爸也亏欠你，这学校是贵族学校，我去看过了，里面条件很好的，比咱们这边的学校好多了。"

"我不想去什么贵族学校,我就想在这里念书。"

"已经报名了,快睡觉吧。明天还要早起坐飞机。"

没有任何的办法,我只好接受这一切。那天晚上我没有睡好,为未来将要面对的一切都很不安,爸爸也没有睡好,他起来抽了好几次烟,他打开窗户,一边抽着烟一边将烟扇出去。

在机场办理完登机手续,坐上摆渡车,往未知驶去,踏上飞机的舷梯,在进入飞机舱门的一瞬间我下意识地回头看了一眼,穿过黑压压的人群,我看到小时候的自己,看到那个背着小水壶手里拿着小木剑的自己,他在冲着我招手,和我作别。

飞机起飞,这是我第一次坐飞机,可是我一点都没有兴奋,办理登机手续前我还试图和爸爸求情,让他改变主意,爸爸的主意很坚定,不会改变,他的坚定刺激到了我的自尊心,我不再向他求情。上飞机前,来送我们的爸爸的手下告诉爸爸一个令他兴奋的好消息,出租车生意又倒了一家,现在爸爸的地盘更大了,爸爸和我分享了这个好消息,可这对我来说不算是好消息,我对这件事完全没有兴趣。我的心里有一种空落落的奇怪的感觉,觉得自己的生活瞬间失去了希望似的,我从未想过自己会被送到离家这么远的地方去,我有些害怕,不知道未来是什么样子的。天空中什么也没有,一片湛蓝,厚厚的云层遮蔽了时空的概念,我不知道自己在哪里,我在内心里想着各种结果,甚至想到了飞机失事,还想到了穿越时空。这一切都没有发生,飞机顺利地到达了广州上空,无论迎接我的是什么,我都只能去面对。

# 第五章　二五仔（上）

贵族学校派车子来机场接了我和爸爸，这是一辆奔驰轿车，是爸爸和我都喜欢的车子，接到我们之后并没有立即回学校，这辆车子带着我们在广州市里走了一遭，据开车的人讲，这是对所有外地学生的服务，爸爸要我选择要还是不要，我选择了要，并不是我想要享受什么，上次跟着爸爸来广州早已把这里转了个遍，而是我竟然认为拖延就会带来别的机会。而当车子行驶在珠江边的时候我不得不接受了这个事实，我得开始在这个陌生的城市一个人生活了。

秋季，广州比我的家乡热很多，珠江比起南明河也宽阔了太多，珠江上有游船在行驶，上面坐满了人，珠江两岸的建筑高大宏伟，整齐地矗立在江边那些热带植物的身后。我对这里充满了好奇，离开老城区，车子驶上高大的立交桥，在十几层楼高的上空转弯，驶上另一条宽阔的街道，走了一会儿，在天黑之前到达了英皇贵族学校。

我们首先参观了学校，如爸爸所说，学校很大，建筑崭新漂亮，每一栋楼都用不同的颜色粉刷，并且能够看出在尽力地模仿国外的建筑，学校的操场有草坪和塑胶跑道，精致的宿舍楼矗立在操场旁边。这一切使我愉快，可是我却很快注意到了学校院墙上的铁丝网，身旁的教工在向爸爸介绍学校的封闭式管理，他嘴里不断地重复着"封闭式"三个字和墙上的铁丝网使我觉得自己像是走进了监狱一般，我有一种说不出的悲哀，不知道该如何表达，也没有心情再欣赏学校里的各种硬件设施。

夜里我和爸爸住在学校安排的酒店里，天一亮爸爸就要飞回家乡继续他的出租车营运生意，他的脑子里一定在计划着如何挤垮最后一个对手，好霸占整个城市的出租车营运市场。躺在酒店的床上，我想和他谈一谈，而爸爸对于学校似乎比第一次来还要满意，他好像对将我留在这里没有任何的不舍。我们一夜无话，第二天早上爸爸送我去了学校，酒店就在学校旁边，我们俩一路步行到学校，爸爸拖着我的三个行李箱，里面全是他给我买的衣服，其实他知道，学校里是必须穿校服的，并且每个季节会给每个学生七套校服，这些校服制作精良样式也很时髦，他买的这些衣服我穿到的机会很少。拖着这三箱衣服跟在我的身后，走到宿舍门口，爸爸拍了拍我的肩膀，我礼貌地笑了笑。

"好好念书，有需要就给我打电话。"爸爸说。

"我……我还是想回去念书。"我说。

"好好念书，有需要给我打电话。"爸爸重复了这句话。

我们家乡是很流行广州这边的东西的,在家乡的时候我也经常会说广东话玩,听粤语歌,和爸爸的司机们一起看香港黑帮片,我会说一些简单的粤语词汇,比如买单叫做埋单,搞定叫做掂档,所以我想,就算到了这个语言环境完全陌生的地方,我应该也会很快就适应的。可是当我到了广州开始第一天上课之后才发现,当我真真切切地被放置到另一个与我之前所不同的语言环境中时,那种曾经没有想象过的危机感还是来了,我得从最简单的一二三四五六七开始学起,广东话九声六调,学起来比普通话难很多,在那个时候,在一个广州的学校里——虽然学校里的学生来自五湖四海——不会说广东话,是会遭受排挤的。很自然,我做好了一切准备,然后在自己努力学习广东话的过程中被排挤了。

开学后我们的宿舍里一共住有四个人,有两个人是广州本地人,他们的广东话自然说得很好,我来的第一天他们就在用广东话交谈,我能明白大概的意思。

"我爸爸是做外贸生意的,就是电器啊这些东西,和日本人做生意。"其中一个广州孩子说道。

"我爸爸和他爸爸是生意伙伴喽,所以我们就一起来这了,他们的意见是一致的。"另外一个广州孩子说。

"你呢?你爸爸是做什么的?"他们用蹩脚的普通话问我。

"我爸爸,做汽车营运,就是出租车营运。"我说。

他们没有说话,似乎有些失望。他们看着另一个孩子,他是个戴眼镜的小个子,他是浙江人。

"我爸爸的工厂做扣子。"他说。"广州大多数的服装厂里出厂的服装上面的扣子都是我们家做出来的。"

我们都看看自己的扣子。

"说不定我们校服上面的扣子就是我们家做的呢，这都不一定。"他补充到。

"你怎么会说广东话？"我说。

"我经常跟我爸来广州，自然就会说一点了。"他用普通话跟我说。"我爸个子很高的，你们不要看我这么矮就觉得我爸个子也矮，他很高的，他有……"他继续用广东话说着。

大家继续谈论着自己的爸爸，我偶尔插上几句话，我也想告诉他们我爸爸的一些比他们爸爸要牛上很多的事情。我们的谈话一直到深夜才结束。

那两个广东孩子都抽烟，过了不久，戴眼镜的小个子也跟着那两个广东小孩开始抽了。学校是不允许学生抽烟的，所以总有宿管下来查，可等他来查的时候，他们早已经将抽过的烟头处理掉了，虽然推开门后还有一些烟味，但是也没有什么证据。他们三人之间用广东话交流，很少与我交流，其实我在默默地学习着广东话，他们偶尔在背后议论我的时候我也听得明明白白。我不抽烟，他们三人抽烟，我不是他们中的一分子，他们经常三个人围坐在一起抽一支烟，每人一口，然后不断地传递，而我只有坐在一边看着他们或者自己走出宿舍去楼道里待一会儿，他们对我是不信任的,我没有和他们有那样的亲密行为,我没有和他们一样,互相接触过对方的口水。不久，他们抽烟被举报了。

那天我像往常一样回到宿舍，躺在自己的床上，他们三个人一起进的宿舍，然后一人拉了一把椅子坐到了我的床边，我坐了起来，问他们有什么事，这句话我是用普通话说的。

"你自己知道是怎么回事，还用问我们？"戴眼镜的那个孩子说。

我看着他没有说话，因为我真的不知道是怎么回事，炎热的下午，下课后我回到宿舍躺在床上，然后同宿舍的三个人推门进来坐在我的床前，问我是怎么一回事，还说我自己知道，我不知道，我当然不知道是怎么一回事。

"你就是个二五仔！"戴眼镜的那个孩子说。

"叼你老母。"这时候我已经学会用广东话问候别人的母亲了，我攥紧了拳头，随时准备着和他打一架。

他们没有和我打架，而是各自做自己的事情去了，过了一会儿，他们就一起离开宿舍了。他们这样的行为使得我攥紧的拳头很尴尬，我有些不太明白他们的意思。在往常，虽然我们并不是多么的亲密，但是在上晚自习的时候，他们还是会叫我一声大家一起去的。我还记得我来这里的第一天，我们四个人一起在学校食堂吃了饭，大家都很开心。可是我什么都没做，突然间事情就变成了这个样子。

晚上我去得稍微晚了一些，当我走进教室的时候，我注意到了异样的气氛，所有人都朝我看着，我在班上的座位在第三排，我感觉自己走得很累，当我坐下来时，同桌也向我投来和他们一样的眼神。晚自习结束后，我被带到了学校操场，那个一开始给我留下很好印象的有大草坪和塑胶跑道的操场。

"自己说吧，怎么回事？"一个大个子问我。

我没有回答，因为我不知道，我什么也没有做。

"你是想让我们动手吗，二五仔？"大个子继续说。

"你想点？"我终于开口了，我有些生气，而从这一刻开始，我在这所学校里没有再说过普通话。

好可笑啊，我当时心里在想，这样的情景要是在家乡，我早已经冲上去和他打作一团了吧。我告诉自己再忍一忍，实在不行，依然用拳头解决问题，哪怕他们人多也无所谓。

操场上一片漆黑，人群里发出哄笑。然后他们大声地起哄着，喊着："二五仔，二五仔……"

我动手了，一拳砸到离我最近的大个子的脸上，他一下子懵了，反应过来后便用拳头回击，我躲了过去，又是一拳砸到了他的脸上，这一拳很重,他有些吃不消了。剩下的人看到他们的老大被人打了，便一哄而上，我抬起脚冲着他们踹去，踹了两脚，踹倒了一个人，可有人绕到了我的身后，从后面抓住了我的胳膊，抓住我胳膊的那个人力气不大，我使劲一甩就甩开了他，反过来抓住了他的胳膊，他使劲地挣脱我，其他人往我跟前凑，我一把将他推了出去，冲过来的那些人被他撞倒，他们不再往我跟前冲了，他们叫嚣着，可真正敢冲过来和我打架的却没几个人，这时候学校里的巡视人员打着手电筒走了过来,手电筒的光照在人群里,大家都散开了。我们被带到了学校的教务处,被挨个批评了一通。

那天晚上我回去后睡得很踏实,一夜无梦,第二天早早醒来就去了教室。第一节下课的时候,班主任来到教室,点了一些人的名字,点到最后的时候我感觉到了不对劲,班主任点的那些人应该就是昨天晚上那些人,他们一个个地都瞪着我离开了教室,同桌站起来离开的时候冲我说了句:"二五仔!"第二节课我没有听进去,我隐隐约约的感觉到这事情肯定和我有关系,可具体有什么关系我又不知道。

中午在食堂吃饭的时候,我看到了他们,他们冲我这边看着,没有过来,我快速地吃完饭,然后离开了食堂,我不想和他们有任何瓜葛,也暂时不想再打架,我不想再到教务处去当着那么多人面被批评,那种感觉很不好。在回宿舍的路上,一个女孩叫住了我,当时我吓了一跳,因为她叫我时说的不是广东话,而是我们的家乡方言。

"二五仔是什么意思?"我问她。

其实我大概知道是什么意思了,我只是不愿意承认而已。因为我并没有做那样的事情,我并不清楚这个词为什么会放到我的头上来。

"二五仔就是叛徒的意思,你明白了吧,你是不是去告老师了?"她边说话边用手捏着自己的鼻子。

"我没有!我什么都没干!"我大声地说。

"嘘！你着急什么啊！"她看着我。

这时候有几个人走了过来，其中就有那天晚上说话的大个子，我们宿舍戴眼镜的那个小个子也在。女孩转身过去挽住了大个子的胳膊和他说着话，他们声音很小，而且说的广东话，我没有听清楚他们说什么。他们一起从我身边经过没有理我，只有那个戴眼镜的小个子回过头来看了看我，我没有看懂他的表情。

来学校还不到两个月的时间，我就成了叛徒，成了他们口中的二五仔了。我坐在宿舍的床上，想睡觉，想睡过去至少暂时不用去想这些事情，可我睡不着，宿舍里的人总是瞪着我，隔一会儿戴眼镜的小个子就要小声地说一声，二五仔。我装作没有听见，可他们却都做出很不忿的样子。终于，他们三个被我揍了一顿，戴眼镜的小个子也不再小声重复二五仔这三个字了，而我又不得不去了一趟教务处。

我把一切都想简单了。第二天早自习的时候，男生们加上几个女生一起齐声地有节奏地喊着：二五仔，二五仔。大约持续了十几秒钟，我拍了一下桌子站了起来，教室里顿时一片寂静。

"我不是二五仔！"我大声地冲他们说。

他们先是一愣，然后大声地笑了起来。笑完之后又开始了他们的游戏，直到老师来到了教室。

那天中午我没有吃饭，我一个人坐在操场边的树下面，校园里的热带植物长得很茂盛，在不远处的教学楼的墙壁上，挂着这个被称为贵族学校的校训——活泼友爱，XXXX——这里用

"XXXX"是因为我只记住了"活泼友爱"这四个字，当时我看着这四个字觉得自己的经历很奇特，我自己都没办法说清楚，我知道不能去找老师，这种情况去找老师我会更说不清楚的，我决定先不用拳头去解决，那么多人认为我是二五仔，我总不能去和他们所有人打架，那些人里面还有女孩，更不能用拳头去解决这个问题了。我开始试着用另一种方法把这件事弄清楚。

我先从我们宿舍开始下手，因为是他们最先说的这件事情。那天晚上我在学校的小商店里买了很多零食，拿着回了宿舍，回到宿舍后我把零食放到桌上，然后看着他们三个人，既然和他们打架的方式不管用，我还是试试友好的方式吧。

"大家来吃零食啊。"我冲着他们三个人说。

没有人过来，大家各自忙着自己的事情。

"一个宿舍的，大家有什么误会我们可以说清楚的啊。"我继续努力着。

没有人回应。

"我不是二五仔，我真的什么也没有做。"这一声我几乎是喊出来的，我差点摔了东西又和他们打上一架，我忍住了。

这次有人做出了回应，不过这回应是几声冷笑。

宿舍熄灯了，他们靠着窗户一起抽了一根烟便睡了。那天晚上我一个人在桌子边坐了一夜，我不知道自己在等待什么，我不知道自己为什么这么做。那天我真想把他们每个人再揍一遍，可是我不愿意这么做，我想自己已经过了因为别人拉了我想拉的女孩的手就去教训别人的年纪，我总得弄清楚一些事情，然后再做出选择。

一个星期后爸爸和妈妈来看我了，我站在学校门口，等着他们，这是我第一次有等待亲人的那种感觉，虽然我小时候无数次地等过爸爸妈妈来接我，可这次完全不同，校门口的树木被风吹得发出的沙沙声我都能够听到。我看到自己身旁其他的孩子和自己的父母拥抱，有那么一瞬间，我又觉得自己回到了小的时候，在爷爷奶奶的楼下等待爸爸开着车来接我的那个时候。父母出现在我的视野里，我有些兴奋，可当他们走近时，这种兴奋感又马上消失了。

"安安！"我爸爸兴奋地叫着我的名字。

"爸，妈。"倒是我叫他们时显得有些生分。

爸爸摸着我的脑袋，捏着我的胳膊，又试图将我抱起来，被我拒绝了。他们接我离开了学校，去了市里。我开始不太喜欢广州这个城市了，这里比我的家乡大，也比家乡闷热，有着无数像陕西路那样的街道，在夜里的时候，这里到处都是霓虹灯在闪耀着，车辆行驶在巨大的立交桥上，像是行驶在空中一般，可我依然不喜欢这里。我和爸爸妈妈一起吃了一顿饭，吃这顿饭的还有另外一个人，他是一个歌手，在当时有一些名气，他和爸爸互相称对方为挚友，不过我不喜欢这个歌手，他唱的歌在我看来有一些土气，爸爸很喜欢他的歌，俩人在吃饭时还互相对歌，唱几句那个歌手的歌曲，吃完饭那个歌手离开的时候送给我一张张学友的签名海报，这样东西使我对他产生了好感，对他的歌也没那么讨厌了。

晚上我们在外面住了一夜，我和爸爸住在一起，这是他第一次来看我，他不知道自己的儿子这么短的时间里在这个陌生的地方发生了很多的事情。

"看你现在这个状态，应该是在学校里不错。"爸爸说。

"是挺不错的。"我有些赌气地说。

"这一步英皇贵族学校，下一步就送你出国，上哈佛大学。"爸爸说。

"我不想上哈佛大学？"

"那你想做什么？"

"我想当歌手，像张学友那样的歌手。"

爸爸甩了我一耳光，我没有反应过来，一下子懵了。

"当什么歌手！没出息！歌手是什么？歌手就是艺人，就是戏子，人家给钱，你给人家演！一个男孩子，做什么歌手！真没出息！"爸爸激动地说。

我没有说话，爸爸难以抑制自己的不满，继续骂着我。多年以后，我成了一个歌舞剧演员，做了爸爸最不想让我做的事情，一个他口中所谓的戏子，我不知道他有没有对我失望。

气氛尴尬，我唱起了一首张学友的粤语歌，来广州的时间不长，我的粤语倒是进步了很多，唱起歌来已经很有腔调了。爸爸竟然会唱这首歌，他也跟着哼了起来，一会儿，这首歌变成了我一句爸爸一句，就像是对歌一样，我们唱完了整首歌。我和爸爸之间的尴尬气氛似乎随着这首歌离开了,两人开始说一些话,关于学校的,关于同学的,关于汽车的,甚至是关于酒店的地毯的。

第二天,他们将我送回了学校,我也不再能够听到学校门口树木发出的沙沙声,对旁边那些孩子和家长的分离场面也不再动容。那天我好想和爸爸说一说你们的儿子现在是学校里的二五仔,可我说不出口,从小我就没有这样的习惯,我不想做一个有一点点事就回去站到爸爸面前求助的孬种。只不过这次见到爸爸,让我想起了小时候我爸告诉我的一件事,小时候坐爸爸的车的时候他身上总是放着一包好烟,这烟他也不抽,有一次我好奇地问他,这烟是用来做什么的?爸爸告诉我,遇到交警拦住车的时候,发一根烟上去,什么事情都好解决一些。这就是我的父亲教给我最早的人生经验,他朴素的人生哲学。虽然我很是抵触他的人生经验,但是在回到学校前,我还是找借口离开了一会儿,买了几包那家商店里最贵的烟放到了身上。我想总是要试一试的吧,总比用拳头解决强吧,或许会有一些转机出现吧。

回到学校的那天夜里,我拿出一包烟放到桌子上。

"来,大家来抽烟。"我说道。

没有人理会我。

"来嘛,大家别客气。有什么事情我们慢慢说,肯定能弄清楚的嘛。"我笑着看着他们说。

"呵呵,烟还不错嘛。"戴眼镜的小个子第一个过来看了看说道。

"还好还好，大家都来抽一口尝尝嘛。"我压抑着心里对戴眼镜的小个子的厌恶，继续笑着看着剩下的两个人。

过了一会儿之后他们也围了过来，他们收下了我的烟，不过却没有再同我说一句话。我心想，肯定不能一次就说的，再等等吧，等下次再拿来烟说不定就可以说了。

当天晚上他们没有抽，第二天，他们抽了我的烟。下午放学的时候回到宿舍，戴眼镜的小个子向我走了过来。

"你个二五仔，拿假烟糊弄我们啊。"戴眼镜的小个子说。

"怎么可能，我在大商店柜台买的，不可能！"我马上辩解，那几包烟花掉了我一百多块钱。

"算了，别跟他说了，早就知道你没什么好心。"宿舍的另一个人说道。

"你个二五仔，以后小心点。"戴眼镜的小个子说。

我觉得很耻辱，我给别人送上了零食，别人不要，我给别人送上了好烟，别人收下了，然后说我的烟是假的。我想找他们理论，至少要说清楚这件事情，可是等我缓过神来，他们已经离开宿舍了。我想自己尝一尝这烟到底是不是真的，可是我没有打火机，他们平时都把打火机藏在身上，不可能放在宿舍里，而且还有另一个原因，我不会抽烟，我肯定尝不出它是真是假。

那天晚上晚自习还没下，我就去了对面的教学楼，那是比我们高一年级的教学楼，我在楼下等了好久，一直瞪着眼睛注意着，终于，我等到了她下楼，那个同乡的女孩。

"你找我有事吗?"她看着我说。

"你跟我来。"我边说边拉她往操场走。

她没有再问我什么事,跟着我到了操场。我们走到了一个角落里。

"你会抽烟吗?"我问她。

"会啊,怎么了?你要吗?"她说。

"不,我不要,我不会抽烟,我想找你帮我一个忙。"我看着她说,边说边拿出我买的烟来。

"我自己有烟,我要你烟干嘛。"她边说边准备离开。

"不是,我想让你帮我尝尝这烟是不是真的。"我看着她,用近乎渴求的语气说。

她笑了,看着我笑了。

"你真怪,不抽烟买烟干嘛,还让我帮你尝?哈哈。"

"你就帮我尝尝是不是真的,谢谢你了。"

"在这可不行,你把烟给我吧,明天我告诉你是不是真的。你可真奇怪。"她边说边开始走。

我跟在她后面离开了操场。

回到宿舍后大家依然不理我,戴眼镜的小个子隔一会儿会用奇怪的语气说声:二五仔。熄灯之后他们便睡了。

第二天晚上在操场,同乡的女孩告诉我,烟是真的。

"烟是真的,肯定是真的。"她说,这时她已经重复过这话好几遍了。

"你别骗我，一定说实话。"我再次求证道。

"我说你这人是不是有毛病啊,真的是真的,我骗你我不是人,我可以发誓。"她边说边指天要发誓。

"不用了，我知道是真的了，我相信你。"说完这句话之后我很绝望，烟是真的，却让我很绝望。我在地上坐了下来，不知道该说些什么。

女孩问我怎么了，我没有说话，我站起来想拉一拉她的手，在那一刻，我特别想拉一拉她的手，我觉得拉一拉她的手就能让我摆脱这种孤独的境地，会让我心里稍微舒服一些。可是她拒绝了，她拒绝了我拉她的手，她只是说我是一个奇怪的小弟弟，之后我跟她说了谢谢，把剩下的烟都送给了她然后离开了。

第二天，我走进了班主任的办公室，告了他们，我不但告了他们抽烟，还告了他们打人。这下子我真的成了一个二五仔，不折不扣的二五仔，因为班主任还和我约定，以后发现班上有人抽烟打架都要来跟他举报，我同意了。从办公室出来的那一刻我的心情很复杂，我不知道该高兴还是难过，我从学校的办公楼上走下去，坐在一楼的楼梯上发着呆，我本来是没有做什么的，可是今天我真的成了一个二五仔，我在心里这样想着，有些难过。

下午的时候班主任把他们三个人叫走了，他们出去教室的时候都看着我，班上的其他同学也看着我。

晚上在宿舍的时候戴眼镜的小个子先说的话。

"是不是你告的我们？"

"是，是我告的。"

"你真是个不折不扣的二五仔啊，哈哈。"戴眼镜的小个子边说边笑了起来，越笑越大声。

"我是二五仔，怎么了？"

他不笑了，停了下来。走到我跟前做出要打我的样子，我走上前一挥拳他又吓得躲了回去。

"你来打我啊，你打得过我吗？"我站起来看着他。

他回到自己的床边去了，过了一会儿，他们从兜里拿出了打火机，锁上了宿舍门。

"别抽烟，二五仔会告你们的。"我看着他们说。

两天后，班上所有人都彻底不和我说话了，大家视我为透明，走路碰见我都绕着我走，这样倒好，我一下子觉得舒服多了，大家怀疑我的时候我过得很痛苦，现在我自己背上了这个名倒是一下子豁然开朗了。

可是透明人的日子没过多久，就发生了一件事情。大个子晚上在操场和一个高年级学生因为那个我的同乡女孩打架，第二天被人举报了，然后他被叫到了校长办公室里去。不用说，这件事要怀疑我了，可那天晚上我在宿舍里睡觉，我什么都不知道。

很快，学校里的处理结果就下来了，学校里开了大会，处分了大个子和那个高年级学生。大会还没开完的时候，大个子就凑到我身边坐了下来，后来班主任过来，他才离开坐回了自己的位置。

大会开完的那天晚上什么也没有发生，我等了一晚上，早上醒来的时候自己安然无恙地躺在床上，于是我就去上课了。这样过了一个星期，还是没什么事情发生，周末，我父母也来广州看我了，他们接我离开了学校去了市里。

周末结束，回到学校的第二天，下了晚自习后我被带到了操场，果然，大个子在等着我，他的身边还围了一些人，我们宿舍的三个人也在。

"是你说的吧？"大个子看着我说道。

"不是。"我回答。

人群里发出一阵笑声。

"知道我为什么现在才找你吗？"大个子说。

"不知道。"我如实回答，因为我一直在等，确实没料到他找得这么晚。

"那是因为我要给你时间让你好好地想一想，现在想清楚了吧，说吧，是不是你干的，我告诉你，你承认了倒没什么，你不承认那就等着吃苦头吧。"大个子说完以后做出了一副恶狠狠的样子。

当然不是我干的，一开始就不是我干的，我什么都没有做过，我能说什么呢？我在心里问着自己，我自己也不知道如何回答。

"不是我干的。"我开了口。

"好，你记着你的话，你给我等着。"大个子说完带着人走了。

似乎这个世界上所有的小混混或者即将成为小混混的人都会说这句话，你给我等着，我听过家乡的那些老大们说过，也听过小于说过，后来还听自己对别人说过。

我一直在等着，在等待中过日子，可是我没有等来大个子，却等来了另一个我之前完全不认识的人。一天晚自习后，我被一个胖子带到了操场，他把我带到了操场的角落里。

"谢谢你。"走到操场的角落后胖子握住我的手说。

我当时吓了一跳，然后一下子就愣在了一边。我不知道该说什么，他为什么要谢我啊？

"你为什么要谢我啊？我们好像不认识吧。"

"对。我们是不认识。不过以后就认识了。我当然要谢谢你，你举报得太好了，那小子被处分了，太爽了。"

"不是我举报的，我没有举报过，真的。"

"哎呀，你别装了，我们现在是自己人了，你不用怕，我不会跟任何人说的。"

"我真的没有举报，我不知道是谁举报的，真的，我不骗你。"

胖子看了看四周，拉我坐了下来。

"你知道吗？那小子抢了我的女朋友，哦，我女朋友好像还和你是一个地方的，是吧？"

"嗯，是的。我们是一个地方的。"

"那证明我们还是很有缘分的，他妈的抢我女朋友！我太谢谢你了，以后我罩着你，他要敢找你麻烦你就来找我，以后你就跟我。"

"算了吧。我什么都挺好的，而且真的不是我举报的。"

"你看不起我是吧？"胖子突然说。

"没有，我没必要看不起你啊。"我马上说。

"很不给我面子啊，兄弟，我来找你是给你面子，你可别给脸不要脸啊。"胖子有点不高兴了。

"我不是不给你面子，我是真的没有举报过。"我说。

"你给我等着！你他妈的太不给我面子了！"胖子干笑了两声说道。

说完这句话他瞪了我一眼就走了，又是这句话，又一个小混混或者即将成为小混混的人，我又多得罪了一个人，可我说的都是真话，我不可能承认一件自己没有做过的事情，虽然承认这件事情能给自己带来好处，可我不能为了一点点承诺中的保护就又给自己的二五仔名号添油加醋吧，我也是第一次发现二五仔的名号竟然能换来好处，这件事情的发展也越来越让我感到莫名其妙了。我想起了那天学校的处分大会，大个子是留校察看，而胖子是警告处分，我估计这就是他这么兴奋地来感谢我的原因。后来我也知道，大个子之前就因为寻衅滋事已经有一个记大过的处分了，大个子是甘肃人，喜欢打架，据说他的爸爸在西藏做副书记，不过这和他喜欢打架应该没什么关系。而那个胖子，他是山西煤老板的儿子，家里很有钱。而这些高干子弟和做生意的孩子之间本身就经常有冲突，互相不服，所以借着我的同乡那个女孩的借口，两人就打了一架。

后来这两个人都没来找我，一直过了两个星期。

又一个周末到来的时候,是学校里来接孩子的家长最多的大周末,一般四个星期一个大周末。这个大周末我父母没有来接我,宿舍里的三个人都离开了,我很开心,一个人留在了宿舍里,可能出于对我的拳头的恐惧他们没有再继续当着我的面叫我二五仔,可我知道他们背后还是会继续这么叫,他们不在宿舍,我觉得舒服多了。

第二天我下楼的时候看到了大个子带着几个人站在楼下,因为是周末,学校里的老师都不在,我正想转身回宿舍时已经来不及了,我被他们架到了操场。

"我说过会找你的吧。"大个子看着我说。

这是我第一个也是唯一的一个见过的说了"你给我等着"这句话还真的会回来找我的人,后来因为这件事,每次听到别人说"你给我等着"的时候我都会记住,可是除了大个子,没有一个人回来找过我。

"你到底想怎么样?"我说。

"现在嘴倒牢靠了,欠打是吧?"大个子说着就伸手打我,只不过我躲了过去。

"我说了我没有说过。不是我干的。"我继续说。

大个子伸手要打我,被我一拳打了回去,我朝他蹬了一脚,他马上抬腿蹬我,我躲了过去,他大声地喊着让其他人上,这帮人不是第一次在操场上围我的那帮人,他们全都冲上来,而且都是真的动手,我打不过他们,我想,只有跑回宿舍了,因为大周末的时候学校只有宿管在，还有一个地方也可以，就是学校门口，有门卫在。我开始拼命地往前跑，跑出了操场，又跑过了教学楼，我的耳边有风的声音，在岔路口，我选择了往右跑，那里跑出去是学校门口，我当时没有想过要选哪一条路，只是顺势往右跑了，可等我跑了几步之后，我发现我错了，他们中的五个人从另一边绕道过来，要在前面截住我。我已经没有一点力气了，我站到了学校的喷泉旁边，当他们围上来的时候，他们将我推下了喷泉，然后一群人在上面起哄。学校的广播里还在播放一首关于朋友分别的歌曲，那个歌手唱得很深情，音乐也很煽情，而我面前的一群人在上面喊着"二五仔"这个词然后大声地哄笑着并且朝我吐着唾沫，喷泉边的人越聚越多，所有人都哄笑着看着我。我开始反击了，我冲到喷泉边，将站在喷泉边唾沫的人一个一个拉了下来，上面的人开始往后退，掉到喷泉里的几个人在后面拉着我，他们的力气没我大，我还是走到了喷泉边，将边上的人拉了下来，他们不再敢站在喷泉边了，我和掉到喷泉里的几个人打了起来。到最后，我还是用拳头解决了这件事情，我也发现，在这样的时候，只有拳头是最管用的。大家都有受伤，包括我，打架的所有人也都被学校里记了处分。

几年之后我干过这样一件事情，不过我是站在喷泉上面的那个人，我和小于提着刀把一个人追到了小街口的喷泉边，小于逼他跳了下去，当他跳下去的那一刻，我站到了喷泉边上，对着他唱起了歌。我唱的就是那天我被逼到喷泉里的时候学校广播里放的那首关于朋友分别的歌曲。

"那一天,知道你要走……"

唱到后来歌词我都记不清楚了,可我还是坚持着唱完了这首歌。小于站在一边愣住了。而那个人更是吓坏了,他不知道我是什么意思,吓得在喷泉里面不断地哆嗦,唱完歌之后我就放他走了。而因为这件事小于骂了我很久的神经病。

喷泉事件发生后的第三天,我经过学校办公楼的时看见了戴眼镜的小个子,他从班主任的办公室里出来,班主任搂着他,跟他说着什么,很明显,他才是那个真正的二五仔,我知道我可以去告诉别人这件事情,可我没有这样做,因为说出来也没有任何的意义。我想戴眼镜的小个子刚来到这个学校的时候并不会抽烟,他用一个星期学会了抽烟,然后再用一个星期成为了二五仔,然后再花一个星期的时间将二五仔的名号转嫁到我头上,这是他保护自己的方式,我想这没有什么错,要是他不会抽烟,他可能比我更早要被人排挤,要是他不告密,班主任也不会去查他们抽烟的事,要是他不转嫁到我身上,他就会受到更大的威胁,一切于是就顺理成章,成了现在这副样子,他每次还要装出一副自己什么都不知道的样子,在我的面前表现出很愤慨的样子来叫我说出真相。真相只有他自己知道,他是个可怜的人,通过这样的方法来保护自己,是个极端可怜的人。那天他下楼时候看到了我,我冲他笑了笑。

"你怎么在这里啊?"他快步地冲上来问我。

"我随便走走。"我边说边往前走,我不是透明人吗?为什么今天你要兴冲冲地跑过来呢?我在心里跟自己说着这些,然后笑了笑。

"我刚是去班主任那里拿东西的。"他扶了扶眼镜继续说道。

"嗯!我知道!"我继续往前走着。

真是个笨蛋,你不是很聪明么?干嘛要不打自招啊,干嘛要冲过来向我解释啊,我在心里这样跟他说着,他听不到。

"你别再跟我说话了,小心对你不好,别过两天有人找你麻烦,说你是二五仔。"我回头又跟他说了一句。

"谁说我是二五仔了!怎么可能!"他马上大声说道,他的声音很细很细,像蚊子叫一样。

我没有理会他,快步地离开了。

那天晚上在宿舍里他又把我当作透明人了,他们三人一起抽着烟,抽着一支烟,我觉得那个画面很可笑,我忍不住笑了起来。

"笑什么笑,你个二五仔!"戴眼镜的小个子转身冲我喊。

"没什么可笑的,二五仔!"我看着他说道。

"你说谁是二五仔,你个二五仔。"他边说边往我走过来。

我一拳打到了他的脸上,他的眼镜被我打碎了,划伤了他的脸也划伤了我的手,宿舍里另外两个人呆住了,我继续挥拳向小个子打去,那两个人吓得跑出了宿舍。我知道他们是去干什么,叫老师来,戴眼镜的小个子开始向我求饶,我没有理他,把他拉到了墙角,我的手上因为被镜片划破而全是血。

"谁是二五仔？"

"我是二五仔，我是二五仔。"他哆嗦着说。

几个老师和宿舍里另外的两个人冲进了宿舍，几个老师将我拉住，那两个人和真正的二五仔抱在一起，我觉得很可笑。

"别理那二五仔。"他们边抱着他边说。

我笑了几声，然后转身出了宿舍。我站在楼道里，看着这个城市的夜空，我发现别人怎么称呼自己根本无所谓，自己的称谓是自己给的，比如我给自己招来了二五仔的称号，可是我却无所谓了。那天晚上我在教务处里待了一夜，知道了自己即将离开这所学校。

学校通知我家长后还开了大会，校长讲了整整两个小时的话，他很愤慨，他用各种词语谴责着我的行为，我在心里想，真是笨蛋，这就是我要的结果，谢谢你给我解脱，我才不想待在这个破地方呢。校长发完言后教导主任又发了言，然后是班主任，每一个人都发了很久的言，而我则一直站在台上面，他们要我低着头，我低着头看着地上，一群蚂蚁在地上爬来爬去，可这是水泥地，怎么会有蚂蚁呢，我整个开会的过程都在考虑这件事情，后来我想，可能是有什么我没有看到的吃的东西吧，也只能这样解释了。

我父母来接我的前一天我就收拾好了东西，那天晚上我在光板的床上坐了一夜，我迫不及待地离开这个地方，我一直看着窗外，等着天亮起来。凌晨的时候我发现戴眼镜的小个子没有睡着，他往我这里看着，好像要过来说什么的样子，我把头扭了过去，装作睡着了的样子，我虽然打了他一顿，可最终还是没有拆穿他。

第二天爸爸来到了学校，我们在教务处见面，和老师打完招呼，爸爸叹了口气看着我。

"你怎么还能出这种娄子啊？"爸爸看着我说。

我没有说话，眼睛往别处看去。

"都来了这了你怎么还是这样啊，怎么又打架啊？"爸爸继续说，有些激动。

"我没有错，是二五仔的错。"我说。

"什么二五仔？你还强词夺理了。"爸爸说。

"反正就不是我的错！我没有错！"我大声地冲着爸爸喊。

教务处的老师过来拉住了我，也拦住了激动的爸爸，她站在我们父子之间，说着一些场面话，就是不要激动啊孩子要听爸爸的话啊爸爸对儿子也不要太凶啊之类的话。我没有听进去这些话，我知道爸爸也没有，他个子比我高很多，绕过女老师，从高处看着我，我知道他不善于语言表达，他的内心很挣扎，他有些茫然失措。

爸爸将我接回了家乡，让我先在家里休息一段时间。飞机在家乡的机场降落的时候我开心极了，在回家的车上，我看到贵阳多了很多崭新的高楼大厦，还有很多正在忙碌建设的工地，开车的司机跟我介绍这些新的高楼大厦和新的工地的来头，我竟也饶有兴致地听了起来。机场通往市里的路也加宽了，车子开在上面的感觉更舒服了，这座城市里弯曲起伏的道路我也不再厌恶，我甚至有些喜欢它们,想要在这里骑一骑山地车,我把这个奇怪的念头告诉了爸爸,没想到他满足我了。

这座城市没有那种可以变挡位的山地自行车,爸爸让手下的人去广州给我买了一辆回来,我骑着它在这座城市弯曲起伏的街道上行驶,它让我忘记了很多不快的事情,我开始骑车的第三天,爸爸也买了一辆,他和我一起骑车,在这个城市弯曲起伏的街道上,我们两人比赛换挡,比赛慢速骑车,比赛转弯,甚至比赛推着车跑,直到一天,我们刚刚比完一局,比赛冲坡,平局收场。我和爸爸喘着气坐在坡顶。

"我都安排好了,学校同意你回去。你还是回广州去上学。"爸爸突然间很冷静地说。

"我不想回去。"我说。

"必须回去!在哪跌倒就要在哪爬起来。你怕什么?"爸爸看着我说。

"我不是怕。我就是不想去广州读书。"我站起来冲着爸爸说。

爸爸没有站起来,他坐在地上抬起头看着我,山地车倒在一边,他用手转了一下山地车的后轮。

"已经决定了,必须回去!你做做准备吧。"爸爸说。

我一脚踹倒了自己那辆停好的山地车,往坡下面跑去,也不知道能跑到哪里,只是往前跑。爸爸依旧坐在地上,他都没有站起来。

我不再骑山地车了,我开始抽烟,开始喝酒,开始天天混在

"大大"里,这是我的反抗方式。有一天我看到一个女孩滑着轮滑经过我身边,我就学着年龄稍大一些的男孩那样冲着她吹口哨,她停了下来。

"我认你做妹妹吧。"这也是我跟着别人学来的。

"好啊。没问题。"她说。

很短的时间内我在"大大"里认了一群妹妹,每天和她们待在一起,抽烟、喝酒、找茬打架,我知道这可能是错误的一条路,可我没有办法,我想我很需要这样的方式来宣泄自己。

很快,我就因为和别人抢着认一个妹妹而打了一架,那个人不是我的对手,我把他打伤了,他的家长找到了我家里,我爸给他赔了医药费,赔完医药费,那个家长想要数落我几句,我有些担心,可爸爸都扛了回去,没有给他数落我的机会,将他送出了门。看着门关上我有些窃喜,突然爸爸回手过来一巴掌打在我的脸上,这一巴掌打得很狠,我的脸火辣辣的疼。

"你竟然为了女孩跟人打架,还是那种天天泡在大大那种地方的女孩,你真是没出息。"爸爸说。

说完这句话爸爸就走了,我一个人在客厅里站了很久,我在卫生间里洗了脸,慢慢地往自己的房间走去,爸爸的房门没有关,我看见他背对着我坐着抽着闷烟,还不断地叹着气,我不知道自己是不是应该过去安慰他,毕竟我是挨打的那个人,最终我还是回去自己的房间了。

我继续在"大大"里认妹妹,抽烟、喝酒、打架,这样的日子没过多久,爸爸要我回广州去了。他花了点儿钱,学校取消了对我的开除决定,我休息了一个月后又要回到英皇贵族学校里去了。经过这一个月,我渐渐忘记了在广州那让人不太舒服的半年所谓的挂着二五仔名号的生活,可我的身体开始阻止我回到广州,离开前的那几天我的心脏特别不舒服,我和爸爸说了这件事情。

"小孩子哪有什么心脏不舒服!不许乱找理由啊!好好去上学!"这是他的回答。

可那几天我的心脏真的不舒服,后来爸爸就带我去了医院,我在医院里待了整整一个下午,做了全面的检查,结果是一切正常。

"你是不是不想去上学找借口啊?"医生这样问我。

我不喜欢他的语气,那时候我已经不是个小孩子了,至少在我自己看来,我想我经历过的事情他并不知道,他的仪器当然检查不出来我身体抗拒的原因。于是我冲他摇了摇头。他便和我爸爸聊了起来,说他自己的孩子也装病不去上课之类的事情。可我真的没有装病,那都是真的。

第六章　二五仔（下）

离家的前一天，我的心脏不疼了，我想它已经接受了这个事实，我也没有别的办法。爸爸送我去了广州，我们住在白天鹅宾馆里，这是一家涉外的五星级宾馆，爸爸说，这是中国内地第一家五星级宾馆，第一家这三个字从爸爸嘴里说出来的时候有一种特殊的音调，这种音调是他对于自己这些年努力所得到的回报的一种自信，也有一种对未来的更好的期许在里面。办理完入住手续，走到中厅的时候我看到了来之前爸爸告诉我的假山和瀑布，这是一种奇妙的体验，在饭店的中厅，一座假山上面有一个小亭子，一个小瀑布从假山上面落下来，落到地面上的水池里，水池两边栽种着热带植物，两棵高大的直通到饭店穹顶的树木周围是一些低矮的绿色植物，一株株鲜花伴随在它们周围，这景象使我暂时忘记了一路上的不快，我主动地和爸爸说起了对这里的印象。

我们住在酒店的豪华套房里，窗外就是珠江，天气很好，我趴在窗户边看着珠江上的游船经过。我觉得自己突然间明白了财富的好处，可过了一会儿，我又开始怨恨爸爸。爸爸似乎也明白我的感受，他给我发泄这种怨恨的机会，带着我去买玩具，白天鹅宾馆买玩具要用外汇，爸爸很大方，他给我买了这里最贵的几个变形金刚的模型和一张用真正的虎皮做的小玩具老虎，这些东西花掉了他不少钱，他问我还要什么，出于对他把我送回广州的报复，我又买了几个很贵的自己其实并不喜欢的玩具。

晚上，爸爸带着我和那个歌手一起吃饭，吃饭的时候他们又一起唱那个歌手的歌，爸爸还告诉那个歌手我唱歌也很好听，要我唱几句粤语歌给那个歌手听听，我唱了几句张学友的粤语歌曲，那个歌手说我唱歌很好听，不知道是不是真话。吃完饭我们一起去天河体育馆看了张学友的演唱会，那个歌手提前帮我们买了靠前面的位置，其实这也是在离开贵阳之前就说好的，爸爸要我乖乖地来广州继续上学，作为奖励，他带我去看张学友的演唱会，说实话演唱会对我的吸引力的确很大，虽然并不完全因为这个，但是演唱会确实也占了我回广州的原因中的一部分。我们坐在最前排，可以走到舞台前，看到张学友的样子。张学友在唱一首歌的时候和歌迷互动握手，爸爸竟然一把抱起我走到了舞台跟前。

"安安，伸出手去。"爸爸说。

我伸出了一只手，可是张学友没有握到我的手。

"再伸一次。"爸爸大声说，将我抱得更靠前了。

这次我伸出了两只手，可依然没有握到。

"没有握到。"我很遗憾地说。

爸爸带我回到座位，和那个歌手交谈着什么，张学友的表演在继续，他们交谈完之后，爸爸看了看我。

"演唱会完了带你去后台握手。"爸爸说。

"嗯。"我回答他。

其实我自己并没有那么地渴望和张学友握到手，所有的积累的期待在进到体育馆听完第一首歌之后基本上就已经满足了，后面所做的一切都是惯性而已，跟着歌迷摇摇手，跟着唱几句我会唱的歌。反倒是爸爸，他对于没有握到手这件事很是看重，他偏执地认为我想和张学友握手，也坚决地认定，自己一定要让自己的儿子和张学友握手。很多年后我隐约明白，这是他的一种奇怪的偏执的爱，只不过那时候我没有察觉到。

演唱会的后半段爸爸一直在和那个歌手说握手的这件事，他已经完全不再关注演唱会本身，歌手答应爸爸，一定要帮爸爸实现这个心愿。演唱会结束后，那个歌手带我们去了后台，我如愿以偿，握到了张学友的手。心满意足，准备离开。爸爸却提出要我和张学友合一张影，演唱会使得张学友有些疲惫，他客气地拒绝了，可爸爸却不愿意，没办法，那个歌手继续和张学友交谈。我站在一边，听着那个歌手用粤语和张学友交谈，外面的观众很吵，在呼喊张学友的名字，我听不清楚那个歌手在说什么。短暂的交谈结束，我和张学友合了一张影。这张照片后来一直挂在爸爸的办公室里，他的生意在慢慢地转换，办公室也越来越大越来越气派，而这张照片一直挂在他的办公室里，挂在他与省长的合影的旁边。

回学校后我换了新的宿舍，二五仔转走了，不再在这里上学，听说他的父母的生意已经转型，具体做什么不太清楚，但是他们全家都移民国外了。很奇怪，离开了一个月的时间，大家似乎都忘记了我当过二五仔这件事情，我也换了新的宿舍，在宿舍的第一晚最不好过，这是我经过上次的事得来的经验，宿舍里本该住四个人，可当时不知道什么原因，加上我才住了三个人。那晚我拿出了自己的烟，然后很自信地邀他们一起抽烟，果然，两人都同意了。他们带着我去了宿舍楼下的一个角落，在黑暗里大家一起抽了一支烟然后迅速地离开。那晚我跟他们聊了很久，他们中一个是广东本地人，家里是做酒店的，另外一个是云南人，他只告诉我他们家做的事情和食品有关，具体做什么他不太愿意多说。他们还告诉了我学校里的一些帮派的事情，我对此并没有太大的兴趣，我的目的是不被人叫做二五仔，现在我和他们站在一起抽一支烟，这就表示了我和他们是同盟，我觉得已经足够了。

一个星期后，宿舍里又来了一个孩子，我们都叫他林仔，林仔是福建人，个子不高，他们家是做房地产生意的，他不抽烟也不爱说话。他来的第一个晚上，我问他要不要一起抽烟，他拒绝了，他拒绝的方式和半年前的我一样，扬起嘴角，做出了一个僵硬的笑容。那一刻我突然间看到了以前的自己有多么可笑，那么僵硬的笑容挂在脸上，后面藏着对陌生人的恐惧。我走过去安慰他，说不抽烟真好，然后我们三个人下楼去找抽烟的地方去了。

学校抓抽烟抓得很严，这也是宿舍里那两个同我一起抽烟的孩子告诉我的，抓住一次如果证据确凿的话会给一个处分，他们说这些的时候我才明白了为什么要三个人抽一支烟，这样做第一速度快，第二目标也小一些，我想我只是知道去模仿这个行为，而并不清楚它的目的，现在我完全地融入进去了，所以便明白它的本质了。

我们抽烟的事情第二天班主任老师就知道了，他把我们叫到了办公室，不过没有任何的证据，我们也没有人承认，最后这件事便不了了之了。可班主任是怎么知道我们抽烟呢？他并没有看到我们，也没有当场抓住我们。离开班主任办公室几分钟后，我们便确定了，是林仔告的密。

那时林仔的广东话说得并不好，就像我一样。我想其实每个孩子都是一样的，到了一个完全陌生的环境，一个因为语言问题都会被排挤的环境，他除了微笑还能做什么。所以当我们问起林仔的时候，他便是不断地微笑，然后表示他不知道是怎么回事。

"你清楚你自己做了什么吧？"这是我们问话的方式。

"我真不知道，我什么也没做。"林仔用不太标准的广东话说道。

我拉开了宿舍里的其他两人，林仔很委屈的看着我们。

第二天，林仔被起了绰号，那个绰号我很熟悉，叫做二五仔。二五仔的绰号传得很快，不久，全班人都称他为二五仔了。他总是会被大家一起嘲笑，他也不反驳什么，只是默默地低着头走过我们身边，他像极了当时的我，像一个影子一样，穿梭在人群里，然后被别人报以嘲笑和欺侮。这些嘲笑和欺侮都仅仅是在语言上的，就像我所面对的那样，可就是因为仅仅只是停留在语言上，造成的伤害才会更大。

我们的吸烟联盟渐渐发展起来，我与大家的关系也越来越亲近，我知道，我在接纳他们口水的同时，也渐渐地进入了他们的江湖里。可这一切又能带来什么？我也不知道。我每天和他们站在一起称林仔为二五仔，然后不断地有人被叫到班主任老师的办公室里，他们回来后就更加坚定了信念，林仔的二五仔名号也就慢慢地、狠狠地刻在了他身上。我当然是能理解他的感受的，因为他现在的生活就是我半年前的生活，每次他被骂的时候，他都会看着我们笑，他的笑好像刺进了我的心里，让我很不舒服。

我开始渴望和林仔两人共处的机会，可是这是不可能的，我要和那些一起吸烟的兄弟们在一起，一起吸烟，一起吃饭，一起上课，一起睡觉，这些都是他们的规矩，每个人都在遵守，当然我也必须遵守，因为我已经成为了这些兄弟们所认可的老大，他们很多事都会听我的，莫名其妙，我从来没有想过这些。不过我还是很尽职尽责地做着这个莫名其妙的老大，如果有人欺负我们中的某一个人，我会为他出头。可他们其实不知道，他们的老大并没有那么光明磊落。

我进入这个集体了，并且成为了这个集体的老大。可林仔一直游走在外面，他已经慢慢地失去进来的机会了，从他第一次对我微笑开始，他便已经失去机会了。他的头低得越来越低了，他的笑容也越来越僵硬了，有一天，他带着一大包零食回来了。

"大家一起来吃东西吧。"他对着躺在床上的我们说。

没有人说话。当时我手里抓着被子，我好想跳下床，然后抱住他跟他说一声对不起，可是我不能，因为另外的两位兄弟并没有任何要下床的表示，我是他们的老大，更不能去做这样的事情。我翻过身去，看着白色的墙壁。

"有什么事情大家下来说清楚嘛，我要有什么做得不对的地方我道歉。大家下来跟我说说嘛。"这时候他已经快哭出来了。我对着墙壁在心里祈求，不要哭出来，一定不要哭出来。我在心里告诉自己，有一个人翻身我就下床去，可是没有一个人动，因为所有人都在心里这样告诉自己。

"我不是二五仔。我真的什么也没有做。"林仔轻声哭了出来。

是的，你不是二五仔，你什么也没有做。我面对着白色的墙壁，轻轻地在上面磕着自己的脑袋，我不知道是谁冷笑了一声，然后就没人再理会过林仔。

后来我睡着了，林仔还坐在宿舍的桌子旁，面前放着一大堆零食，那天晚上我做了一个梦，我梦到自己在一个楼顶上，那栋楼很高很高，我站在楼顶上看不到周围的任何建筑，我不知道该怎么办，想找到下楼去的出口，可我在楼顶上找了好久都没有找到。我便开始跑，拼命地跑，我不知道为什么自己要跑，这也是我在梦里一直在想的问题。那天我是说着梦话醒来的，我的梦话说的是我自己家乡的方言，没有人听得懂。这是后来宿舍里其他那两个孩子告诉我的,他们说我说着奇怪的话,不断地重复,有时候还会唱歌,唱着奇怪的歌。我偶尔会知道自己在梦里唱歌,可是醒来后都记不住唱的是什么了。也是从那一天开始,在我离开这所学校之前,每天晚上我都会做长串的梦,然后每天清晨都会说着梦话唱着奇怪的歌醒来。

老大的作用很快就得到了体现,一个高年级的学生在周末的时候欺负了我们中的一个学生,并且要他给自己买烟。周一晚上的时候,我把他叫到了操场,一开始他还想用气势压倒我,我的拳头打压了他的气势,最终的结果是,他向他欺负的那个学生道歉,并且把烟还给他,然后还要再买烟给他欺负的那个学生。高年级的学生都照做了,我的名声开始从我们抽烟的小团体中传了出去,竟然开始有其他的人来加入我们,和我们一起抽烟。

我的梦还在继续。有一天我梦到了一个完整的故事,一个小孩,他丢了一样东西,具体是什么东西他自己也不知道,于是他就出门去找了。然后在我的梦里我遇到了他,他要我和他一起去找那个他自己都说不上名字的东西。我就跟着他去了。

这是第一次梦到的内容。

慢慢地我也发现了其实老大并不好做,来了几个人和我们一起抽烟,加上上次高年级学生的那件事,开始有人找我的麻烦,都是些高年级的学生。我懒得搭理他们,他们除了会说"你给我等着之外"什么都做不了,我只是觉得很烦。

过了几天,我又梦到了那个小孩。同样,他告诉我他丢了一样东西，可具体是什么他又说不上来，小孩约我和他一起去找，我同意了。然后我就跟着他上路了。我们出发的时候天很热，走着走着就凉爽多了。

这是第二次梦到的内容。

这个梦一直持续了很久，每次都会从头开始，然后比上一次梦到的时候要长一些，它没有规律，总是穿插在一些梦里，偶尔梦到一次。

我教训了一个来找我麻烦的高年级的学生，他比我高大却没有我强壮，我们打架的时候还有几个高年级的学生在围观，高年级的学生输了，受了点小伤。至此再也没有人来找过我麻烦，甚至都很少有人找我们一起抽烟的那些兄弟的麻烦了。

而林仔那天晚上一晚上没有睡觉，第二天我们走出宿舍的时候他站在楼道里，他依然冲着我们微笑，只是没有人理会他。我也故意假装在揉眼睛，躲开了他的视线。可是那时的我有些孤独，我好想找一个人说说话，我的兄弟越来越多，而我却越来越孤独。可既然那么想找一个人说说话，为什么不停下自己的脚步呢，上去抱抱他，然后拉着他进宿舍里告诉他，林仔，你不是二五仔。可是我没有这么做。我当然不会这么做，我要和兄弟们站在一起，我可是他们的老大。

林仔拿着烟进来的那晚我一晚上没有睡着，我们收下了他的烟，我们会在第二天告诉他那是假烟。第二天，我站在了林仔面前。

"你的烟是假烟。"我看着他说。

林仔没有说话，那晚他没有上晚自习，他跟老师请假了，我知道他一定是一个人待在宿舍里。晚自习中间休息的时候我借口嗓子不舒服没有跟兄弟们去抽烟，我回了宿舍，宿舍管理员问我怎么了，我说我们班同学不舒服，我回来看看。我说的是实话，我是回来看林仔的。

　　宿舍门是从里面锁上的，我在外面敲了门，林仔打开了门，宿舍里没有开灯，黑漆漆的一片。

　　"林仔，你没事吧？"我站在黑暗中问他。

　　"我的烟是真的吧？你说实话。"他这样回答我。

　　我沉默了很久，打开了灯。林仔靠在床上，眼睛被突然间打开的灯光刺了一下，他闭了下眼睛，然后睁开看着我，他冲着我微笑。

　　"你的烟是假的。"我看着他说。

　　说完这句话我关了宿舍的灯离开了，我想我不应该打开灯的，如果我不打开灯不看到他，如果我只是在黑暗里听到这样的一个声音，我会告诉他，你的烟是真的。我在楼道里快步地走着，下楼的时候宿舍管理员问我，你的同学好点了吗，我没有回答她，我离开宿舍，快速地回到了教室。兄弟们没有发现我回过宿舍，在教室里坐下来后我很想抽烟，可是闻到他们身上的烟味的时候我又感到一阵的恶心，是真的恶心，有一种想要把某些东西从身体里吐出来的冲动。

　　小孩第三次来梦里找我的时候带我去了一个地方，那是家乡的动物园，里面的麋鹿被关在笼子里，孔雀的毛早已掉光，我们在动物园里一直走着，没有尽头，狮子和老虎都睡着了，发出轻轻的鼾声，梦的最后我被一条大蟒蛇吓醒了。醒来的时候我出了一身的汗，我坐起来看着四周，一片漆黑。后来我睡过去后又做了其他的梦，小孩没再来找我。

有一天我突然很想和林仔说说话，我想跟他说说我做梦的事情，可是我又不知道什么时候是合适的机会，或者有机会的时候我又自己阻止了自己这样的想法。我想自己停止这种生活，可又不知道从哪里停止，我的梦话也说得越来越厉害了。

林仔慢慢地变成透明人了，和我在第一所学校时一样，他不再对任何人微笑了，见到我们，他也总是绕着走，有时候我很想叫住他，可我自己也知道不能这么做，我只能眼睁睁地看着他变成一个透明人，把自己身上的颜色去掉，然后慢慢地消失不见。

爸爸派人来接我回去的时候奶奶已经去世了，我没有见到她最后一面，但是我却在家里待了一个星期，那一个星期里我都没有抽一根烟，那个星期我总是面无表情地站在一边，我不喜欢在别人面前哭，而晚上一个人的时候我一直在偷偷地哭，我哭的是没有看到奶奶最后一面，我很难过，我连亲亲她脸颊的机会都没有。而一个星期后我被送回了学校，奶奶则永远被埋在了地下。

回到学校后听说林仔被打了，我的第一反应是为他出头，可听到的却是他被一个女孩扇了一巴掌。别人也没有告诉我具体的原因，我也没有心思去问，那段时间大家继续一起抽烟，然后替我不在的时候受过欺负的兄弟出气。有一天我在教学楼下面碰到林仔,我叫住了他。

"对不起。"我对他说。

他没有理我,站着冲我笑了笑然后离开了。他的神情和动作越来越像透明人了,我知道,他自己已经开始把自己当作透明人了。当一个人自己把自己当作透明人的时候,那么别人就更加看不到他了。一举一动,说话或者是大声的高喊,都不会有人再注意到了,那只是一个符号,别人听不到看不到的符号,只在偶尔需要二五仔这个词语进入一段需要合理的被告密的故事的时候才会想起,然后就会直奔他,不去怀疑也不用核实,一群人,一个集体,面对一个符号,去质问他,惩罚他,按照自己的标准或者那个集体的标准。

林仔要比我脆弱很多,而且他的脆弱是写在脸上的。我追上他,想和他说话,被他拒绝了,因为他加快了自己的步伐,很快消失在了我的视野里。他以后的每天都沉默着走在这校园里,做着自己透明人该做的事情,我想他早已经麻木了,他像是一个气球一样在空中飘浮,等兄弟们需要了,又想拿针把他扎下来。可他这样对待自己使我的良心受到了拷问,我不该做如此不光明磊落的事情,这不是我会做出的事情,我只是被仇恨左右了自己的行为,然后又碍于面子不敢去承认自己做出过那样的事情。

而那个经常出现的有些可笑的场面是这样的,一群人窝在一个角落里,传递着手中的烟,在谈论一件与林仔毫无相干的事情。

"我可真的什么都没说,教导处主任就差打我了,我还是一句话没说。"

"我也是,我就说我不知道。"

"我知道是谁干的。"

"谁?"这一声就好像在舞台上一样,大家一起回头,一起做出一个期待的表情,一起看着说知道是谁干的那个人。

明明每个人都知道答案,知道他会说出谁的名字,可大家还是要一起做出这样的动作这样的表情,甚至连我也是,因为我听到了自己的声音。

"谁?"

"二五仔,林仔。"

"对,我也觉得是他。"

"肯定是他,不会错的。"

"……"

林仔此时肯定不知道,他被这样的一群人用这种方式讨论着,我想,半年前的时候,我也是这样被讨论的吧,我也是这样被称呼的,我也是这样被一群人叫着二五仔,然后用这样的方式拉近他们之间的关系。可这又有什么办法,今天我也站到了这里,和他们站在一起,和他们说着同样的话。有一天林仔也会站在这里,也会说出同样的话。也会抽着充满一堆人口水的香烟,说出兄弟们这样的字眼。这就是少年的江湖,我已经不再厌恶这样的方式了,我甚至有些期待,期待继续以老大的名义为他们出头,期待有高年级的学生来挑战我。

小孩第四次来找我的时候是纯粹的梦魇，小孩变得很大，然后在我的眼前不断地晃，我想叫却叫不出来，我知道是梦魇，想挣脱出来却也挣脱不掉，那天是林仔摇醒的我，宿舍里其他两个人睡得很死。我叫着林仔出了宿舍门，站在楼道里。楼道里异常的安静，什么声音也没有。

"你们过段时间又会来找我麻烦对吧？"林仔看着我说。

"嗯！他们肯定会找你的。"我说。

"不是他们，是你们。"林仔很平静地说。

我在楼道里蹲了下来，抬头看着林仔。

"加入我们吧，有我护着你，过段时间他们就忘了二五仔这回事了。"

"我再说一遍，是你们，不是他们。你和他们是一起的。"林仔看着我说。

我没有再说话，我知道说什么都没用了。林仔迟早要被欺负一次的，因为欺负林仔会让小江湖更加团结。可这一切，都是我造成的。我现在已经没有任何的办法，从第一次开始，这个事情就已经无法挽回了。我想我是可恨的，我不知道报仇是这个样子的，让所有的事情重演一遍，然后我只能在一边看着，我把一个无辜的人拉进了这个漩涡里，让他经历我经历过的痛苦，我和半年前那个戴眼镜的二五仔已经没有任何区别，我想让林仔知道真相，然后祈求他的原谅，我一定要告诉他他不是二五仔，他的确不是二五仔，真正的二五仔是我，是我害了他。

"林仔。对不起。"我看着他说。

"你没什么对不起我的,是我自找的。"说完林仔便进宿舍去了。

我追进去想跟他说明事情的真相,结果又怕吵醒宿舍里另外两个家伙。林仔躺在自己的床上翻身睡觉去了。我也只好上床睡了。那天晚上我没有做噩梦,睡得还算好,第二天早上被另外两个家伙叫醒,穿好衣服一起找地方抽烟去了。

不久后的一个周末,一切重演了。林仔被一群人围到了操场上,这群人里还有一些人是高年级的。那天大家围着林仔,要他认错,我想我不能再这样下去了,我打算说出事情的真相,有什么结果我来承担,哪怕不再做那帮兄弟的老大也无所谓。可我没想到的是,林仔竟然真的认了错。他站在一群人的中央,低着头开始说话。

"有些事情不是我说的,我真的没有说。但是我的确告过别的事情,我愿意承认。"然后他转向我和我们宿舍的两个人,看着我们说:"你们抽烟被老师叫去是我告的密,我去老师办公室说的,我只是不想和你们一起抽烟,但是你们又总是叫我一起,我不知道该怎么办,我就去告诉了老师。"

说完这个后他又开始说起了其他事情,一件接一件,他说出了不下十件和他有关的告密的事情。

开始有人骂了起来,然后有人响应,大家便开始打他,那天我没有动手,我趁乱挤在了人群外面。后来学校保卫科的人来了,把我们带到了办公室里。

这件事情发生后林仔的家长到了学校里，学校开除了打人的几个学生，林仔也离开了这里。只是有件事我很奇怪，抽烟的事情明明是我举报的，怎么会落到他的头上去呢，而且他还那么认真地承认。

林仔走后我依然做噩梦，说梦话，在梦里唱奇怪的歌曲。只不过那个小孩的梦再没有做过，那个小孩在我的梦里也始终没有找到自己丢失了的东西。

有一天我从一个兄弟那无意中了解到，学校老师办公室门口的信箱是永远也不会打开的。我打开了那个信箱，将手伸进去够了好久，找到了里面唯一的一封信，那封信里是一个少年有点可笑的仇恨，信的内容是这样的：

亲爱的 X 老师：
我们宿舍里其他的三个人经常一起出去抽烟，已经很多次了。

林 XX

这封信是我假借林仔之名写的，那是我半年前的可笑的仇恨，我用了这样一种有些可笑的方式是想试一试报仇是一种什么样的滋味，我可笑的仇恨并没有泄露出去，发生的一切，其实都和我没有关系。只是我的故事又被重演了一遍，在演出的过程中，我看到了自己曾经经历过的痛苦，那种感觉比起半年前自己待在里面的时候还要难过。直到现在我想起林仔还对他很愧疚,虽然这件事实质上和我没有关系,可我总觉得欠他一些什么。我不知道半年前那个戴眼镜的小个子会不会偶尔想起我来,因为如果他有仇恨的话,那么他的仇恨便泄露了,洒在了我的身上。

比起那个时候,我更喜欢跟小于拿着刀在街上飞奔的自己,因为后者更加真实一些,林仔的事情发生之后,我再也没有做过类似的事情。而且我也知道了,在自己的人生中像玩笑一样的一件事,可能在别人的人生中却是很重要的一件事。我总是懒得去思考这样的问题,它让我的脑子发懵,会不舒服,我更喜欢简单的处理事情的方式,而这一点随着我慢慢长大我也在有所调整,可是简单与复杂之间没有人能找到一条合适的通道,通向解决所有问题的看上去那么光明的道路,这总是很难找得到的。

找到这封信之后我就不再做噩梦了,我把这封信烧了,也把我的噩梦烧掉。很多年之后我又见到了林仔,不过是在飞机上,万米高空之上,我在一本飞机上的时尚杂志上看到了他,他不再是二五仔了,他改名叫 Charles Lin。从此之后,铺天盖地,杂志上,网络里,电视上,到处都是他的消息。Charles Lin 长高了,也很会打扮自己,他创办了自己的网络公司,也成为了时代的宠儿。今天在网络上看到他带着一帮人出现在沙漠救灾现场,明天又在电视上看到他西装笔挺参加慈善募捐,他说话风趣幽默充满自信,与我印象中的林仔完全无法匹配。

有一天早上醒来的时候我发现宿舍里搬来了一个新同学,他刚刚来到这所学校,那天是一个周末,他的父母去办手续了,他看见我醒来了冲我说了声你好啊,标准的广东话。我也跟他说了你好啊。

"这里可以抽烟吗?"他问我。

"你是说在宿舍吗?当然不可以。"我懒洋洋地说。

"不是,我是说在学校里。"

"可以,不过你找不到地方,你可以跟我去。"

"谢谢你啊,我烟瘾大,在以前的学校里,人家都叫我白粉仔。"

"啊?"

"哈哈,不是那个白粉啦,就是吸烟很厉害的意思。"

"哦,呵呵。"我尴尬地笑了笑,然后坐了起来。

白粉仔在宿舍里转来转去,这里看看,那里看看。外面的阳光很好,我也很久没有睡得这么舒服了,宿舍里其他两个同学都不在,我躺倒在床上,准备继续睡觉。白粉仔依然在宿舍里转来转去,一会儿他走到了窗户边,打开了窗户。我听到了一声打着打火机的声音,马上翻起身来。

"嗨!你真的不能在宿舍里抽烟!"我对着白粉仔喊道。

## 第七章　白粉仔

白粉仔的到来让我的生活添了一点点色彩，他一会儿说他是安徽人，一会儿说他是江西人，神神癫癫，连个籍贯都含含糊糊，让人觉得就是一不靠谱的主儿。父母在广州做生意，据说搞外贸，就是卖该卖的东西到香港，再从香港买该买的东西回广州。他的老爸老妈也不知是工作忙还是其他原因，总之，几乎很少来校看他，我也看不出他有什么沮丧。他喜欢说话，喜欢开玩笑，而且他为我们带来了新的比抽烟更好玩的事情——玩仿真玩具枪，这种枪不论从重量还是外观做工上都很像真枪，区别就是它打的是BB弹。很快，我也趁着爸爸来接我出学校的机会用零花钱买了一把，不到一个月，玩玩具枪就风靡了整个学校。很快我们便分成"北方纵队"和"南方纵队"，北派主要提的是长枪，追求形式上的耍酷，挺像联合国维和部队。南派喜握短枪，注重含蓄格调，像是电影《英雄本色》里小马哥的若干克隆。两派时有擦枪走火，大多不是因自己的好恶，主要是一怒为红颜，在女生面前卖弄勇敢，显出血性。势态在不经意中扩展，很快，就有人用玩具枪打架了，有几个学生受了伤，学校开了大会，明令禁止玩仿真玩具枪，如有发现，马上没收并且通知家长。

这一学期，我升入了二年级，白粉仔转来的时候就已经是二年级了，所以他升入了三年级，三年级的毕业使得学校里很多老大也就离开了这里，其实也有好几个人在毕业前就因为不同的原因离开学校了。

禁枪令后，为丰富我们的精神生活，学校里搞了一个校园艺术节，我们班分到了一个节目。一个叫于丽娜的女孩负责的这个节目。她长得好看，粤语从她嘴里说出特别得动听，她让我第一次感到广东女子的那种妩媚。她负责编的那个舞蹈，在我的印象中应该是一个少数民族的舞蹈，不过具体是哪个少数民族我也记不清了。有一天下课的时候，于丽娜来找我，她要我参加这个舞蹈。

"我不会跳舞。"我这么回答他。

"没关系的。凑一个人数就可以。你就在最后一排跳。"她一边看我一边说。

"好吧。"我说。

我同意了，因为舞蹈的节目需要排练，而排练的时间是晚自习的时间，这样我就可以离开教室在外面透透气了。很快排练就开始了，虽然我只是一个小伴舞的角色，可晚上两个小时都要站在后面重复同一个动作也是很辛苦的，而这个舞蹈节目的主角就是于丽娜，我很羡慕她，因为在我们剩下的人做重复的同一个动作的时候她总是在前面变换着动作，为了改变这种无聊的感觉，我开始在做动作的时候去看于丽娜的表演了。

这是我在这个班级这么久以来第一次对一个女孩子注意，她略微有一点点的胖，但是跳起舞来又很轻盈很漂亮。排练的日子很快便结束了，我们班的节目没有被选上，这个结果我是无所谓的，可于丽娜很不开心，大家知道结果后也就散去了，我看出来她很不开心，便去安慰她。

"没关系的，你跳得挺好的。"这句话是真心的，我真的觉得她跳得很好。

"谢谢你。"她冲我苦笑了下然后离开了。

一个星期后的周末我在学校里碰到她，她问我有没有玩具枪，我告诉她有，然后她要我带她去玩，其实我不愿意带她去，我只想记得的是她跳舞的样子，那个样子在我看来很美好，我觉得玩玩具枪会破坏掉这种美好的感觉。我明白她想玩玩具枪是出于好奇，并不是对这东西真产生兴趣，或许我在她面前有意无意地耍酷，增加了她对玩具枪的关注。从心底我不愿她提上长枪短枪，从温婉的淑女蜕变成杀手般的飞妹，哪怕只是一瞬之间的改变。

"学校里玩这个东西会被抓的。"我说。

这个理由太可笑了，她当然是知道的。

"现在学校里连老师都没有，找个地方躲一躲就行了吧。"她似乎没有领会我的意思，这样说道。

"我不是这个意思，我是说不太好。"我只能这么说。

"X，神经病。"她说了一句脏话，然后转身走了。

她的脱口而出，令我讶异，一个平常天使般感觉的人，竟暴发出如此力量的言语。其实，学校里很少有人敢对我说粗口，一般情况都是我对别人想说就说，眼下的意外把我搞得有些局促。略有镇定，我边追边叫她，她根本不理我。

晚上和白粉仔抽烟的时候我说起了这件事情。抽完烟回宿舍时白粉仔跟我说了这样的话，在宿舍门口："你介绍一下那个找你要玩具枪的女孩给我认识吧，你不愿意借给人家我愿意啊。"

"好吧。"

我当然会说好吧，因为他是我的兄弟。没多久我们三个人趁着一次保安换防的时机溜出学校一起出去玩了一次，我们一起喝了很多酒，然后在凌晨的时候找了一个宾馆住在一起，我们三个人住在一个大床间里，于丽娜睡在中间，我和白粉仔一左一右睡在两边。天快亮的时候，于丽娜抱住了我，我一动不动，生怕一旦微动便将失去这梦幻般的感触，我听到了自己的心跳，也听到了她的心跳，尤其分辨不出是我呼吸的声音还是她呼吸的声音。她把脸贴在我的胸口，轻轻往下压，我脑子里出现了空白，下肢开始有麻木的感觉，同时，有莫可名状的情绪涌动。她似乎没太多反应，一切是如此的自然，相比之下我反倒表现得差强人意，像童话里害羞的王子。我开始鼓励自己，力图做一个特别勇敢的王子，尝试了很久，我终于伸臂搂了搂她的肩，白粉仔睡在一边，大声地打着呼。

这次之后我们也没有再一起出去过，学校的封闭式管理还是很严格的，院墙又高，那次侥幸再也没有重演过，而于丽娜也没有再提玩具枪的事情，只是我们俩偶尔会一起在学校里散散步。

有一天白粉仔被叫到了操场，是一个称自己为大强的小子，他长得粗壮，带有霸气，听说他老爸是广西那边一个地级市的副市长。他比我要高一个年级，他把白粉仔叫到操场的原因很简单，林仔走了之后这些人很无聊，然后学校又开除了几个，他们也不敢做什么别的事，可维系这个小江湖的动力得存在，不能仅仅靠在一起抽抽烟玩玩玩具枪比一比谁周末又带回来了什么从香港买来的新玩意来维持。所以，他们把白粉仔叫到了操场，用白粉仔来调整一下他们那个小江湖的内部关系。这件事白粉仔没有当回事，有一天无聊的时候就告诉了我，可我却忍不了，白粉仔是我的兄弟，怎能任由别人欺负，我逼问了很久，他告诉了我整个事情的经过。我找到了那个叫大强的人，和他打了一架，我打赢了。

一个假期的时间，大家已经忘记了林仔的事情，大强被我打了一顿的事传遍了整个学校，不过学校也没做什么处理，因为事实上没有任何人目击我和大强打架的事情，我们俩在别人都不知道的时候打了一架，然后我打赢了，而且学校那段时间里把精力花在了查仿真玩具枪这件事上，打架的时候也没人再用这中看不中用的玩意了。后来白粉仔问过我这件事，我不想跟他说得太清楚，只是描述了一下我如何扳倒了大强又如何把大强压到身子下面来打这些细节，我不知道白粉仔对这些不感兴趣，他只是想知道时间地点而已。而我没有清楚地和白粉仔说这件事情的关键部分，这让我们的关系第一次出现了一点点的小裂痕，因为在他看来，我对他有所隐瞒。兄弟之间不该有所隐瞒，这一点大家都接受。

我很快就成了小江湖的老大，我不知道这个老大是谁说了算或者说是以什么样的标准来定，总之我替代了大强，成为了这个学校小江湖的老大。

有一天我们寝室没有人，我关上门在睡觉，半梦半醒之间我听到了几声敲门声，我迷迷糊糊地起来准备开门，结果敲门声停了，过了一会儿又敲了几声，我翻起身来准备去开门，敲门声又没有了。我以为是谁在恶作剧，便又继续回床上睡觉了。过了一会儿我听到门外窸窸窣窣的声音，一会儿门被打开了，一个身上背着大包的高大男孩走了进来，我们的寝室有四张床，是那种下面是桌子上面是床的那种组合床，寝室两面一面摆了两张，进来后他扫了一圈并没有注意到我，我的床在角落里，而且拉着蚊帐，我隔着蚊帐看着他从包里拿出工具，一个锤子一个起子，然后他开始撬我们寝室的柜子。我慢慢地从床上爬起来，一个纵身从床上直接跳到地上，偷东西的人吓得愣住了，我扑上去一把将他摁在了地上。

"竟然敢在寝室里偷东西！很缺钱啊！"我坐在他的身上，压得他喘不过气来。

"别打我，我们好好说，我真一点都不缺钱！"他看着我很真诚地说。

我停下了准备攻击他的拳头，他说得对，这所学校里应该不会有缺钱到要靠偷东西过日子的学生。

"我是高佬,大家都这么叫我,你应该知道我吧。"他看我在迟疑,冲我笑着说。

"我不知道。我管你是什么佬!"我被他和我套近乎的那股劲给激怒了,打了他一巴掌。

他爬起来反击,没有打到我,被我顺势抓住了胳膊。

"我有办法出校门,你不想出去吗?"他一边做出痛苦的表情一边说。

我放开了他,这个条件太诱人了,我真的不知道除了侥幸之外还能有什么办法出去,我们成了朋友,他向我保证以后会带我出去学校外面玩,作为交换,我得保证不要把这件事情说出去。我们俩击掌,表示互相遵守承诺。其实我没必要把这件事情说出去,我也不知道就算我要说出去我能去告诉谁,我只是看到他偷东西想教训他而已。后来我也明白了,高佬背着一包偷窃工具穿梭在各个寝室里的行为就像我提着刀在陕西路上跑来跑去一样,只是我们的表达方式不同而已。

高佬父亲是广州一位副省级干部,家教严苛,什么时候高佬有如此癖好,他自己都无法说清楚。总之,他用此法反叛着约束着他的那些严厉的家人们。后来他偷窃的时候偶尔也带上我,而我的工作就是在旁边看着他,每次带着我的时候,他都异常兴奋,偷的东西也能多一些,我们偷到过许多学校规定的违禁品,有游戏机,录音卡带,各种各样的画报,其中还有少量的香港色情刊物。

他将偷到的东西装进他随身的大包里,一天之后,他便会一样一样地扔掉。而我也遵守承诺,没有把这件事说出去过。我们曾偷到一枚钻戒,想必是哪位少爷给某位小姐的定情物吧!高佬看着钻戒,觉得若将这东西据为己有,实在有些过分,他征询我的意见,我们达成共识,悄悄又把它放了回去。此举是怎样一个心理动机,我想来想去始终没能想得明白,高佬也说不出什么。

很快,高佬遵守承诺,带着我翻墙离开了学校,我们去了大良。学校要去到离它最近的城镇大良需要经过碧江,我们互相配合翻过学校最矮的一面墙,面对的就是碧江,那时候碧江上有小船,我也不清楚它停在那里做什么,总之我们给船上的人一点钱,他就会带我们渡过碧江。高佬告诉我这是最近的路程,过了碧江以后搭上一个当地的摩托车,再给他一点钱,他就会载着我们到大良。大良并不繁华,也没有什么独特之处,普通的街道,普通的建筑,只是一个不会让人留下深刻印象的没有特色的大城镇,可是因为在学校里封闭得久了,我每次到大良都会很兴奋,虽然去的次数并不是很多,我们在大良放肆地抽烟喝酒,在街道上醉酒唱歌,和当地的小混混打架,发泄着我们多余的精力。

而自从我当上整个学校的老大之后也就没有人再叫白粉仔去操场问话了,大家都知道他是我的兄弟,高佬也总是来找我,让我陪着他去偷东西,偶尔他还会带我去大良玩。一天夜里我没有回宿舍,第二天晚上我回来的时候白粉仔主动问起了我。

"你昨天晚上没回来啊?"他问我。

"嗯！怎么了？"我看都没看我。

"没什么。就问问。"他说。

"没什么就别多问！"我一边脱衣服一边说。

这句话我是随口说出的，可能使白粉仔不舒服了。凌晨的时候我叫醒他出去抽烟，他拒绝了，于是我叫了宿舍里另外两个人出去了。那时候他们对我很是崇拜，我不知道这种崇拜的源头是从哪里来的，总之他们越来越喜欢听我的话，我凌晨的时候叫他们去抽烟，他们也会起来穿好衣服跟着一起去，可白粉仔这样却很不给我面子。

第二天晚上我把白粉仔叫出了宿舍。他不和我说话。

"在别人面前你要给我面子，毕竟我现在是老大。"我说。

白粉仔笑出了声，我捂住了他的嘴。我知道他是下意识地笑出来的，不是故意的，因为在当时，他也是认同老大这个词语的，只是他可能认为老大可以是大强，可以是高佬，就是不能是我。当然，这些是他后来告诉我的。

"好啊。我会的。"白粉仔说。

我又继续说了很多的话，说了很久很久，我知道白粉仔并没有认真听。人在封闭的环境里将自己的心也缩小了，少年更是如此，我将自己的心缩小了。我认为这里即是世界，我很享受老大这个词语，仅仅是一个词语，没有任何意义，却让我如此享受，以至于会在楼道里说上那么久的话，那些话不是对白粉仔说的，而是对着并不存在的所谓江湖。

平静的日子过得久了总是会出点事情的，很快，大强来找我麻烦，我又和大强打了一架，这次大家都看到了，在操场上打了起来，这次打架的结果是大强累计两次处分被开除了，而我身上背上了一个处分。

大强离开学校后，我走路的姿势都发生了变化，我迈着八字步，每天在校园里游荡。白粉仔也接受了我是学校里的老大这个事实，他在别人面前也会给我面子，我们之前的那些不愉快都消失掉了，我们的关系越来越好，亲如兄弟。可在我的印象里，他的父母似乎从来没有来学校里接过他。有一次我试图问起这个事情，被他岔开了话题。

一个周末，我带着白粉仔和于丽娜，我们按照高佬的路线，去了大良。在大良玩了一天之后我们无法回去了，因为当时能回去学校那边的班车和摩托车都没有了，我们商量着找一个地方住，可是身上带的钱都被我们花得差不多了，三个人在大良的街道上一直往前走着，走得很慢。在一个街角我要白粉仔和于丽娜停了下来，我往前走去。几个小学生样子的孩子在说说笑笑地往前走，我走上去扇了其中一个一个巴掌，然后那个孩子就哭了。

那天我从那些孩子身上一共搜来了五十多块钱，加上我们身上的一点钱，我们找了一个宾馆住了下来。我们的钱不多，只能住一个房间，三个人挤在一张床上，白粉仔打开了电视，夏天已经过去了，可房间里依旧很热。白粉仔和于丽娜不断地抽着烟，一开始我只是坐在床边，他们两个人躺在床上，后来于丽娜让白粉仔躺了进去,然后叫我躺了下来,于丽娜躺在我和白粉仔的中央,我们三个人就那样睡了。

我睡得不是很熟,凌晨我醒过来的时候,我看到于丽娜和白粉仔抱在一起,电视还开着,只是没有台了,我凑过身去关掉了电视,然后继续睡觉。中午的时候我醒过来了,白粉仔和于丽娜还在睡,他们又重新抱在一起了。

那天回去的时候不知道白粉仔和于丽娜因为什么事情发生了争吵,在摩托车行驶的过程中白粉仔突然跳了下去,当时我们三人一共坐了两辆摩托车,我在前面一辆,白粉仔和于丽娜在后面一辆,我先是听到了于丽娜的喊声,然后叫摩托车司机停下了车,我下车的时候白粉仔已经跳下去了,两辆摩托车都停了下来,我冲着白粉仔跑了过去,惯性将他甩出了很远,于丽娜在一边愣住了,她没有说一句话。

几分钟后白粉仔站起来了,只是一些皮外伤,摩托车司机也吓坏了,他们把钱退给了我们然后就走了。还有一大段路,我们只能走回去了。路上车很少,几乎没有什么人。我们一直默默地往前走着,过了一会儿之后他们两个便有说有笑了,我觉得很奇怪,又不好去问什么。

很快,在我的带领下,我们在学校院墙外面的小山上发现了一个废弃的小房子,也不知道它原来的作用是什么。我已经忘记了原因,那个地方被我们称之为C基地,这个名字当然是我起的,可我怎么想也想不起叫这么奇怪的名字的原因。后来我们三个人便经常出现在C基地里，一段时间之后白粉仔和于丽娜去的时候开始回避我了，可我并不清楚他们躲开我的原因，所以找不到白粉仔的时候我就会自己翻墙出去去C基地，果然，他和于丽娜就在那里。白粉仔是有一点不高兴的，可是于丽娜并没有说什么。

一个周末我父母来接了我，回去的那天晚上白粉仔将我叫出了宿舍，我们俩蹲在操场上，他在连续不断地抽烟。

"我和于丽娜那个了。"他兴奋地和我说着，说这句话的时候手还在发抖。

"呵呵，真好。"说这句话的时候我不太高兴。

可白粉仔依然很兴奋，那天他的所有话题都是关于于丽娜的，这让我有些厌恶。

在我们准备离开操场的时候白粉仔说再抽一根烟就走，在他抽那根烟的时候，学校里巡视的保安朝我们走了过来。

"把烟扔到地上！"我冲着白粉仔说。

我捡起了地上的烟，这是为兄弟做事的时候，白粉仔知道，我的意思是我要替他背了这件事情。白粉仔被放了，我被保安带到了教务处。

那天我到了教务处之后教务处的老师一直在打电话，打了一个又一个，他很焦急，好像在找人办什么事情，他一遍又一遍地打着，终于，在他停下来的时候他看到了我。

"你来干什么的？"他问我。

保安将我带进来的时候说得很清楚，他抓住了一个抽烟的学生，而让我站在一边也是这个老师发出的指示。

"我……我……"我支支吾吾不知道该怎么说这件事。

这时候电话又响起来了。

"出去，出去！"他打开门，用脑袋向我示意要我出去。

我马上反应过来，快步走出了办公室。出了办公室之后我跑了起来，我怕他会想起来又把我抓回去，终于跑到宿舍的时候，我想我安全了。推开宿舍门进去之后，白粉仔并不在宿舍里。我不知道他去了哪里，晚上他肯定也不会去C基地的。后来很晚的时候他回来了，他回来之后也没和我说话，就自己上床睡觉了。

高佬带我去了大良，这次他带我认识了一个他在大良的朋友，那是一个女孩，或者说是个女人，她看上去比我大五六岁，甚至更多。她穿着一条极紧的牛仔短裤，上身一件白衬衫。我甚至可以隐约看到她白衬衫下透出的黑色内衣。

见了面以后大家便去喝酒，我记得那个酒吧很破，里面很小很吵，我那时候酒量并不好，但是高佬喝酒很猛，所以他倒是先醉了，然后就剩下我和那个女孩。我们俩一起扶着高佬到了她住的地方，是一个两间房子的套间，房子很旧，墙上贴满了明星海报，都是一些港台的明星，其中以刘德华的居多，我们将高佬安顿在了外面的房间，她便带着我进了里面的房间。

我们俩一起躺在床上，里面的房间要比外面的小一些，没有窗户，而墙上同样是像外面那间一样贴满了港台明星的海报，很小很热，她打开了电风扇对着床吹着，电风扇已经很旧了，声音很吵。那时候我的粤语已经说得很好了,她提出要我给她唱粤语歌,我便给她唱了一首 Beyond 的《再见理想》。那首歌黄家驹的唱腔很沙哑,我那时候年龄小,要模仿那样的唱腔很难,不过我还是尽力地模仿着黄家驹的嗓音,在旧风扇的声音的伴奏下唱完了那首歌。我的演唱让她很开心,她高兴地给我鼓着掌,鼓完掌后她凑过来亲了我一口,然后告诉我这是对我的奖励。我当时有些懵,也不知道该说什么该做什么,于是我对她说,我再给你唱一遍吧,她表示同意。我便又尽力地哑着嗓子把那首歌再唱了一遍,唱完第二遍后我头疼得厉害,可能是酒劲上来了吧,这次她没有亲我,她要我自己选择要什么奖励,我不知道该选择什么奖励,便告诉她我头疼得很厉害,她让我靠在她的怀里,然后扶着我的头,在我的太阳穴上捏了起来,那时候我十四岁,从未有过类似的经验,我有些紧张和害羞,不过我的头倒是不疼了,我又唱起了那首歌,这次她笑了,笑得停下了手,然后我就不唱了,她又继续捏着我的太阳穴。

后来我告诉她我有些困了,她便开始帮我捏肩膀,说是要我舒舒服服地入睡。我觉得很痒很不舒服,就让她停了下来。天快亮的时候她抱住了我,过了一会儿之后一个少年便有了他人生中第一次特殊的经历,虽然很仓促,但是也让我在第二天一整天都处在一种游离的状态之中,并且这种状态还持续了一些日子。

第二天我醒来时已经是中午了,高佬和她坐在外面的沙发上。然后我们三个人一起出去吃了饭。那顿饭我吃得很奇怪,我不记得自己吃的是什么东西，什么味道，那天我的吃相应该很丑，因为那天我总是埋着头在吃饭，我想看上去应该像是我的整张脸都被我面前的小碟子盖住了吧。而高佬则一直嘲笑我，他说的最多的一句是，你的胆量都到哪里去了，然后就放声大笑，女孩也跟着他一起笑，为了缓解尴尬，我只好拼命地吃饭。

吃完饭后她送我们到了等回学校的校车的地方，那时候不管你用什么方式离开学校，周末的时候，只要你在固定的地方等校车，凭着学生证，还是能回到学校里去的，而这些我都是慢慢才知道的。她没有告诉我她的名字，在车上的时候我便问高佬她叫什么名字，高佬说了一个名字，不过后来我也知道了那只是高佬编的一个名字，而且就是那个编的名字我也已经想不起来了。后来再去大良的时候我还向高佬提议去看看她，高佬告诉我说她男朋友回来了，去了不方便。可我还是很想她，后来我根据记忆自己一个人悄悄地去她住的地方找过她，可那里已经换了别人住了，我也只好放弃了再找她的打算，而高佬那边，也不愿意告诉我太多关于她的事情。

我和白粉仔谈了一次，我认为他应该更加重视兄弟们而不是把时间全部都花在于丽娜身上，他当然没有听我的话。一天我没有告诉白粉仔，我约于丽娜去了C基地，我还带着一帮兄弟们，这是一个自作聪明的行为，我警告于丽娜不要再接近白粉仔，他是我们的兄弟，要和我们待在一起，而不是天天把时间花在女孩身上。于丽娜的做法让我很意外，她竟然走到我跟前抱了抱我，我愣住了，跟着我来的兄弟们也愣住了，所有人都不知道该如何处理这个事情，看着他们的老大愣在一边。

这次愚蠢的行动之后发生更愚蠢的事情，一个周末的时候白粉仔将我叫到了C基地，当着于丽娜的面扇了我一巴掌，我马上也扇了白粉仔一巴掌。然后我们两个人扭打在一起，于丽娜只是站在一边看着，没有说一句话。

我与白粉仔的一怒为红颜，很快传遍整个学校了，加上于丽娜自己的炫耀，这件事情传出了许多版本，简直就是一次为爱决斗，并且是兄弟之争。冷静下来想想，我还是满荒唐的，因一女孩与小弟大打出手，一点老大的风范都没有。果然兄弟们看我的眼光有了微妙的变化，加上白粉仔在这件事情上的暗中添油加醋，兴风作浪，我老大的威信开始大打折扣，其位置明显有点摇摇欲坠。

我努力维护老大的尊严，尽量收敛霸气，隐藏嚣张，增加亲和力，不惜超额预算，把三个月的费用几天突击花完，目的是讨好兄弟们。白粉仔也不示弱，翻着花样地让兄弟们高兴，我感到的压力还真的不小。看得出白粉仔借势出徐州，利用这事发泄着累积于心的对我这个老大的诸多不满，有几个家伙明显跟他合伙一起，对我的态度是不冷不热。

那天中午雨后，操场边除了蝉声，空无一人，我约了白粉仔在树荫下谈判。我原本打算与他和好，解了这个怨，可他整个过程一言不发，甚至连看都不看我一眼，竟摸出一支烟叼在嘴上，摆出一副无所谓的样子，眼珠朝天上翻，右脚还在不停地抖动。我明白，他是铁了心要另立山头，根本不准备再捧我为老大。我鼻有酸感，但最终挺住了，还是拿着老大的那种藐视一切的范儿。沉默一阵，我和他离开了操场，打那以后我俩好像从未曾有过兄弟友谊，我们的小江湖在格局上有所变化，我这个老大的号令减少不少威力，追随的弟兄们暗地里也要听白粉仔他们的调遣。

我这个老大的发号施令虽大不如前，但火暴的拳头从未软过，小江湖的风风雨雨总体我依旧hold得住，兄弟们受欺负我还是会帮他们出头，学校里对于玩具枪的事情也查得没那么严了，一个大周末我买了二十把玩具枪回来，这个钱不是我爸爸付的，是我卖掉了自己的一个变形金刚玩具换来的，我把这二十把玩具枪送给了兄弟们，自然而然地，我的老大地位又有所巩固，几大金刚的脸上见着我又开始盲目讨好地泛笑，那眼里又恢复了昔日的崇拜目光。真感世态炎凉，人情冷暖啊！我尚不成熟的心智，竟强烈悲催，烙印下媚俗的符号，很多年，很多年我都以为金钱可以解决所有的事，当老大的头等要素，那就是钞票。我第一次做生意，自此之后我上了瘾，我买卖过很多东西，玩具、衣服，还有烟和酒，以及一些从香港买来的广州没有的新奇玩具，十几次之后我竟然有了一些属于自己的收入，这些收入我都花在了兄弟们身上，理所当然的，我这个老大又迎来了风生水起的日子。

白粉仔在我的春风得意中日渐孤立，相遇时不敢抬头看我，我有时故意在他面前打个响哨，他对我的挑衅无力反抗。他坚持强撑，任随怎样地受到我那伙兄弟的奚落也不向我屈服。我渴望他向我认错，向我称臣，如同过去那般追随着我，他没有低头，宁愿选择离我们渐行渐远，也不愿向我说一句讨好的话。

不久后他就做出了一个奇怪的举动。他当着于丽娜的面将一个啤酒瓶砸在了自己的头上，那时候我们的关系已经彻底疏远了，我没有亲眼看到这个场面，只是听说了这件事和看到了白粉仔缠着绷带的脑袋。白粉仔成了学校的新闻人物，成了大家的笑柄，他比林仔还要可怜，因为所有人都在嘲笑他，而他则一点反抗的样子也没有，别人笑他的时候他只是一句话也不说。有一天他又在手上用烟头烫了一个疤，我实在忍受不了了。

"你疯了吗？"我冲他这样说道。

"你管不着。"他冷冷地回答我。

我知道我再说什么也没有用了，我知道问题出在于丽娜的身上，我又带了一帮兄弟，一天中午的时候将于丽娜叫到了C基地。

"你和白粉仔到底怎么回事？"我努力做出很威严的样子，可这样的样子在一个女孩面前似乎没有什么用，况且这个女孩还曾经和我抱在一起。

于丽娜没有回答我的问题，她离开了。于丽娜没有给我答案，过了几天我自己知道了，学校里又传开了，于丽娜和新来的一个学生在一起了，他们俩天天混在一起，一起在校园里走来走去。

白粉仔终于来求助我，让我帮他出气，在一个晚上，我拦住了那个小子，教训了他一顿，我其实不只是帮白粉仔出气，我也在帮自己出气。而他竟然真的不再和于丽娜混在一起了，这样我觉得很自豪，比大强离开学校我真正成为学校小江湖的老大还让人自豪，而白粉仔又重新回到了我们的队伍里，大家也都不再嘲笑他了，他很开心，每天和我们混在一起，我们经常会碰到于丽娜，大家都做出很鄙视她的样子，可很奇怪，我的兄弟重新回到了江湖里，我又没那么厌恶于丽娜了，我又会想起和她一起排练舞蹈的那些日子，想起她轻盈的舞蹈的身影。

或许初恋的青涩可以承载难以想象的宽容，这份纯真与放浪把一切爱以外的东西全部过滤掉，那瞳孔里只印着喜欢的女孩的面庞，她似乎没有过去，全部是美好的将来。过了一段时间，我、白粉仔、于丽娜竟然又开始一起翻墙去大良玩了，大良这个依附着广州的大城镇发展很快，这里的 KTV 和酒吧越开越多，我们经常一起去大良唱歌喝酒，和当地的小混混们打架，还从大良带烟酒回来，卖给那些不敢翻墙出学校的学生。

不久，白粉仔告诉我，他又和于丽娜在一起了，这次我没有说什么，也没有再带着兄弟们去愚蠢地质问于丽娜，我自然地疏远了白粉仔，也不再和他和于丽娜一起出去玩了，我和我的兄弟们整天待在一起，有时候会和高佬一起去大良，我也去找过那个已经忘记名字的女孩，我看上去有很多事情要做，可又不知道自己在做什么事情。我想我和白粉仔的友谊也基本上结束了，过了几天于丽娜又和白粉仔分开了，我不清楚是怎么回事也懒得去想这些事情。

可一个月后，白粉仔又给了我替他出头的机会。

白粉仔站在学校教学楼的楼顶上，我不知道他是怎么爬上去的。他站在楼顶上冲下面喊：

"于丽娜，你再不出来我就跳下去。"

下面围满了人，有学生也有老师，那天不是周末。只是于丽娜一直也没有出现。白粉仔开始在楼顶上跑起圈来，边跑边大声地喊着，过了一会儿之后，他停止了跑动，站在那里唱起了歌。我在校园里到处去找，都找不到于丽娜的身影，我不知道她躲在哪里，可还有一个地方我没有去，那就是女生宿舍。远处能听到白粉仔在唱一首粤语歌，歌的名字叫《无泪的遗憾》，我也会唱这首歌，因为这首歌是白粉仔教给我唱的。越来越多的学生往教学楼的方向涌去，而我却冲进了女生宿舍，保安和宿管追在我的身后，女生宿舍里乱成一片，到处都是惊慌的叫喊声，我大声地喊着于丽娜的名字，她没有出现，我被追上来的保安架了起来，抬出了宿舍。

在白粉仔的身后，几个保安慢慢地走了过去，下面一片安静，一个保安伸出手，一把将他抱了回去。保安抱住他的时候他大声地喊着于丽娜的名字，然后嘴里还说出一些奇怪的词语，像喝醉了的人一样，后来大家告诉我，他确实喝了不少酒。

很快，白粉仔的老爸来学校接走了他。他走的那天没有告诉任何人，只是把自己剩下的烟都放到了我的柜子里。白粉仔走后，大家抽烟的时候还会说起他，然后开始笑他。有一天一个小子笑的时候我骂了他一句,他愣住了,然后其他人开始起哄,我继续骂着他,要他不要笑,不要提白粉仔的事情,他依然不愿意停下来,并且开始挑衅我,我冲上去打了他一巴掌,然后我们扭打在了一起。

这次打架之后,大家抽烟的时候便不再提起白粉仔了,只是我知道,大家在背后依然是会笑他的。

放假前的几天里我突然想去教学楼的楼顶看看,可等我找到入口的时候发现那里已经被锁上了。我找来了高佬,让他打开了那个锁。高佬那天很开心,他不断地跟我说这个锁和宿舍的柜子上的锁不一样,这个锁需要技巧,那天他由于过于兴奋,每次到了快要打开的时候就被自己的兴奋给搅黄了。高佬后来冷静了一会儿,然后沉住气打开了那把锁。那天我们在楼顶上待了好久,高佬一直在给我讲开这把锁的难度,他一遍又一遍地说,要不是他兴奋,他可以开得更快。那天下楼的时候高佬拿走了楼顶上的一块小石头,这算是他偷窃的物品。过几天之后,他便会将它扔掉。

那年假期我回到了贵阳,几乎每天都泡在"大大"里,大有玩世不恭的架势,是否双肩抖落了红尘的灰,装得很是沧桑,简直像脱掉衣服便是情伤累累的样子,俨然是为情为爱而呼吸。借此故弄玄虚的情绪,在"大大"我认了更多的妹妹,我抽烟也越来越厉害了。有时候我会在"大大"里唱那首叫做《无泪的遗憾》的歌。

其实如果有机会的话,我愿意要白粉仔来参加我的婚礼,可是我真的找不到他，只有记忆中留着他的身影，一丝对人生的悲凉吹进我的大脑，真觉得周身感到冬日般的寒冷，我想他也不愿意我找到他吧，我想很多年之后，他可能会有两种心态，要么对自己当年的行为很自豪，认为自己曾经做出过别人不敢做出的行为，要么会觉得自己当年很傻，竟然做出别人不会做出的行为。

我把一切都想得太简单了，事情还远远没有结束。

# 第八章　于丽娜

假期结束回到学校后发现,宿舍里的另外两个人也都转走了,学校也没再安排学生进来,所以我一人暂时住着四人的宿舍。刚开始我以为会很舒服,可慢慢地发现不是这样的,半夜里醒来看到其余几张空荡荡的床的时候心里还是有一点空落落的。

　　最大的意外是高佬不再偷东西了,他和一帮高干子弟混在一起,然后经常一起翻墙去大良骑摩托车玩,不知道他们从哪里搞来的摩托车,不久,高佬也带着我加入了他们。其实他们和我这种商人的孩子有很大的区别,他们的东西都是别人送给他们的父母的,这些东西又会转交到他们的手上,成为他们的玩具,比如本田大水牛摩托车,这是一种大马力的摩托车,样子也很威猛,在未发动的状态下一个人推着它很是吃力。高佬和他们将这种摩托车藏在校外,然后再趁着周末翻墙离开学校,去骑这种摩托车兜风。我也很快地学会了骑这种威猛的摩托车,并且越来越喜欢骑这种摩托车的感觉。

一个周末，爸爸来接我，他带我去了一个广州的朋友家里，那天在爸爸朋友的院子里我看到了这种摩托车，我很意外，不住地打量着它，一会儿，一个人走了出来，他骑上这个摩托车出去了。离开爸爸朋友家时我很好奇，问那个叔叔这个摩托车他会经常骑吗，他说不会骑，这辆摩托车是他的手下用来买菜的。

他的回答令我很失望，爸爸误认为我是想要一辆这样的摩托车，他要我不要失落，说等我假期回贵阳了买给我。我告诉爸爸我不是因为没有这个摩托车而失落，是因为其他的原因。爸爸没有具体问我是什么原因，那天他很兴奋，兴奋的原因是另外一家出租车运营生意已经被他逼得不断地在走下坡路，这次来广州，爸爸又要买回去一些车，并且要继续分掉另外那个人的地盘和挖走他的司机。

因为爸爸朋友的话，我不再愿意和高佬去玩那种摩托车了，他每次出去玩的时候我都能想到那个叔叔说的话，这是买菜的摩托车。我的生活重新变得沉闷起来。而这种沉闷的生活最终还是被于丽娜打破了，白粉仔走后于丽娜继续留在这个学校里，一个假期过去后，大家似乎都淡忘了跟她有关的那些事情。可过了没多久，所有人就发现了她的一个问题，有一天她走进教室的时候大家便开始觉得奇怪了，她的头，每隔上十几秒钟，总是要失控地甩一下，而一天里总会有那么几次。这个奇怪的行为引起了我的注意，这样持续了一个星期后，我找她在操场上见面，我只是出于好奇，想验证一下她究竟发生了什么事情，可她在我跟前很正常，头也没有奇怪地甩一下，这让我觉得很诧异。

几天之后上课的时候于丽娜传过来一个字条，上面写：我想做你的女朋友。我以为是别人开玩笑的就没有管，然后趴在桌子上猜是谁写的字条，字写得很小但是很好看，纸是一小片的那种小黄纸，应该是女孩专有的吧。果然，下课的时候，她把我叫到了操场。

"我要做你女朋友！"在操场上她跟我说。

"你别开玩笑了。"我只能这么说。

"不！我就要做你女朋友。"她用很坚决的语气说。

"为什么？"我问她。

"因为是命中注定的。"她说。

别瞎扯了，这是我当时最真实的内心想法，我想离开操场，因为我觉得她有一点点的不正常。

"真的，我只要站在你跟前我的头就不会甩了，你自己看嘛！"她着急地说。

这是真的。我当时也觉得很奇怪，但是我还是不会喜欢她，发生了这么多事情，尤其是白粉仔的那些事情，即便是我曾经很喜欢跳舞时的她。我拒绝了她说的做女朋友的事情，可那个星期我却过得很忐忑，我做什么事情都是心不在焉，总是能够想起她跳舞时的样子，我渐渐忘记了白粉仔的事情，可她原来好好的，为什么会突然间有了甩头这个毛病呢，这是在和我开玩笑吗？可如果只是开玩笑，她不至于在全班人面前都这样吧。我打消了自己的疑虑,想着周末出去玩的时候可以问她,我找到了她,和她说好周末一起出去玩。

周末前的几天里我一直在观察她,上课的时候,下课的时候,我坐在教室后面,看着她的头,一天里总有那么几次,会不自觉地甩一下。

我觉得太奇怪了,在宿舍里对着墙想了好久这个问题之后我去找了高佬,第一次没有找到他,第二次找到他的时候他并不相信我说的话,他说那个女孩肯定是在逗我玩呢,他说我的结局会和白粉仔一样,我跟高佬说了我看到的,可高佬还是坚持自己的意见,然后就岔开了话题,开始谈摩托车的事情。

不管怎么样,和于丽娜一起度过的第一个周末还是来临了,我告诉她去大良要翻墙还要坐船然后再坐摩托车,她说不去大良,去广州,我觉得她是在开玩笑,去广州会更不方便的。她说她有办法,周末的时候,她带着我上了校车。

学校的校车会开进广州市区里,那是用来送学生给家长的,家长在广州市区里接,如果这个周末你的家长并没有打算来接你,那你就不要上班车去,因为家长要凭接送卡才能从班车上接到孩子,而如果你的家长没有来,你还是要坐班车回到学校里的。那时候我父母总是来学校里直接接我,所以我并没有坐过那个班车。

班车很丑,通身被刷成了黄色,我和于丽娜一起上了班车,她拉着我坐到了最后一排,我一直在注意她的头,确实没有再甩过。车子驶进了广州市区，城市道路的两边有很多种花，那些花散发出淡淡的香味。于丽娜靠在了我的肩膀上，她小声地说她喜欢我，我没有回应她说的话，因为我不喜欢她了，这应该是真的。

车子开进市区后开始一站一站地停，于丽娜跟我说要我准备好，我问她准备什么，她说准备跳车。

"跳车？你疯了吧？"

"真的，跳车去广州玩。"

车子进入环市路后，于丽娜说开始准备。她已经拉开了窗户，环市路有一站叫做动物园南门站，在那一站的时候有多好学生站了起来准备下车，于丽娜拉着我的手，说，跳。然后我们跳下了车。跳车后便开始跑，于丽娜在前面，我在后面，她边跑边回头看着我笑。那一刻我突然间觉得好快乐，两个人，在广州的大街上，奋力地往前跑着，然后边跑边笑，他们刚刚从班车上跳下来，还不知道下一步要去做什么。跑过了一个路口于丽娜带着我转了弯，然后两人一起喘着气，那一刻我突然间对于丽娜有了一点点奇怪的感觉，我觉得我又有一点点喜欢她了。

于丽娜是广州本地人，她的粤语说得很熟练，不像我有时候还会磕巴，她带着我搭公交车，去了北京路一家吃奶酪的地方，广州的北京路比我家乡的北京路大了很多倍，而且人很多，我们俩人在人流中穿梭着，北京路上的建筑都很老旧，但是看上去又不土气，有些西化的建筑风格，比起我家乡北京路上那些普通的建筑还是要漂亮很多。于丽娜一共吃了七份奶酪，后来她说她肚子有一点疼才停了下来。于丽娜带我走进了北京路后面的小巷里，这里都是普通民居，看上去都很老很破旧了，于丽娜带着我在四周游荡，走进了另一个巷子里面，她指给我看一栋很旧了的老楼房，说她家以前就在上面，现在搬到别的地方去了。那栋楼房看上去好像起过火的样子，外面的墙上有明显的烟熏过的痕迹。

"你和女孩子接过吻吗？"于丽娜问。

"我……"

于丽娜过来抱住了我，我们接吻了。那一刻我什么也没有想，那种感觉很奇妙，在小巷子的外面就是熙熙攘攘的人群和各种商铺里传出的音乐声和嘈杂声，可这条巷子却异常安静。

"你没和女孩子接过吻吗？"于丽娜问。

"我……"

于丽娜又吻了我，这一次那种奇妙的感觉减少了一些，我开始注意周围的行人会不会突然走进巷子里，脑子里判断着巷子的居民楼里会不会有人看到。

我们在广州的大街上漫无目的地游荡着，晚上的时候，我问于丽娜我们去哪里，于丽娜让我跟着她走，她带着我坐了很久的公交车，然后回到了环市路，下了公交车之后我们开始步行，是一个很长很长的大坡，而我们走的是上坡路，那条路让我想起了我的家乡，我告诉了于丽娜，这是我第一次主动地跟于丽娜说自己的心事，我告诉她我们家那边所有的街道几乎都是这个样子，只不过没有这么长而已，还跟她形容那里低矮的立交桥是什么样子。我每说一句话，于丽娜就要笑很久，她的笑让我觉得很有成就感，这种成就感甚至要比在学校里当老大替兄弟们出气的成就感还要强。

于丽娜带着我去了环市路上的一个招待所，她似乎认识那里的老板，她和老板说了一会儿话，然后老板带着我们上了楼。上楼的过程中我一直在考虑，她怎么会知道这样一个地方，这里的房间很破旧，屋子里的灯光很暗。

"你是不是想问我怎么会知道这么一个地方？"关上门之后她问。

"有一点点想知道。"我说。

"不告诉你。"她说。

"我们可以去五星级酒店，我有钱。去白天鹅，我买玩具送给你。"我说。

说完这句话之后我突然意识到这是我爸爸安慰我的方式，我有些走神。

"我也有钱。"于丽娜说。

她从口袋里拿出一叠钱来，然后走到窗户前打开窗户扔了出去。

"这才好玩。"于丽娜说。

"是吗？"我说。

"嗯。好玩。"

我也拿出自己的钱，朝打开着的窗户扔了出去，风将钱吹了起来，在街上胡乱地飞舞着，有的路人看到了钱，他四处看着不知道钱从哪里来的，也不知道该捡不该捡。

"好玩吗？"我问。

"好玩。"她说。

我继续朝外面扔钱，她也拿出自己的钱往外面扔。

我们扔光了身上的钱，然后就睡觉了，也再没有说过话。第二天起来后，我们一起去了一个学校班车的点坐上学校的班车回去了。

于丽娜在教室里的时候头依然会不规则地甩，有一天上课的时候，我看到她的头甩了一下，突然间觉得心里一阵别扭，我想起来我在周末的时候还跟在她后面跑还告诉她我家乡的事突然间觉得自己很傻。不知道为什么，当我低下头看不见她的样子的时候，我又不会再觉得别扭。而她站在我面前的时候，她的头便不再甩了，所以我又顺其自然地忘记了上课时候看到的一切。

又一个周末的时候，为了感谢她带我去广州玩——感谢这个词语是我跟她说要去大良的时候说的，同样，这个词语让她笑了很久——我带她去了大良。我带她去吃了大良的奶酪，这次她吃得不多，因为她说没有广州的好吃。吃完奶酪之后，我带她去了清晖园，我们在那里待了一个下午，她并不喜欢那个脚下面有水流过的假山山洞,而我们走过一片竹林的时候,她要我陪她待一会儿。我们就一直坐在竹林里,坐到了黄昏的时候。后来我们还去过一次清晖园,那次去的时候她带了一把小刀,找了一棵她认为长得很好看的竹子,在上面刻了永远喜欢我的誓言,那时我并没有当真。于丽娜告诉我,第二次去的目的就是要刻下那句话,我也只是笑笑,我们离开的时候,我就已经看不到那棵竹子的踪影了。

后来我们又经常一起去C基地,大家似乎很默契,谁也不会去提起白粉仔的事情,而我的兄弟们也知道了我经常和于丽娜一起出去,他们似乎有些不满,可倒是没有人说出来,他们都被高佬的本田大水牛吸引,想尽一切办法逃出学校去骑着大水牛兜风。

一个周末我爸爸来看了我,那天晚上我和他一起吃饭的时候,突然间不自觉地甩了几下头,他并没有觉察到,可我自己明显地感觉到了。那天晚上我睡觉的时候还故意地试了几下,都没有那样的感觉。我想和他谈谈这件事情。

"爸爸你知道一种甩头的病吗?"我问。

"什么病?"

"没什么。"

"这句粤语是什么意思?"

"就是说在跌的意思,不看好的意思。"

爸爸望着电视,专注地看香港台播出的节目,那时在广州的酒店里都可以收到香港电视台，不论经济类节目，还是电视剧全是爸爸的最爱，每次只要到广州，在酒店看香港电视节目是爸爸必不可少的享受。

回到学校后我把这件事告诉了于丽娜，她也不知道为什么，后来因为再没有出现过这样的情况，我也就没有再去想这件事情。而我也尽量避免在上课的时候去看于丽娜的位置，我实在不愿意看到她的头不规则地一甩。

后来我们便经常一起跳车去广州玩，偶尔也会去大良玩，我越来越喜欢广州空气里那些花的香味，我告诉了于丽娜这件事情，可是她却说她闻不到。一次周末结束了的时候我们没有回学校，周一的那天我们一直待在珠江边上，晚上的时候我们一起坐上了珠江的游船，船缓缓开动，然后导游在船上介绍两岸的建筑，我对这些没有太大的兴趣，而于丽娜竟然产生了兴趣，她说她一直在这里长大，却是第一次登上这里的游船。她的兴奋有些奇怪，游船的马达声和于丽娜的笑容没有掩盖住我对她的怀疑，我觉得她不该有这样的兴奋，我顺着她的话往下问她为何会这样开心，她说的话和我心里想的一模一样，她说是因为和我在一起。这句话却使得我变得异常兴奋起来。

"我敢从船上跳下去游到岸上去你信不信？"我说。

"我不信。"于丽娜说。

"好，你等着看哦。"

船快要靠岸了，我稍作准备，真的跳了下去。水很冷，我迅速地往岸边游去，于丽娜激动地叫了起来。

"好样的！"于丽娜在船上大喊着，她被船上的工作人员控制了。

船上的工作人员和岸边的工作人员也惊慌地叫了起来，有工作人员马上跳下了珠江。

回到学校之后我们俩人都被叫了家长，爸爸没有批评我什么，只是说又是为了女孩，真没有出息。爸爸帮我请了两天假，说带着我出去玩两天，玩完回去好好学习，不许再做出出格的事情来。

我以为老爸真带我去玩，那心雀跃得厉害。没料他却带我去谈生意，说是从小让我懂得生存之道，充分明白爱拼才会赢，长大后才可能有出息。我和老爸进了一幢地处半山腰的别墅，草坪边有个大铁笼子里竟然关着一只东北虎，这样的装B，让人感到哭笑不得。别墅的主人姓郝，老爸说是他在云南当兵时的战友，运气好，属于中国最早富起来的人，老爸说中国内地跑的进口车，多半经过了他的手，老爸准备做他的分销商。郝老板谱特别大，酒过三巡，竟有一位娇滴滴的女歌手伴餐，我一眼认出那女歌手就是经常出现在广东电视台上的"情歌皇后"，老爸和我眼睛瞬间雪亮有神，郝老板高举酒杯得意大笑，这一刻我觉得那姓郝的叔叔太像商纣王。谈生意的过程很简单，三言两语，老爸虽有巴结的举动，但整体还是挺有气魄，不失尊严。从别墅出来我问那女歌手是郝叔叔的什么人？老爸神秘一笑，说郝叔叔就喜欢与女歌星们来来往往，为此出手阔绰大方。

不知什么原因老爸最终没有与郝叔叔合作，而是自己在广东闯出了发财的门道，他不停地往返于广州和贵阳之间。许多年后，郝叔叔成为中国商界的名人，离了几次婚，又结了几次婚，据说新娘几乎青一色的当红歌星。老爸很少提及他，有人说到郝叔叔，老爸每次都哼哈敷衍。一起走私特大案的曝光，令国人震惊，其主谋竟是郝叔叔。我吃惊，老爸却没有惊讶，他说这一天来到对郝叔叔而言只是迟早的问题，这就是当年老爸不与他合作的原因。老爸不愧为江湖枭雄，心思缜密，他的前瞻性令我佩服。这件事一直叫我对老爸有种不可磨灭的敬意。

回到学校后于丽娜告诉我，她要离开学校一段时间，说是她的家人要带她去治病，我问她治什么病，她说就是她甩头的病，她说她的父母告诉她，那确实是一种病。我跟她开玩笑说，要你爸爸妈妈来找我啊，我就可以治好。于丽娜并没有对我的玩笑表示回应，一天早上我到教室后发现她的座位是空的，我知道她已经离开学校去治病了。

于丽娜走后我突然间发现自己有一些想念她。而我的兄弟们也知道了我和她总是出去玩的事情，有一天他们开始嘲笑我，他们说我是重色轻友的家伙，就像他们当初嘲笑白粉仔一样。

"你那甩头的女朋友现在不要你了啊，自己跑了啊。"有一个我不认识的小子这样说道。

我没有理会他，准备过一会儿再教训他。可当我抽完烟传递给下一个人的时候,我的心里震了一下,因为我的头不自觉地甩了一下。他们好像是看到了,大家互相尴尬地笑了笑便散开了。

第二天,我的头开始甩了,不过没有于丽娜那么严重,只是轻轻的,隔上很久,轻轻地抖一下,我坐在教室的后面,别人注意不到这个事情。可是我自己注意到了,我突然间很厌恶自己,我开始疯狂地想见到于丽娜,在每次我的脑袋轻轻抖动的时候。

我去找了高佬,高佬看了我半天,然后听我讲了于丽娜和我之间的事情。他听完后的反应是大笑,他依然坚持他一开始的意见,坚持他第一次听到这个事情时的意见。

"那女孩逗你玩呢,真的,相信我,以我的经验,她肯定是在逗你玩,你太笨了,兄弟。"高佬不断地重复着类似的话。

可无论如何,我的头开始抖了,即便于丽娜是在骗我,可为什么我自己的头变成这个样子呢?这是纠缠在我自己内心的问题,我慢慢地发觉,它抖得越来越厉害了。

我的父母来看我时并没有发现这个问题,一是他们从来就没发现过我的任何问题,二是在父母面前我有所克制,而我的克制,确实会起到一定的作用。我渐渐地远离人群,在上课的时候尽量克制,下课之后,我就躲在一个人的宿舍里。

一个月之后,于丽娜回来了。正如她所说的那样,她的病完全好了,上课的时候,她的脑袋也不再甩了。可似乎就我一个人在关心她的存在,别人对她的归来和她的变化好像完全没有反应一样。她回来的第一天的晚上,我将她拉到了操场上。

"你真的是去看病了吗?"我问她。

"当然啊!你难道没有看到我现在完全正常了吗?"她看着我说。

"我看到了。可我觉得自己怪怪的。你那是什么病啊?"于丽娜并没有注意到我的头在轻轻地抖。

"我也不知道。反正我爸爸带我去看好了。"她轻描淡写地说。

你在骗我吧,我在心里面跟自己说,可我没有说出来,我知道说出来没有任何用处。那天晚上回到宿舍里,我一个人躺在床上,我的头轻轻地抖动着。这是一个多么天衣无缝的谎言啊,听上去那么传奇,像童话一样,我觉得自己好愚蠢。我想起了我和于丽娜一起走在大街上的情景,想起了我告诉她的那些自己的心事,越想越觉得自己好像被侮辱了一样。那天我找到了高佬,让他帮我搞来了啤酒,我们两个人在楼道里喝了好久好久,后来我喝醉了,被高佬送回了宿舍,我不知道自己喝醉后脑袋有没有抖。

于丽娜果然不再理我了,起初她只是敷衍一下,后来就干脆不搭理我了。有一个周末我跟着她上了班车,我坐在她的旁边,到了动物园南门那一站前面的一站的时候,我示意她去后面,她没有动。那天我自己一个人跳下了车,跳车的时候膝盖磕在了地上,出了血,我拖着受伤的腿在广州的大街上不停地走着,那天夜里我什么地方都没有去,在大街上走了一夜,天亮的时候,我站在珠江边上，看着拉着沙子的货船开过，发出呜呜的声音。我漫无目的在街上游荡，像这城市中的一粒沙，喝了两瓶啤酒，抽了半包烟，红着眼睛在寻找于丽娜。我几次想哭，但哭不出来，可眼眶却是湿润的，我知道自己愚蠢，她不会在人群中出现，而我仍幻想能有奇迹，除了这方法，我实在想不出有啥套路能给自己发泄和安慰。

擦肩而过的人形形色色，各自朝各自的目的地行走，脸上的表情总是木讷和怪异的，不知是这些人真是这样呢，还是因为我眼睛的迷蒙和内心的失落？答案在风中飘荡，我没能量去知晓。

于丽娜伤了我，我痛，我相信她也会痛。好在青春的最大本钱是有条件忘记伤痛，然后在自由中修复伤口，最后连疤都不是，只是一块印迹。火车站从来都乱，人乱，心更乱，所有的忧伤与迷情在这里上演。我下意识地逃离这里，怕火车的鸣笛再次震破我已开始在愈合的情伤。有队新兵从站里出来，泛绿一片，眼神似乎整齐划一，试想我若是其中一员呢？此时此刻会是怎样的心境呢？新兵齐步踏地，我还真的晃若其中，于丽娜给我的痛，竟奇迹般地消退。嗨！我清醒了一大半，我哭出了声来，但路人没有向我这位少年投来关注的目光。

当我坐上回学校的班车的时候，我已经浑身没有一点力气了，我不知道自己在做什么，我明明是不喜欢于丽娜的，甚至在有段时间里是有些讨厌她的。后来我明白了，于丽娜的事情其实是在侮辱年少时的我，被一个自己的同龄女孩欺骗，用一个看上去既简单又愚蠢的故事，我不是因为喜欢她而难过，只是受不了被别人用一个看似不可能的方式欺骗，还让自己染上了一种别人用来欺骗自己的怪病。

回到学校后我睡了一觉，醒来的时候已经是凌晨了，我发现自己的头还是在不自觉地轻微地抖，我越是想让它停下来就越抖得厉害。

我接受了高佬提出的一个意见，制作了一个孔明灯，对着它说了我的心事，天快亮的时候我把它拿到了学校的院子里，点燃了它。我搞不清楚自己为什么会做这件看上去很愚蠢的事，只不过孔明灯放飞之后我的头竟然真的不再抖了，高佬的主意这次起到了作用。

很快，事情就朝着另一个方向发展了，那天早上风有些大，孔明灯被刮到了学校刚刚制作的准备欢迎新学生的横幅上，横幅被点燃了，横幅从中间烧断，然后落到了一棵树上，这棵树竟然也慢慢燃烧了起来。我最先朝燃火的树冲去，没有水，用手捏了泥土朝火上扔，随即我的兄弟们勇敢地像我一样往火上抛土撒沙。这场景我一直记在脑海里，总觉得是学生时代的光荣，尽管这场火是因我们而起，但我依旧认为我们的举动是值得称道的。火没有扑灭，越烧越大，当学校的院子里聚了越来越多的人时，这棵树已经完全变成了一个大火把，学校里憋坏了的学生们大声地欢呼着，吹着口哨唱着歌，树在学生们的鼓励下燃得越来越厉害，学校里的保安从四面八方冲了过来。

最终火灭了，树烧成枯枝，政教处把我带去问话，这次因孔明灯惹的火灾，着实让校方心惊胆战，所幸未造成财损人伤。燃火我有责任，灭火我也有功，就怎样处理我，校领导明显地犹豫不决，意见很难统一。说真的，这次我有点害怕，真记一大过留校察看，不仅无江湖颜面，也难日后见江东父老。我故作镇定，缓缓坐下，两手一直撑在凳子上。班主任进来，没有吭声，只在我的肩头拍拍，我看看班主任，目光肯定是一种乞求。

原以为一场狂风暴雨的批判并没有发生，老师们娓娓地给我讲了一大通道理，指出了我的所作所为给学校带来的危害，同时也含蓄地承认了我面对火灾时的那种大无畏精神是值得表扬的。由此看来，老师们的眼睛是雪亮的，我们的调皮捣蛋不能在老师们面前蒙混过关，然而，我们的丁点闪光老师们也看在眼里，此时此刻我心有感动，因为老师们的公平和公正。我的陈述变得简单，除了认错，往昔的强词夺理完全收敛，仿佛变成了另外一个人。由于我态度端正，真诚地接受老师们的批评，学校决定从轻处理，记过一次，以观后效，不通知家长，也不通报全校，只在自己班上做书面检查。

我走在班主任的后面，情绪又开始亢奋，脚不停地踢地上零星的小石子。班主任回头看我一眼，我当没有看见，实际上今天的有惊无险，我认为含有智慧的成分，它给了我另一些不曾思考过的东西，我决定把这个幸运的诀窍总结出来，与我的江湖兄弟们分享。看来，不管你是那株葱，只要厚道，诚实，没有谁会硬要把你从泥土里拨来丢掉。

虽被老师们原谅，但我仍处在一种被监视状态，在我的宿舍外面有一个保安，他坐在门口盯着我住的宿舍，我的宿舍的窗户外的护栏也被加固了，我以为自己的过错真让老师们忘记，殊不知不信任的举措还是加在了自己身上，我不理解为什么还要被这样监视，这使我觉得很耻辱。夜里的时候，我准备逃出去，可当我打开门的时候我才发现，门外又多了一个保安，夜里，学校安排了两名保安，他们被门打开的声音惊醒，直勾勾地看着我，要我回到宿舍里去，我只好回去了。

夜里两点，我开始想法逃脱，试着撬动窗栏，简直是蚂蚁撼树，指头上的皮都搞破了，窗栏仍纹丝不动。我放弃了跳窗的念头，转而还是打房门的主意，几经折腾，终于逃过了两保安的监视。我爬到了高佬宿舍的窗户边，我敲了敲他的窗户，他竟然没有睡，打开窗户将我放了进去。我要他和我一起去学校外面，第二天再回来。他当然答应了，我们俩人沿着排水管道从二楼滑下。

我们第一次在夜里这么晚去大良，碧江上自然没有船会收钱帮我们渡江了，趁着夜色，我们俩人偷偷地划走了碧江边的一艘木船，那艘船很破，吃水很深而且有些漏水，没有浆，我用一个大木片划着船，高佬则用手将进船的水泼出去，这样一直划了一个小时才到对面。我完全忘了这是一次叛逆的逃跑，后果或许大过那场火灾,然而,所有的顾虑在莫名的兴奋中消失,看到的,听到的是迷幻般的现实。准确地说因为有高佬,量学校也不敢在太岁头上动土。街上没有摩托车了,那些凌晨等着拉大良吃夜宵喝酒的人的摩托车也都没有了,我和高佬一路向前走,当我们走到大良的时候天已经快亮了。所有的KTV、酒吧早都关了门,而街上的其他商店却都是大门紧锁,我们俩人互相嘲笑着对方然后抽着烟直到天蒙蒙亮,有一个卖早饭的小摊摆了出来,我和他赶紧坐在小摊前,由于常来,我俩认识摊主,摊主也应该认出了我俩,他随口问问我俩干嘛不归学校,高佬发了个"唔"的鼻音算是对他的回答。我问他今天怎么一个人苦撑局面,他说老婆带孩子回老家了,我们边和摊主闲聊边吃了早饭。天边有云,云的后面藏着朝霞,金黄的阳光从云的缝隙透出,学校的晨练就快开始了,兄弟们也许正在往操场走,但愿老师点名时,会有位兄弟模仿着我的声音回应。因为什么逃离学校,又因为什么通宵流浪?我仿佛早已忘了,大脑暂时一片空白,不知接下来该如何应对这次的偷跑。不去想,不愿想,不敢想。最早的那些摩托车开了出来,我和高佬回学校去了。

  与高佬的这次放浪,终于引来了校方的总爆发,老爸被及时地请到学校,校方宣布我被"劝其退学"。虽然有想到过这个结果,可是知道这个决定的那一刻我还是有一些茫然,我不知道自己该怎么办,该做什么。我已经不像刚来到这里时那么强烈地想回到贵阳去了,我觉得这里挺好的,我在这里待了快三年，在这里长了胡子，长高了个子，长出了喉结，第一次和女孩亲近，学会了很多事情，这里的很多事情我都可以自己掌握，我有一个自己的小江湖，在这里面我予取予求。我也掌握了逃出学校的方法，连外面的小摊主都认识我，这里关不住我，我在这里过得越来越自如。

我恳求我爸爸，要他想办法让我留下，一开始就是他让我来的这里，在我第一次被劝退的时候也是他花钱再让我回来，我向他保证自己不会再犯这样的事，可他没有这么做，他说他有他的打算，这打算不是让我留在这里。我知道他不会再改变主意，他去办离校手续，他比我还要失望，三十万一年的学费没有换来我曾经兴奋地告诉他的哈佛大学不说，还造成了今天这样的结果，所有的老师都在同情他，觉得他有我这么一个儿子真是可怜，觉得我还会做出出格的事情来，肯定还要让他继续操心。我收拾了自己的行李，我的行李很简单，校服都是学校的，我不想带走它们，剩下的完全属于自己的东西很少。我去找高佬告别，他告诉了我关于那个忘记名字的女孩的真相，那个女孩并不是他所谓的朋友，那是一个小姐，她拿了高佬的钱，才有了后面的那些事情。我很生气，可我也无法怪罪高佬，他做的一切事情都在坚守这个存在于这里空气中的小江湖的规则，符合兄弟之间毫不隐瞒对方的规则，而我是这个小江湖的老大，我当然也相信这些规则。

离开学校的时候我的兄弟们竟然都来送了我，这让我很意外，他们也都很有默契地没有再提于丽娜的事情,我没有看到于丽娜,不知道她在做什么,也暂时不想看到她。我和他们告别,他们也都长出了胡子长出了喉结,也有了一些生命中第一次独特的体验,我们都长大了,至少在生理上长大了。学校门口的树被风吹得沙沙作响,和我爸爸第一次来看我的时候一样。学校门在我身后缓缓关上,这是我曾经期盼很久的事情,不是翻墙出来,也不是父母来接我,不用再坐着校车回去,而是彻底地离开这个地方。可我一点也开心不起来,我的兄弟们站在离校门口最近的教学楼上冲我招手,我看不清他们的样子,只能看到一堆手在那里挥舞着,可我突然间有种和他们患难与共相依为命的感觉,因为这种感觉,这场景使我很难过,我提着自己的行李,走向爸爸的车,每走一步都很难过。

爸爸终于买了他喜欢的那款奔驰车,可我对此已经毫无兴趣,他开着新车载着我驶出学校,大晴天,太阳很大,学校外面的别墅群已经完全修建好了,大都住进了人,慢慢地这里的配套设施也会齐全,也会有酒吧、KTV开起来,以后的学生们翻墙出来就不用像我和高佬那样辛苦,还要自己划船渡过碧江。车子沿着碧江走了很远驶上了碧江大桥,在驶上碧江大桥之前,学校墙外的碧江边也树起了巨大的水泥桥墩,应该会有另外一座跨江大桥修起来。在经过碧江大桥后,爸爸开车到旁边的一个加油站里加油,我下车在加油站外走了走,我看到了我和高佬划的那艘船,那是一只报废了的木船,它伏在碧江边,已经快要沉下去。爸爸鸣笛叫我，我回到了车上，爸爸以为我打算偷跑掉，他有些紧张，可我没有解释什么，我不愿意帮助他缓解紧张，我越来越怨恨他，不知道为什么。

满眼的人如同一般的样子和灰色，匆匆地走着，熙熙攘攘，我看不到哪有明亮，只有说不清道不白的忧伤。照理，青春无痛，我却真的感到揪心的痛。

# 第九章　表哥

半年未回贵阳，贵阳又发生了很多的变化，那些之前的工地也已经变成了高楼大厦，很多老建筑也拆掉了，一些路段重新规划，以至于我都会走错路。回到贵阳的我无所事事，爸爸说他有他的打算，可这打算还没有任何实施的迹象，我也知道了其实他现在也不知道拿我怎么办。爸爸的4S店正式营业了，我去那里待了待，觉得没什么意思，令我意外的是买车的人很多，人们的生活正悄悄地提高。得承认，老爸又押到宝了，这生意又会令我家财富增长，这很让老爸觉得自豪。贵阳这个山城越来越喧闹，私家车也越来越多，很多繁华的路段，比如陕西路，路的两边停满了汽车。而我的心情依旧空无，青春不知安放在这城市的哪个角落。

　　我开始在街上游荡，经常没事就找茬和别人打上一架。有一天我在街上看到了一个小混混，他穿着时髦，烫着头，我经过的时候看了他几眼，觉得有点意思，可没想到他冲我喊，土鳖，看什么看。这一喊激怒了我，正好为我提供了一个宣泄无聊的出口，我和他打了起来,他打不过我,他那身时髦的衣服因为动作过猛到处开裂,他的发型也完全乱了。我觉得不过瘾,想要继续和他打下去,他却一边骂着我一边跑了。

我跟着爸爸手下的司机们去跑了跑车,如果碰到坐车的年轻女孩子,就和她们聊聊天,有些人会理我有些人不理我,还有人骂我说我像个小混混。无所谓,怎么骂都可以,总算是有一点事情可做,不至于那么无聊。这样的生活过了几天也没了意思。我又回到街上去游荡。

我在街上打架还没有输过,直到在十二中门口去帮人打架却把自己卷入,那次对方人多势众,我完全输了。这些被我爸爸知道了,免不了对我是一阵狂批,甚至对我不仅动了粗口,还动了拳脚。当然,我没低头,始终保持自己的尊严,更不可能就此有所收敛。在百无聊赖的情况下,小于出现在我的身边,从此生活便有了新的内容与活力,至少有了点事情可做。

有一天一个我可能要叫表哥的人突然间闯入了我们的生活中,我就叫他新表哥吧。他那个时候十七岁,带着他的女朋友,两人从广州来到这里,他来找他的爸爸,他的妈妈死了,生了一辈子的病,最终还是没有挺过去。理所当然的,他要来找他的爸爸。可问题就在这个时候出来了,他的爸爸并不愿意承认这个儿子,他告诉他的爸爸,他并不要求他爸爸承认自己,只是他爸爸应该给他生活上有一点帮助,他不知道自己接下来该怎么办。

他的爸爸是我的姨父,那天在姨父家里有很多人,所有人都听着新表哥在表达着自己的意思，而他的女朋友则乖乖地站在一边不说话，他们两个人看上去都很瘦，是那种营养不良的瘦弱，新表哥每说几句话，他的女朋友便会抬头看他一眼。他的女朋友长得不漂亮，甚至说有一点丑。我跟他说了话，他蹲在姨父家里的地上抽烟，边抽边说着自己的意思，我帮他拿了一个凳子，递给了他。他看着我嘴里轻轻地动了一下，我知道他的意思是谢谢我。我对他说，不客气。

最终事情没有商议出什么结果来，姨父出钱，让新表哥带着他的女朋友住在外面，由于我在姨父家里时的友好行为，那天晚上新表哥来找我，说是要请我吃饭。我、新表哥和她那个长得有一点的丑的女朋友一起吃了一顿饭。晚上我和新表哥都喝多了，他向我展示了他的纹身，那是一头豹子，看上去灵动且威猛。

"怎么样？"表哥问我。

"我也有啊。"我说。

"是吗？让我看看。"表哥有些意外。

我挽起袖子，大臂上有一条龙，蓝色的身子红色的头，看上去比豹子威猛多了，这纹身使新表哥意外，他敬了我一杯酒。喝完酒之后他突然愣住了，他要我抬起胳膊来再给他看看。

"这有什么好看的，算了算了。"我说。

"抬起来，抬起来再看看嘛。"新表哥说。

没办法，我只好又挽起了袖子，新表哥一把抓住了我的胳膊，用手轻轻一搓，那龙的头就掉了。这是一个贴纸纹身，街边的小卖部买的,两毛钱一张,有各种各样的花纹可选。

"罚三杯罚三杯!"新表哥大笑着说。

难得他这么高兴,我爽快地喝了三杯。

"纹身疼吗?"我好奇地问新表哥。

"那要怎么看了,像我,就觉得不疼,像你,就不一定了。"

"不可能!我肯定不会觉得疼。"

"得了吧,你看看你那纹身。"

新表哥大笑着,我的贴纸纹身被他一搓,龙身子也开始掉了。因为纹身的事情,我们亲近了很多,我向他讲述了于丽娜的事情,一边讲我一边知道,我是真的有些放不下这件事情,碍于自己的面子,其实我一直没有承认,不论于丽娜有没有欺骗我,其实我是很喜欢她的。表哥鼓励我应该做一次了断,我明白他的意思,就像是他这次来和自己的父亲了断一样。

因为小于的帮助,我在贵阳打架越来越出名,慢慢地也有了一些小弟愿意跟着我。爸爸让我报书法班,没过几天就失败了,倒是吉他班我一直在上课,可是打架也并没有任何减少的迹象。和老五杠上之后,我和小于打的架就越来越多了,因为老五有一些弟兄,我和小于经常在外面碰到他们,几句话说得不好就打起来。有一天晚上打完架回来时已经很晚了,应该是夜里十二点多的样子,可我发现家里的灯还亮着,出门的时候我明明关了灯的,爸爸妈妈如果回家,也不至于现在还不睡觉吧。

开了门,爸爸坐在客厅里,妈妈也坐在旁边,他们看着我。

"回来啦。"爸爸说。

"嗯。我出去……出去玩了。"我说。

"去打架了吧。"爸爸说。

"是小于跟你说的吗？"我说。

"不用任何人告诉我，看看你脸上的伤就知道了。"爸爸说。

我脸上有一处小伤，是被老五的一个小弟打了一拳。

"你先坐下。"爸爸说，他指了指沙发。

我没有在沙发上坐，而是坐在了他对面的椅子上。

"我和你妈妈也商量过了，包括你爷爷，他们都同意我的想法。这次我可是征求了大家的意见。"爸爸说。

"什么想法？"我问。

"我们准备让你去当兵。"爸爸说。

"为什么？我不去当兵。"我说。

"你从广州回来我就在想拿你怎么办，总得有个解决的办法，这些天我闲下来就在想这个事，也和你妈你爷爷商量过，我们商量了太多的办法，到最后，我们都觉得当兵最适合你。你整天在街上打架，不是打伤别人就是被别人打伤，跟个小混混一样。当兵好，当兵了有组织管你。"爸爸说。

"我不去！"我站了起来，激动地说。

爸爸从面前的烟盒里拿出一根烟，妈妈伸手拦他，他挡开了妈妈。

"来，抽根烟，我知道你抽烟。"爸爸把烟递给我说。

我迟疑了，不知道该不该接。爸爸点了点头示意我拿着，我接了烟，爸爸给我点上了，这感觉太奇怪了，我觉得自己的锋芒瞬间就失去了，我像是一滩融化的冰激凌，坐在椅子上一动不动，只是机械地吸着烟。

"一开始我也没这么想，没想过让你去当兵，想着你还得继续读书啊，毕竟你年龄还小。但是我也想了想，你肯定不会再好好读书了，我也不想你这么早就跟着我做生意，那也不太好，你得受教育。你爸爸我年轻的时候也爱惹事，没事打个架什么的，不过后来我去当了兵，回来可就完全好了，至少知道了什么时候该动手什么时候不该动手。"爸爸说。

我不知道该说什么，脑海中出现了我在广州火车站看到的那队新兵的画面，我不想过这种生活。

"说说，你有什么打算？对你自己。"爸爸说。

我没有任何打算，我的打算是打赢老五，多收点小弟，这当然不能说出来。

"我不知道。"我说。

"那你好好考虑考虑当兵这件事。去睡吧。"爸爸说，他的声音异常的温柔，不像他。

手里的烟早已燃完了，我把烟灭掉在烟灰缸里，木讷地站起来往自己的房里走去。那些新兵排队进站的场面再次出现在我的脑海里，我觉得有些恐怖，这肯定不是我想要过的生活。

新表哥的事情最终商议的结果是姨父给了新表哥三千块钱，

然后要他以后不要再来找自己,这像是一种侮辱,可新表哥拿了钱,同意了这件事情,带着他的女朋友回广州了。他们回广州时身边多了一个我,我带了钱,跟着他们一起回了广州。在这方面新表哥自然不像是一个表哥,他本不应该答应我一起和他回广州的要求,可我也能感觉到,更多的时候,他没有把我当成表弟,他和自己的父亲之间甚至都不能称之为父子,那和我这个离得这么远的表哥之间,就更不会有所谓的表哥表弟的感觉了。我只是同情他的遭遇,而他则把我当作朋友,他身上有我感兴趣的生活,比如他的纹身,而我一直跟他讲关于我上学时的一些事情他觉得很好玩,他的女朋友一路上也很开心。

新表哥的广州话说得很好,这让我很奇怪,他告诉我他就是广州人,鉴于我的真诚和对他的友好,他告诉了我一些事情。姨父和姨妈中间离过一次婚又复了婚,而新表哥,就是中间离婚后生下来的孩子。离婚后姨父去了广州,结识了新表哥的妈妈,两人并未结婚,却生下了新表哥。而好景不长,姨父在广州并没有生活多久,就又回到了家乡,不久后又和姨妈复了婚。而那时,他们也是有孩子的,而且年龄已经不小了。

新表哥生下来没多久就没了爸爸,而他的妈妈也开始不断地生病。新表哥在没有爸爸的童年里长大,然后他的妈妈直到离世之前才告诉他他的爸爸在哪里。这一切听上去都像一个故事一样,可这些都是他告诉我的真实的事情。这些事情让我觉得很震撼,因为我完完全全地知道姨父这边家庭的生活是什么样子。

我的表哥在父母的爱护下长大,他并不知道,在另一座城市,他还有一个同父异母的弟弟。当然,当那个弟弟站在他面前的时候,他还是接受了这一切。那时候他已经二十多岁了,他对他的弟弟并不友好,甚至没有给他一把椅子,他的弟弟蹲在地上抽着烟,身上没有一丝少年的色彩,倒是像一个行将入木的老人,而他弟弟的女朋友站在一边,也忍受了他很多的白眼和轻声的唾骂。

到了广州之后我和新表哥就分开了,他请我喝了酒,依然把我当作朋友而非表弟,他的女朋友也在,可能是熟悉了的原因,话也多了起来。新表哥似乎和他的女朋友认识很久了,其实他也仅仅十七岁而已,可我总觉得什么事情都在他的身上发生了很久的时间,他已经未老先衰了。

新表哥的了断激励了我,我来到广州,也是要来做一个了断的,我在广州市里游荡了两天,我从来没有这么完全地走遍这个城市的每一条街道,略微有些破败的老城区,珠江两岸漂亮的建筑,还有那些完全不染一丝尘埃的新城区,杂乱无章的火车站,还有那里的批发市场和街上一群群经过的黑人。这些黑人使我意外,他们好像一夜之间涌入了广州似的,之前广州也有黑人,可从来没有这么多,每走几步,就会碰到几个黑人,我开始跟踪上了几个黑人男子,一直跟着他们走。在下塘西路一些破旧的房屋前他们停住了,他们就住在这里,这些房屋都是快要拆掉的危房,没有比他们的非洲家乡好到哪里去。这次的无意跟踪使我很意外,在我以往的经验里,我一直认为不论肤色,这些外国人都是外宾,他们都住在白天鹅宾馆的豪华套房里，过着不错的生活。而现在我看到的这些住在危房里的黑人，他们只是黑在广州打黑工而已。

我在凌晨的时候站到了珠江大桥的下面，那个角落里很暗，一些乞丐睡在那里，我给了他们很多钱，然后连夜坐出租车去了大良，在大良住了下来。

我没有找到于丽娜，她转学了。高佬的家人给他买了一台呼机，他把号码留给了我，我没有问她关于于丽娜的任何事情，可他见到我的时候就告诉我，他知道我回来的目的是什么，我不再逞强，承认高佬说得对。

在大良待了一天，夜里我又回到了广州，于丽娜转学回了广州的普通高中里，我记得她曾经告诉过我她家以前的地址，我去了那所着过火的房子，果然，那只是一个故事，房子里的老人从出生就住在那里，那所房子从来没有换过主人。我没有找到于丽娜，可身上的钱却花光了，我不得不求助新表哥，他很大方，给了我一千块钱，我知道他没什么钱，答应回家后就将钱汇给他，他没有客气，说让我回家后汇给他，他请我在他家里吃了饭，是他的女朋友做的饭。

回到家里后我把一千块钱汇给了表哥，我不知道他有没有收到，这一千块钱是我做生意赚来的。从广州回去的时候，买完了火车票，我身上还剩一些钱，也许是与生俱来的天赋，我下意识的反应，这些钱我应该拿去做生意。我去广州的批发市场里买了一批外贸的衣服和一些盗版的玩具，带着它们上了火车。回去之后不到两天就卖光了，赚了不少钱。我也开始有了侥幸心理，如果我能持续做这样的生意，赚一些钱养活自己，爸爸会不会放弃让我去当兵的计划。我太天真了，爸爸已经开始在找让我去当兵的关系。一天，他带着我去和他以前的一个老战友吃饭，这个人现在在部队的系统里，具体做什么爸爸没有告诉我，他自己也没有提过。

"不错啊，小伙子身体这么好，当兵一点问题都没有。"爸爸的战友看着我说。

"那就好。这事情就拜托你了。"爸爸说。

"老战友你太客气了，这点事情嘛，我应该做的。"老战友说。

说完这几句他们开始回忆起以前当兵的经历，他和他的老战友喝着酒，说着往事，说着说着两人都有些哽咽了。他们继续喝酒，喝了一会儿之后继续说当兵的往事。他们很感动，我却觉得有些恐慌，那些拉练、负重拉练之类的字眼不断地蹦入我的耳中，我似乎离部队的生活越来越近了，可我却不想听到这些，我对他们感动的事情一点兴趣都没有。

有一天妈妈说新表哥吸毒了，他的女朋友也跟着他一起吸，他的女朋友先自杀了，然后他自己也跟着自杀了。而表哥不这么认为，他说是新表哥没本事，没法生活下去了，没有勇气才自杀的。而他的女朋友当然不会愿意跟他那样的人在一起。我问表哥，你有生活下去的勇气吗？他说，当然有了。我当时一拳打到了他的脸上，他一下子愣住了，我在心里说，你当然有了，你的爸爸在你的身边，可他的爸爸不在他的身边，他的爸爸用几千块钱打发了他。

我从小就不喜欢表哥，他很胖，很懒，总是会欺负我和表弟。有一次他骗表弟砸了别人家的玻璃，然后又站出来指证是表弟干的，我上去帮表弟说话，也被他打了一顿。而有一天他请我吃饭，他说他父亲对他不公平，没有给他更好的工作，然后不断地喝酒不断地抱怨。我没有说什么，那个时候我想到的是他弟弟，那个已经离开这个世界的可怜的新表哥。

后来有一次我很冒失地问了姨父关于新表哥的事情，姨父没有回答我，他很生气，骂了我很久，说小孩子不要管大人的事情。我妈跟我说，这些事情你不要去问，我答应了她。

我开始从兄弟们的口中听到种种关于部队的传说，有个当过兵回来的人告诉我，新兵连最恐怖，进去之后要被老兵欺负，还要给老兵洗衣服，哪怕是在冬天，也要用凉水给他们洗衣服。而且在部队里永远没有机会见到女孩，他们那个部队当时就在山里，刚去的时候他们觉得山里的村妇实在不好看，等当了两年兵，就觉得她们是天仙了。说完这些，听着的人都笑了起来，我笑不出来，我觉得这种生活太恐怖了，他要继续讲部队里的事，我找借口离开了，我实在是不愿意再听到一句关于部队的话。

最大的意外是，新表哥回来了，还带着他的女朋友。所有人都被吓到了，不是说他自杀了吗？怎么又回到了这里呢？我妈是最激动的，她曾经和我爸讨论过很久关于新表哥自杀的事情，现在完全被推翻了。新表哥回来后还来过我家,那天我和他坐在一起在客厅里看电视,他看上去跟我第一次见到他时一样瘦,脸色也很不好,而他女朋友则一直坐在旁边不说话。那天我爸不在家,我妈在厨房里弄饭。

"你真的吸毒吗?"我终于忍不住开了口。

他摇了摇头,然后他女朋友瞪了我一眼便拉着他要离开,我连忙道歉让他们坐下。吃饭的时候才明白,他们这次回来是要结婚的,可又不想什么都没有就结婚,所以回来求助他的爸爸,希望能为他们办一场婚礼。吃饭的时候我看着妈妈,看着她坐的位置就是她说新表哥自杀时坐的位置,我差点笑出声来,妈妈可能明白了我的意思,也是一副尴尬的样子。

这次姨父答应了,可是姨妈死活不肯答应,她的理由是,姨父要是给他办婚礼,就是承认了这个儿子,而表哥则站在他妈妈的那一边,可他的弟弟可管不了这么多,他和他的女朋友在这个城市住了下来。我是站在这个新表哥这一边的,为此我还和表哥吵过几次架,不过表哥知道他打不过我,所以也不怎么跟我吵。

有一天天气不错,我去找新表哥和他女朋友,要带他们出去玩,他们同意了。那一天过得很快,我带着他们先是在市里走了走,他们似乎没有太大的兴趣,我又带他们去了林溪,本打算再骑马往山里面走一走,可我感觉他们也没有太大的兴趣。

下午的时候我带他们去了离市区一小时车程的一个古镇,带着他们在古镇里走了好久,古镇里有一些卖银器的商店,不过那里的银器都不是真的,那都是卖给来古镇的游客的。我感觉到新表哥对那些假银器很感兴趣,便告诉了他那是假的。一开始他表示同意,不过离开古镇的时候,他还是执意为他女朋友买了一个那里的假银器,我告诉他不要贪图便宜,那些假银器过些天就会变黑的,他说没关系。

他的女朋友很喜欢他送给自己的礼物,她把它放进了兜里,然后冲新表哥笑了笑。这是我第一次见到她笑得这么开心,而后来我也再没见过。

晚上的时候姨父要大家一起去吃饭,我们一家和他们一家以及新表哥和他女朋友,大家坐到了一起。吃饭的时候他们宣布,同意为新表哥举办婚礼,但是结婚后必须马上离开这里,而且不许再回来影响姨父一家的正常生活。新表哥同意了。

那顿饭大家吃得并不开心,我妈为了缓和尴尬的气氛总是隔一会儿说上一两句话,可是尴尬的气氛还是没有得到丝毫的缓解。大家突然话锋一转,开始讨论我当兵的事情,我才知道,原来这么多人都知道了爸爸的计划,我有种感觉,当兵的事情逃不过去了。

"是去广西当空军还是去遵义当武警?"爸爸说。

"空军好啊。"姨父说。

"武警好。"新表哥竟然也加入了进来。

"安安,你想当空军还是当武警?你自己来选。"爸爸看着我说。

"我两个都不想。"我说。

"你觉得是当空军好啊?"爸爸对着姨父说。

"对啊。我觉得空军好。"姨父说。

"会不会有危险啊,当空军,听上去有危险啊,我听人家说当空军比当武警危险。"爸爸说。

"你听谁说的?空军肯定比武警要好。"姨父说。

"这个事情还是得慎重地选一下,不能让安安糊里糊涂去了。"姨妈也参与了进来。

这顿饭后来的话题完全是关于我当兵的事情的,爸爸把爷爷的意见甚至是一些远房亲戚的意见都说了出来,看样子当兵这件事已经完全成了近期我们家最重要的一件事。爸爸竟然还模仿着其他人的语气,把每一个人对于为什么要当兵要当什么兵的理由和意见都说了出来,姨父姨妈都参与了讨论,甚至新表哥也参与进来,妈妈在综合各方意见。只有我,像个局外人一样坐在一边,好像这事情和我没有一点关系似的。

吃完饭回到家,爸爸开了一个家庭会议,同样的问题又抛了出来。

"你自己想当空军还是武警?"爸爸说。

"我不知道。"我只能这么说,如果我说我不愿意那必然会使爸爸发火。

新表哥的婚礼如期举行,结婚本是件开心的事情,可是在新表哥和他女朋友结婚那天,婚礼的气氛却还是有一些奇怪。姨父帮他们找了婚庆公司,可是不管婚庆公司如何努力,参与婚礼的其他人的心思并没有在这里，所以婚礼进行得很奇怪。姨父给他们包了酒店作为婚房，婚礼结束后他们便去了酒店。

等他们去了酒店之后，所有人都长舒一口气，好像完成了一个很大的使命一样。姨妈也开始和姨父吵了起来，表哥也继续发泄他对弟弟的不满，当然，他是不会称他的弟弟为弟弟的，他叫他为"那个野孩子"。每次他说到这句的时候姨父又会骂他，因为这个"野"字也会牵扯到姨父。

这是一场没有祝福的婚礼，所有人都各怀心事，而我是在心里悄悄地祝福了他们的，我还为他们准备了结婚礼物，一份金饰，不过他们拒绝了我的礼物。最终我拗不过他们，那个礼物还是被退掉了。

大家坐在一起的时候都想到了一个问题，是谁说的他们自杀的事情呢？我妈说她是从姨妈那里听来的，而姨妈又是从姨父那里听来的，可姨父又说她是从我妈那里听来的。我知道这三人里面肯定有一个人在说谎，总是有第一个说出这话的人的。我一直以为说出这话的人会是姨妈，因为她可能图一时口快，这样说一下以表达自己的不满。可是后来我才知道，说出这话的不是姨妈，而是姨父。

他们还在说着到底是谁说出这样的话的话题，我坐在一边，对他们说的话题越来越没有兴趣。我在计划着自己的生意，从广州进货，服装和玩具，先在街上找摊位卖，这肯定会赚一些钱，我想得很长远，以后我可以开一家店，自己养活自己，不依靠爸爸，这样的话他就没有权力决定我的生活，把我送去当兵。想好了这件事之后我很开心，我一定找一个机会告诉爸爸我的想法。

那天晚上大家都没有睡觉，在姨父的家里，大家坐了一夜，爸爸在外面忙一些生意上的事情，我、妈妈、姨父、姨妈，四个人，坐在姨父家里的客厅里，一夜未眠。我想事情终于解决了，大家本该松一口气，好好休息一下的吧，不过也或许是事情终于解决了，大家都有些兴奋，所以一夜未眠吧。而我夹在中间，我既没有松一口气的感觉，也没有特别的兴奋，还不清楚自己拥有的未来究竟是什么样子。大家的话题后来换到了别的事情上，而我也继续想自己的生意计划。

第二天天亮的时候，妈妈和我回家睡觉去了。而姨父和姨妈也休息了。在回去的路上，我和妈妈都没有说话，只是匆匆地往家里走去。

睡梦中我被妈妈叫醒，她告诉了我一件事情：新表哥和他的新婚妻子，两个人在酒店的浴缸里割腕自杀了。

听到这个消息的时候我的心里很难过，我懵在一边，不知道自己是怎么了。我突然间想起了在古镇买银饰的时候我告诉新表哥假银饰过些日子会变黑的事情的时候他的态度，他说没关系，用不了多久的。而他的女朋友，也肯定是知道这件事情的。

这一次姨父哭了出来，他哭了很久，姨妈也不好再说什么。当大家都传言他们已经死去的时候没有人会伤心，因为那只是一句有关死亡的话，可现在这一切都是事实，摆在眼前的事实，它已经不再是一句关于死亡的话了,它就是死亡,血淋淋地摆在面前的死亡。姨父一直说是自己咒死了自己的儿子,表哥上去劝他说自己才是真正的儿子他没有事,结果被姨父打了他一巴掌。姨妈又因为姨父打表哥的事情哭了起来,总之乱作一团。那天不知道为什么,我也跟着哭了起来,而且哭了好久,妈妈看我哭了,也跟着哭了起来。这让我想起了奶奶和爷爷葬礼的时候,有很多我平时并不认识的亲戚,他们也哭得很难过,我想我明白了,其实这种哭是传递下去的,很可能真正难过的人只有那么几个人,而其他人则是因为一个和自己有关的人的难过才会难过的。就好像现在这样,这么多人在哭,可真正因为新表哥的或许只有姨父一个人,或许也不是,姨父也有可能是在因为自己的行为而哭泣,这些事实真正的摆在他的面前的时候,他可能才觉得自己是一个不够格的父亲,至少在死去的新表哥那里是这样的。而表哥后来也哭了起来,我不知道他为什么会哭,也不清楚是我们中的谁传给他的这个哭泣的接力棒。

  我还没有向我爸爸表达我自己的想法,我爸爸就先通知了我,当兵的事情已经决定,我得去遵义当武警了,没有任何改变的可能性。我们俩人坐在家里的沙发上,互相瞪着对方。

  "你凭什么不问问我?"我说。

  "凭我是你爸。"他说。

  "我有我自己选择的权力,我有我的自由。"

  "少和我谈什么权力和自由,我要你去自然有要你去的理由。

我是为你好。"

"什么为我好，我都想好自己要干什么了。"

"好，你跟我说说，你想干什么？"

"我想做生意。"

"做什么生意？"

"卖服装卖玩具。"

"在哪卖？"

"就在街上卖，赚到钱了租门面开店卖。"

"扯淡！这是什么生意？这也叫生意？你不嫌丢人我还嫌丢人！你看看你自己脸上那些打架弄的伤，就你这样子还做生意！不说这这件事了，你做好准备过两天去报名体检吧。"

"我不想去当兵。"

"我说了不说这件事了。"

"凭什么！"

我拿起桌上的一个玻璃杯，摔在了地上，玻璃杯碎了，玻璃渣子掉了一地，爸爸一个巴掌打过来，我躲了一下，他没有打中，又一个巴掌打过来，还是没有打中。爸爸回到了卧室里，拿出皮带出来，我恶狠狠地瞪着他，他拿起皮带朝我抽来，我没有躲，他边打我我边骂他，骂的话很脏，没有一点对父亲应有的尊重。

夜里妈妈给我的伤口擦药，她告诉我爸爸哭了，因为打我的事情，我没有信，妈妈走后我跟着她去了爸爸的卧室，站在门口看到爸爸还在哭，没有声音只有泪水流下来。

爸爸带着我了武装部报了名,去遵义当武警,回家等候体检通知。爸爸说一切的关系都疏通好了,就是走个过场。我不想走这个过场,不想去当兵。我跟我的小弟们说这件事,他们倒是不同的意见。

"真他妈的不愿意去。"我说。

"安安哥啊,你还不愿意啊。我就想去遵义当武警,可我家里没关系,硬是去不了。"一个小弟说。

"是啊。没关系可不好办,我参加过体检也没过,要不然我去年就当兵去了。"另一个小弟说。"真羡慕你有个这么牛的老爹给你铺排。"他接着说。

"真羡慕你。"他们两个一起说。

真是讽刺,他们所羡慕的事情就是我认为的深渊。我笑了出来,他们不知道我为什么笑,还在继续说着关于当兵的事情。这些事情我已经听了很多次了,无非是新兵要被老兵欺负和当了兵完全见不到一个女孩这些,他们就喜欢说这些。

新表哥和他的新娘的骨灰葬在了这里,永远地留在了这个令他伤心的甚至说失去尊严的城市,他蹲在地上抽烟的时候,拿着三千块钱离开这里的时候,他有想过这样的结局吗?这些我无法肯定。但是他的回来是他自己设想好的,他的回来让所有人惊恐,然后当所有人都放下心来的时候,他的离开又再次让所有人惊恐。

很多年后姨父和姨妈离婚了,自己一个人去生活了,虽然那时他已经很老了。离婚是姨妈提出来的,姨父和姨妈离婚后,表哥突然间像变了一个人一样，妈妈总是说表哥完全变了，变得成熟懂事了，后来没过多久，他自己的孩子就出生了。

表哥是自然会来参加我的婚礼的，可是那位新表哥和她的女朋友当然是来不了的，他们其实是两个和我生活真的毫不相干的人，可我想到他们的时候却突然间很难过，我打开了台灯，看着黄色的光照着红色的喜帖以及上面金黄色的字。他们的事情我们家里的人和家里的亲戚都不记得了，还有很多人也都不知道这件事，甚至前两天表哥帮我张罗一些关于婚礼酒店的事情，我还不知趣地问起他这件事，他说他早已经忘记了。我的婚礼受到了这么多人的祝福和帮助，一切都充满秩序地向前进行着。

我去体检了，像个机器一样任人摆布。我想如果我的身体真的有问题，比如说心脏有问题，即便是关系都打通了，我想爸爸也肯定不会再让我去当兵了。可是很遗憾，我的身体很健康，没有任何的问题。体检的人很多，他们有的紧张有的兴奋，只有我像一个木头一样，面无表情地按照他们的要求坐下起身，撩起衣服，测血压，抽血化验。

体检结束继续等候通知，不用等候，去遵义是板上钉钉的事情了。未来将有什么生活要我过我一点都不清楚，部队是否是传说中的那样我也不清楚，我至少有几年的时间要待在遵义，是在山里吗？我不知道。我再一次去了广州，这次我一定要找到于丽娜，和自己的青春做一个了断。

我一所学校一所学校地找她，在第十三所学校找到了于丽娜，我的出现让她很吃惊，我要她和我一起去大良，她同意了，她没有变，依然在说一些听上去很美好的假话，包括想念我之类的话。我知道她为什么同意去大良，她必然会认为，这只是去玩一玩，因为我还叫来了高佬，大家一起吃吃饭喝喝酒，就像以前和白粉仔在一起时那样，这比起她的学校生活有意思多了，她自然不会拒绝。当我守候了很多天，终于看到她的那一刻我的心里充满了仇恨，尤其是在她又开始说那些假话的时候，可很快，我又变得有些开心，我还是很想念她的。

　　我们本来应该坐出租车去大良，可于丽娜竟然提议坐校车回去，她没有变，时时刻刻都懂得怎样做出浪漫的行为，而我很傻，答应了她的要求，我们都没有了学生证，要上校车并不容易，我们两人坐出租车去了动物园南站，这里上车的学生最多。试了三辆车，在司机疏忽的时候，我们坐到了校车里，校车缓缓启动，经过那些熟悉的建筑，它们没有变样子，还是矗立在原地。高大的立交桥也还是高大的立交桥，校车依然会在一些路段如行驶在空中一般，闷热的天气和城市里淡淡的花香，这些东西都没有发生任何改变。我坐在车里，于丽娜坐在我的身边。表哥和他的女朋友自杀的那天我在想，如果回到在广州的那天，这辆校车发生事故，那么，我那可笑的爱情也会是一个关于永恒的美好的故事，可事实上不是这样的。

　　车子慢慢地驶入大良，然后停在学校里，我们找到高佬，一起翻墙离开学校，这些熟悉的行为使我对于见到于丽娜之后那种美好的感觉消失殆尽，我想起了白粉仔，甚至想起了曾经和于丽娜混在一起的那个男孩。新的大桥的桥墩依然矗立在碧江里，我们坐了渡船过江，然后坐了摩托车去到了大良镇。同样，这么短的时间，大良也不会发生太大的变化，很奇怪，我们竟然一起去了清晖园，于丽娜还要找她刻字的那棵竹子，当然，这不可能找到，我在心里这样想。可她竟然找到了，她兴奋地叫我和高佬过去看上面刻的字，这让我有些恍惚，不知道接下来该怎么办，因为出发前我告诉过自己，我是来复仇的。

离开清晖园之后大家一起吃了饭，然后喝了酒，高佬对摩托车已经没有兴趣了，他最新的兴趣是在宿舍里煲汤，他弄到了所有煲汤要用到的厨具，所以吃饭的时候，高佬一直兴奋地跟我和于丽娜说着这件事情，可我们谁也不会听进去这件事情。

我打了于丽娜一巴掌，这是我唯一一次打女孩，我打过那么多次架，从来没有打过女孩一次，可我还是打了于丽娜一巴掌，这一巴掌打得很轻，不会对她造成任何伤害。她承认了骗我，也承认了就是因为无聊想逗我玩一玩，打完这一巴掌之后我很不舒服，我把于丽娜交给了高佬，然后说由他处置。我自己坐了一辆出租车，离开了大良。

一个星期之后我就开始在街上游荡了，那些弯弯曲曲的街道，被我一遍又一遍走过，我还是有些想念于丽娜，我花了那么久的时间，付出了那么多的辛苦找到她想要报仇，可我却把她交给了高佬处置，我知道高佬肯定也明白我的意思，我总不能在打了她一巴掌之后再和她一起回广州。后来高佬肯定送她回了广州，然后一路上给她讲自己关于煲汤的那些事情，说不定于丽娜还会提议一起坐校车回广州，这都是有可能的事情，那是我最后一次见到于丽娜，也是我最后一次见到高佬。

多年后我在新闻里看到了于丽娜，她接了爸爸的班，掌握着家里十几亿的家产，这不是重点，一段时间里，她每天都出现在娱乐新闻的头条，因为她的家族要收购香港的一个电视台。我始终没有想到过，当我自己成为了一个舞台剧演员，正在努力地做着一些事情的时候，于丽娜倒成了我们这些人中第一个进入娱乐圈的人。收购电视台的事情后来失败了，不过于丽娜却从此留在了娱乐新闻的头条，到处都是关于她的新闻，真真假假。

而高佬倒是和我偶尔联系，他还是老样子，对什么事情都有点兴趣，后来他依托着自己的关系给别人做中间人，就是将工程方和管这些事的人联系在一起。有一年他做中间人的高速公路塌方，出了大事，他也被抓进去了，他要在监狱里度过余生。那时候他还很年轻，像一朵花，还没有绽放过就已经看到结果了。

我要去当兵了，我剪了头发，穿着和别人一样的军装站在火车站里，看上去和别人长得一模一样。爸爸来火车站送我，我们都没有忘记这期间的冲突，俩人互相看着对方，也不像其他的孩子和家人那样要么说话要么抱在一起哭。

在我走之前的一个星期，这个城市唯一一家和爸爸抗衡的出租车生意倒闭了，那十几辆破旧的拉达车被变卖掉，他的员工都到了我爸爸这里,像每次招新一样,他们穿上了整齐的黑西装,站在新人的队伍里与对面的老司机一起参加招新大会,然后在车库里一起看香港黑帮片。那天的招新大会爸爸很开心,从车库里的小台子上走下来,他穿过两旁整齐的司机队伍,走出车库,手下在外面为他打开车门,他钻进自己的车子里,车子缓缓启动,新来的司机和老司机一起穿着黑色西装看着他的车子慢慢开远,然后回过头来互相介绍自己,称兄道弟。

火车开的那一瞬间整个车站都是小声的哭泣声,火车启动后,这哭泣声突然变大了,没有人在乎自己的面子,都开始放声哭了起来。我没有哭,我趴在车窗上看着爸爸,他站在车窗下面看着我,他知道我在怨恨他,他的脸上挂着我知道你在怨恨我可我依然要这么做也只能这么做的表情,我也做出一副我到了部队会继续怨恨你的表情。我们这一对父子很独特,在整个送行和离开的队伍里。

# 第十章　路班长

当火车慢慢离开贵阳的时候，我才让自己哭了出来，这哭声里面有一种对未来的恐惧，我不知道这种恐惧从哪里来，又要到哪里去。我面对着车窗外面，想看看火车会不会经过一些我熟悉的地方，会不会经过花果园立交，或者是工业学院，这些地方我都没有看到，看到的只是一些破烂的旧建筑和乱糟糟的新工地，火车完全离开市区之后，我又想看一看火车会不会经过黔灵湖的上面，可是过了一会儿之后我就发现，在郁郁葱葱的森林里，就算是它经过了黔灵湖的上面我也是不会知道的，我能看到的只有山和树以及映在车窗上的里里外外的大片绿色，这大片绿色和车里的大片绿色相呼应，将我包裹在一个绿色的世界里。

凌晨的时候火车到达遵义，所有的新兵都被安排在一个招待所里休息，外面隐隐约约能看到遵义市的霓虹灯，一闪一闪的霓虹灯让所有的新兵兴奋，大家顿时觉得部队的生活也不会像传说中那般凄苦，也忘记了刚和家人分别的那种痛苦，大家互相串门，开始互相介绍起来,从自己的姓名到来自哪里到自己的爱好,一会儿其中一部分人就聊起了恋爱的事情,还有一部分,这部分里面有我,我们在聊打架的事情。聊恋爱的事情的新兵睡得比聊打架的事情的新兵晚一些,我又从聊打架的新兵的队伍里加入了聊恋爱的队伍里。

天亮的时候我们被赶上了军绿色的大卡车,直到那一刻我才有些明白在火车离开家乡时我那种恐惧感来自哪里。大卡车拉着我们一路颠簸,周围的景色越来越天然,我们进入了一座大山里,周围没有任何人烟,路越来越窄,车开得越来越慢,车里的新兵都不再聊天了,都直勾勾地看着外面,外面是大山和茂密的树林,偶尔还有一群野鸟飞过。

天快黑的时候我们才停了下来,新兵连训练的地方就是一个处在遵义大山里的小院子,小院子里有两排建筑,除此之外什么都没有,甚至没有院墙,想必连队的领导也早已考虑到,不要院墙,我们又能逃到哪里去呢?

在这个大山的小院子里睡了一觉,还没有适应过来。第二天我们又被卡车拉回了遵义市,参观军史展览。我们一堆新兵穿着整齐的衣服留着一样的发型,排着队列进入军史展览馆。我对此一点兴趣都没有,可是指导员和几个老兵走来走去,像是在监督我们一样,无奈,我也把注意力放到了军史展览馆的橱窗里。橱窗里的文字在介绍武警部队的历史,上面写着:中国人民武装警察部队成立于1982年6月,前身为中国人民公安中央纵队,建于

1949年8月。这个橱窗过去的下一个橱窗，是关于我们所处的遵义武警支队的，我们支队隶属于武警机动部队87XX部队，这个部队有着光荣的历史传统，诞生于抗日战争的烽火中，是一支功勋卓著、具有光荣历史的英雄之师。接下来就是介绍抗日战争中立了什么功，解放战争中立了什么功，解放之后又做出了什么贡献。在展览馆的出口，则是说我们现在要利用好我们的优势，就是光荣的革命传统和红色资源。中午，我们整整齐齐地吃了一顿集体餐，下午，我们又去参观了遵义会议会址。

夜里我们又回到了大山里，这天夜里我们这群新兵也见识了这个地方，我们刚回到这里，就下了大暴雨，雷电声似乎能够蚀人心骨，漆黑的夜被闪电点亮，我们孤独的憔悴的恐惧的脸映在玻璃上，没有一个人睡得好。第二天天蒙蒙亮，训练开始，10公里越野跑，山里到处都是雨后的泥泞，我们的鞋里裤腿里都是泥泞，没有休息没有适应，没有一个人可以吃得消。也是在这一天，我见识到了我的班长，路班长。在跑步的过程中我想要停下休息一下儿，他从后面追上来，一拳打在我的背上，我背上的骨头像针刺一样疼，这种疼痛使我继续往前跑去。

从此新兵连的生活正式开始了，我们也知道了这里除我们连队之外没有任何人烟，大山自西向东绵延不绝，完全远离了尘嚣。这种生活对于我来说其实也算是一种折磨，大山里几乎每天夜里都是雷暴天气，闪电将漆黑的夜空撕开，然后伴着轰隆隆的雷声，可天一亮，一切又都会变得很平静，青山绿水，鸟语花香。可我们没有机会享受这些，我们要在这平静里，在青山绿水的背景下接受严酷的训练，还有个凶狠的班长陪伴。从第四天开始，我开始说服自己将兴趣放到这里奇怪的天气上去，以使自己不对于这每天重复的枯燥的生活觉得绝望，可过了几天之后，不论是青山绿水，还是电闪雷鸣，也都在慢慢地变得枯燥和令人绝望起来，所有的一切都没有什么不同也将不会有什么不同。

我终于忍不住了，一次单杠训练时，五十下引体向上我做到了第四十九个时实在受不了了，我自己跳下了单杠。路班长从一边冲过来看着我。

"回到单杠上去，重新做五十个。"他说。

"凭什么！要做也是做一个！"

他一肘打到我的背上，我疼得直不起腰来。

"战士以服从命令为天职，上杠！"他说。

我又回到了单杠上，其他的新兵也都统一在单杠上努力地做着引体向上，没有一个敢说话。我在心里默念，路班长，这可是你第二次打我了，你给我等着。

很快，我们班里的其他战士解答了我路班长为什么喜欢打人的原因，他原来是专门枪毙犯人的士官，说到枪毙的时候，我们都心里一震。大家开始说关于枪毙犯人的故事，说每个被枪毙的人在死之前的反应都不一样，大多数是恐慌的，有大哭的，有尿裤子的，有全身完全瘫软的，这都是正常的，可有意思的地方在于总是会有那么一两个人会表现得镇定自若，不管他们是不是真的不害怕死亡,至少在表面上,他们做出了不害怕的样子,大笑着或者大喊着死去。我知道他们在夸大一些事实,大家面对死亡都是会产生恐惧的,所以在潜意识里将那些大笑的和大喊的分到了不惧怕死亡的那一边,可撕掉面具我们都会知道,大笑和大喊可能才是一种更深的恐惧。只不过没有人拆穿对方,大家认真地听着,互相交谈着,甚至有些人会拍着胸脯喊,我也不怕,这里面也包括我。

得知路班长喜欢打人的原因的这天夜里,班上有战士开始给家里写信,我觉得没什么可写的,把要来的信纸给了别人。第二天,我们班分到了体验生活的任务,本以为会有一点乐趣,可没想到迎接我的是更大的痛苦。我们体验生活的任务是挑水桶,满满两桶水,从连队里挑出去五公里再挑回来,第一轮挑回来之后没有稍作休息又要开始挑第二轮,我发现这毫无意义,这不是体验生活,我们没有体验到任何一种不同于以往的生活,这只是一种变相的折磨。

"我不干了,这就是折磨人。"我说。

"出列!你说什么?"路班长说。

"这没有任何意义,谁的生活是这样的?天天挑着两桶水走五公里,回来也不喝掉它也不用它。"

我们班的新兵们发出笑声。

"笑什么笑!"路班长提高了嗓音。

大家还在笑,路班长抬起腿踢翻了一桶水,水流在连队的水泥地上，往一个比较低洼的方向流去。大家都不再笑了。

"你出来。"路班长看着我说。

我走出了队伍，站在路班长面前。一群野鸟飞过连队，发出奇怪的叫声。路班长提过来一桶水。

"你不是说没有意义吗？我来给你找点你要的意义，把这桶水喝了。"

"报告班长，我喝不了。"

"喝不了你逞什么强？"

"我没有逞强，我只是说这样不算体验生活，这样没有意义，就是折磨我们。"

"那我给你真的生活你愿意体验吗？"

"我愿意！"

"还有谁愿意？"

大家都躲开路班长和我的眼神，没有人说话。

"其他人继续挑水，你留下。"路班长冲我说。

"是。班长。"我说。

班里的其他战士继续挑起水桶往连队外走去，我看着他们的背影在心里嘲笑他们，连一点自己的权利都不知道争取，真是没用。

"你是要体验生活吗？"

"是的。班长。"我边说边挺直了身子。

"你跟我来。"

我跟在班长身后，开始觉察到有些不对劲，我们在走向厕所的方向。走到厕所门口的时候班长停了下来。

"去把厕所打扫干净。"

"啊?"

"啊什么啊,你不是要求体验生活吗?去好好体验一下吧。笤帚和抹布跟我来取。"

"要抹布做什么?"

"擦墙壁!"

"厕所的墙壁也要擦吗?"

"当然要擦!你不是要体验吗,好好去体验一下。"

没有办法,这是我自找的。我拿了笤帚和抹布走进了厕所里,厕所是很落后的那种旱厕,知道自己要打扫这里,我走进去的一瞬间就开始恶心,我在门口站了很久,想要走出去,可我看到路班长就站在不远处看着我。他的眼神让我明白,走出去,我就输了。

我打扫了厕所,不但打扫干净,而且还按照路班长的要求将墙壁擦得干干净净。黄昏的时候我打扫完毕,战友们也训练结束了,他们都在看我的笑话,看到我都躲着走。我去洗了澡,在浴室的时候碰到了路班长,我没有理他,他也没有理我,洗了一半他突然间笑了起来。

"我来新兵连的时候也是被这么收拾的。"路班长说。

"是吗?"我有些挑衅。

"是啊。我没必要骗你啊。"他没有听懂我的挑衅。

我们两人在浴室里聊起了天,我对他的敌意也慢慢地消失了,我突然间觉得就好像是和小于一起洗澡，和高佬一起洗澡一样，路班长成了我的朋友。这种感觉使得我对他的警惕完全消失，变得很放松。

"他们说的你枪毙人的事是真的吧？"我试探着问道。

"是啊。当然是真的。"路班长说。

"枪毙人是什么感觉啊？"我问。

路班长沉默了，整个浴室只有冲水声刷刷作响。

"是不是很不好啊？"我想打破这种尴尬。

"嗯。感觉很不好。反正不是我想做的事情。可我是个战士，战士以服从命令为天职。"路班长说。

而很快，我就发现了他的另一面，我想如果不是因为枪毙犯人，他应该只会有另外的这一面。

我们继续训练，五公里越野跑，十公里越野跑，五公里负重越野跑，十公里负重越野跑，重复过来重复过去，有时候还要挑水桶，我没有再提出过异议，跟着大家一起做着这毫无意义的事情。一天，连长在我们休息的时候来到我们班里，路班长很兴奋，他说连长需要一个临时的通讯员，因为我刷厕所的事情表现很好，就把我叫去了。

意外得来的这个工作很好，不用再参加大量的训练，大部分的时间都在做帮助连长传递一些信件之类的工作。这样的工作使得我的身体得到休息，同时也开始胡思乱想，尤其是在每个雷雨的天气里。

一天在传递信件的时候我突然间想到我也应该给爸爸写信，告诉他我在这里的生活。第二天我就寄出了第一封信，我在信里说我在新兵连每天都在洗厕所，除此之外什么事情都没有做，除了洗厕所就是洗厕所。爸爸收到信后就打电话到了连队，他有些心疼我，他的这种心疼使我有了报仇的快感，接下来的日子里，我每天干着传递信件的轻松差事，却在信里不断地夸大着自己的苦难。

不久之后路班长来找我谈心，他说有时候看我的行为很奇怪，说我有什么心事可以跟他说。不知道为什么，我想或许是因为我认为我被连长找来做通讯员的事情多多少少和班长有一些关系，再加上我真的需要找到一个人可以说说话。我和他谈了我的心事，而我告诉路班长的事情，是我真正为之困惑的事情。

我跟他说了小于的事情，说了我丢下小于跑掉的事情，听完之后他也没有说话，我问我我这个人是不是很不好，他说不是。然后他跟我说了这样一件事情：

"我小的时候干过这么一件事情，那时候我们那儿邮递员来村子里送信的时候我总是喜欢跟着他跑，不知道为什么，反正就是喜欢跟在他后面跑，他每次都要摸摸我的头，有时候还给我糖吃。有一次他在村口碰到我，就把一封信给了我，说你知道谁谁谁这个人吗，我说我知道呀，他说你把这封信帮我带给他，我就不进去了，还要去别的地方呢，我说好，没问题。然后我就拿着信走了，哦，他还追回来给了我一颗糖。糖我没舍得吃，我拿着信就进村子里去了。后来走着走着我看到一头大水牛,我天天都能看到它,可不知道为什么,小孩子的心思也不清楚,我就坐在那儿看了,也不知道看什么,看了好久我才想起来还有信的事,可是我没有马上去送信,我把它给拆了,那时候我不认识多少字,拆了也没看明白,可是装回去的时候出问题了,我不小心把信封给撕坏了,我当时吓坏了,不知道该怎么办,就把那信给扔了。后来我后悔了又去找那封信,没有找到。后来我再见了那个邮递员就怕,也不敢再追着他跑了。"

"和你这个不一样。完全不一样的。"他说完之后我说。

"一样,都一样,你认为你跑的时候应该跑出去叫人。我答应了那个送信的,说是把信送到。你跑了没叫人,我把信丢了。所以这事情是一样的。你明白吧?"他说。

我不知道该怎么继续跟他说下去,因为我还是觉得这两件事情是不一样的,邮递员并不知道这件事情,至少在邮递员那里,路班长是把信送到了的,可是小于是很清楚我没有叫人回去的,而且他付出了代价,被老何打进了医院里。

"谢谢你,路班长,谢谢你跟我说这些。"我这样回答了他。

他没再说什么,可他沉默了一会儿之后又把那个故事讲了一遍,我不知道他说这个故事是要和我说什么,如果按照他的说法来讲,我们的这段经历是一样的,那么他是想说他也有过这种经历,所以没什么吗?好像又不是。我不太愿意猜他的意思,只是他告诉我这个故事让我很感动,或许他是想说人都是会失信于他人,只是事情不一样而已。后来过了很久我又想起了他说的这个故事，部队生活的单调使我变得越来越喜欢钻牛角尖，我想知道，那封信的内容是什么，又是谁寄给谁的呢？我去问了路班长，虽然我知道他肯定说不上来，他告诉我他也不知道，只希望不要有什么大事就好。问他这个的时候他又说我这个小孩很奇怪，我笑了笑没说什么。

连队组织我们新兵看了一次电影，放的是《董存瑞》，我当然觉得这种电影没什么意思，可我竟然意外地发现，有些新兵竟然跟着电影的剧情哭了起来，或者是在一些很没有意思的老套的完全能够猜到下一步剧情的地方做出惊诧的样子。有了一个人这么做，很多人便也跟着这么做起来。这种体制化使我觉得异常压抑，我继续给爸爸写信，我已经不再说洗厕所的事情了，这样的单纯的苦难没有意思。我开始说起了这里的天气，说起了自己的理想，我告诉爸爸，我现在有了自己的理想，那就是去深山里做一个道士。这封信爸爸收到的时候吓坏了，他一定认为我精神上出了问题，因为在他给我打电话的时候，我能明显地感觉到他说话那么不讲究措辞的人竟然开始注意自己说的每一句话，生怕哪一句刺激到我，我就真的跑到深山里做道士去了。爸爸这样的表现使我觉得痛快，我恨他把我丢到这深山里来，恨他剥夺我的自由。可偶尔我也会担心，如果他真的过分地担心我，是否会影响到他的生活。可信的内容依然在千变万化，有时候我真的会和爸爸说一些装神弄鬼的话，爸爸打来电话，他已经有些掩饰不住自己的惊慌。

后来我也总是会找路班长说说话,有时候说不出什么来,那时候他就跟我讲他小时候的一些事情,我很喜欢听,可是他总是说,农村里的事情没有多大意思,然后我就跟他说YY里和广州的一些事情,只不过他不太喜欢听。他只对我说的一样东西感兴趣,就是我在广州上学的时候买到的那种裸体打火机,打火机机身上是一个美女,一打火一受热,美女就变成裸体了。路班长对这样东西很感兴趣,他没有见过这样的东西。同理,受热后能变出图案的杯子也同样能引起他的兴趣,我答应他,以后有机会了一定送他这两样东西。后来我们也说到过于丽娜,这让我很难过,他不知道该怎么劝我,因为他没有谈过恋爱,他也没办法从他小时候的故事里挑出来一个和我对照,来证明每个人的生活都是这样的。有一天他用他和他养的兔子的事情来对照我和于丽娜的事情,我觉得很好笑,他自己讲着讲着也觉得不对劲,就没有再说下去。

后来我经常要去连里做一些事情,而我和路班长的问题,也就出在这里。我不知道这一条在路班长的童年里是怎样的一个故事对应的,就是每一次去连里,我必须要跟他打好报告,其实我打完报告他也会同意我去,或者说就算他不同意连里要我去他也得同意,他仅仅是个班长。可是他一定要坚持这样,他说这是原则,我是他的兵,不管去哪都归他管。我觉得他对我好,所以我迁就他的方式。

一天连长突然找我,我走得急,忘记了和路班长打报告,回去时候我去找他,他也在等着我。

"为什么不和我打报告？"他说。

"太急了忘记了，老路何必呢，下次我不会忘了。"我说。

"别和我套近乎。打报告是原则性问题，不能违背。"

"切，这都是原则性问题了，别太认真了嘛，至于嘛。"

"你再重复一遍你的话！"

"什么？"

"你再重复一遍你的话！"

路班长拍着桌子站起来，我知道他真的生气了，不敢再用这种语气和他说话。

"我错了。你别生气了，下次我一定不会忘。"我说。

"出去吧。"他说，看都没有看我一眼。

我帮他带上门出去了。在门外的时候我一肚子的闷气，可也没处去发，在楼道里走了走好了很多，我就回自己的宿舍去了，我告诉自己，下次再也不许忘记这件事情。我已经变了，知道要顺从一些该顺从的事情了。

几天之后我又要去连里，这次我没有忘，我去找路班长打报告。

"报告班长，连长找我去连里，我来向你报告。"我说。

说完话我朝着路班长敬了个礼，然后转身就走。

"站住。谁让你走了。不许去！"路班长说。

连长找我找得很着急，路班长说完话之后上来拦我，我甩开了他的手直接走出了门，我知道自己该顺从，可我没有把这个仪式看得有多么重要。我刚要走出门，路班长在我身后冲我的背上踹了一脚，我一个趔趄但是没有摔倒，我转过身来朝他冲过去。

"我 X 你妈。"我朝路班长喊着。

可是当我挥出拳头的时候我发现，我的拳头没有一点力气，我不想再打人了，我觉得打架没有一点意思，我只在在他的胸前轻轻地用拳头碰了一下。我一直以为这样的高强度训练会使我的拳头更厉害，没想到的是，得到的是另一种答案。

"路班长，你平时对我好我知道，我现在是有事情，你这样真不好，我不知道你为什么要这样，没必要。"我说。

他没有说话，我正要出去的时候他又说，你不许走，你上次没有向我打报告。我当然还是走了，到了连里，我把这件事情向连里反映了。我没有说路班长打人的事情，只说了他要求打报告的事情。可是几天后连里下来调查时，路班长自己承认了打人的事情，部队正在严格处理班长打人的事情，路班长撞到了枪口上。以前他打过那么多人都没事，这次却栽倒了这件事情上。

后来路班长被调走到其他连队去了。我也一直没弄明白，为什么他非要我给他打报告，因为其他班长都不会这么做。我按照他的方法，在他讲过的小时候的故事里找这件事的对照，可是我没有找出来，找了很久也没有找出来，直到我离开部队，也没有找出来。我想可能是因为那些我知道的故事都是他用来对照我的生活和我提出的问题的，而他自己的问题，他却从来没有提出来过也没有对照过。

路班长还跟我讲过这样一个故事。在他很小的时候，他们村子里有个二十多岁的闲人，就是什么也不做，每天在村子里晃荡。那个闲人骗过路班长一次，他不知道从哪搞来的一个野果子，然后拿着在村子里晃荡，碰到路班长的时候他就叫住了路班长，然后跟他说这个果子很好吃，路班长不知道那是什么。可闲人当着他的面吃了一口，然后路班长就信了，拿起来就是一口，结果是又酸又涩，然后路班长看着闲人，闲人把咬到嘴里的那一口吐了出来，然后开始笑他。我问过路班长那果子到底是什么果子他后来知道了吗，他说不知道，很可能就是什么果子没成熟，他太笨了没认出来。这个故事他重复讲过很多次，就像故事里的他那样，有一些愚笨，又有一些偏执。

新兵连的生活快要结束了，我们连队举行了授衔仪式，我们这才算成为了真正的战士，而两个多月的新兵连，则更像是军训了。我的军服上有了一道杠的肩章，在那一刻我竟然也有那么一丝的感动和惊喜，而在看电影时就已被体制化的那些人，他们早已哭得稀里哗啦了。

授衔仪式结束后连队还举行了战士联欢，我唱了一首张学友的《吻别》，唱完之后大家要我继续唱，在起哄声中我又唱了一首粤语歌曲，很多人虽然听不懂歌词，但是他们都表示很喜欢这首歌。也是在这天之后，我在连队有了一个"小张学友"的外号。

马上就要下到连队去做真正的战士了，有一天我在院子外面看到看到了一棵长着野果子的树，不知道能不能吃，我爬到了树上，摘了几个果子，果子长得很丑陋，我记得书上说的是长得漂亮的野果子容易有毒,看着那几个果子长得很丑,我放心地吃掉了它们。

在我的新兵连生活将要结束的时候,我做了这件丢人的事情,因为野果子的毒性我把自己送进了医院。躺在部队的越野车上时我恍恍惚惚,越野车开足马力往遵义开去,我在车的后座躺着,浑身如针刺般难受。前排的士官在安慰我,说不会有什么大碍,可就是因为他的安慰,才导致我开始将事情往另一个方向去想,这几个月单调的部队生活和所处的偏僻的环境使得我越来越喜欢钻牛角尖,我躺在车后座上想,他如此安慰我,是因为我的病很严重,有生命危险吗?想着想着我就睡着了,等到我再醒来时我已经在遵义的医院里了。我确实没什么大碍,在医院里休息了两天,我的新兵连生活也结束了。

也因为丑陋的野果子,我爸爸也赶到了遵义,我们在医院里见了面。距离上一次我们坐在一起平静的说话已经过去很久了,爸爸看上去瘦了一些,整个人都显得很疲惫。我的病房里放着十几个果篮,这是爸爸买来的,看到这些果篮的时候我笑了,爸爸明白了我在笑什么。

"不用买这么多,我吃不了。"

"能吃多少吃多少吧,总比吃这些野果子强吧。你这孩子真是太不让我省心了。"

"我记得书上说的,丑陋的果实没有毒。"

"有这句吗?"

"嗯。有啊。"

"不可能，肯定没有。你看的什么书？说出来。"

"我也记不清了，反正我就是看到过。"

"这就是你的毛病，你都记不清了你还敢相信这句话吗？你怎么就知道是不是记错了呢。"

"爸。"

"怎么？"

我和爸爸都愣住了，爸爸坐在病床前看了我一会儿。病房里就住着我一个病人，很安静，没有任何的声音，病房外面有几棵树，在病床上看得清清楚楚，上面有几只小鸟在跳来跳去。

"我知道了。不会再让你去山里了。"爸爸说。

又是长时间的安静，我和爸爸都看着外面树上的小鸟，直到它们都飞走，然后我们说起了家乡的事情。我来部队后爸爸的出租车生意就完全交给下面人在做了，爸爸开了一个房地产公司，开始了他生意上新的尝试。

"现在花果树立交往东的那一片地就是我的了。"爸爸兴奋地说。

"那里原来不是有房子吗？"我问。

"那些旧房子早都拆掉了，等这片空地上盖起房子来，咱们家挣的钱可就比经营出租车和卖车多太多了。"爸爸说。

"多多少？"

"多很多。这么跟你说，投入一块钱，至少赚回一百块。懂了吗？"

"嗯。懂了。"

"跟抢银行似的。也不用再像经营出租车那样天天盯着了。"

"那出租车生意怎么办？"

"当然有人看着啦。"

"别人看着不是不放心吗？"

"儿子，眼光要放长远，出租车哪怕不再赚钱都无所谓了。现在这生意才是真正赚大钱呢，而且现在这只是开始，后面赚钱的日子还长着呢。你现在在部队好好学习，将来干大事。"

"在部队有什么好学的。"

"部队怎么没什么学的了？学习组织性纪律性啊。"

"组织性纪律性有什么用？又不能做生意，你做生意肯定不是靠组织性纪律性吧？"

"谁说我不靠组织性纪律性了，我还不是要服从王市长的领导嘛。"

"哦。爸，我问你个问题，我们家现在到底有多少钱啊？"

爸爸要我凑过去，我凑到他跟前，他伸出了十根手指头，然后突然一握拳，往我眼前一伸，我被吓了一跳。爸爸看着我的样子哈哈大笑起来，他的脾气似乎没有以前那么暴躁了。也许是因为生病住院的原因，我变得多愁善感起来，那天我给爸爸唱我在部队里学来的军歌，唱《说句心里话》，唱《好男儿去当兵》，唱着唱着就变成了爸爸给我唱他以前在部队唱的军歌，一会儿我就睡着了，像小时候他在给我唱儿歌一样。

## 第十一章　陈队长

我醒来的时候天已经黑了，病房里也没有开灯，爸爸靠在另一张病床上睡着了，见我醒了过来，爸爸打开了病房的灯。我们收拾东西，连队里给放了假，我和爸爸去了遵义市里。

在遵义市的一家饭店里，爸爸把菜单递给我。

"你点吧，看看想吃什么。"爸爸说。

"吃什么都行。"我说。

"我看你都黑了瘦了。在这里吃苦了。"爸爸说。

可能此时爸爸在想我信里的内容，如果按照我信中所说，的确是吃了太多苦了，肉体上的精神上的，可事实上没有那么恐怖。我很怕爸爸去部队里求证这些事情或者去找我们的连长，于是把自己信里的表述往回扳了扳。

"也没那么苦，还能承受。"我笑着说。

见我拿着菜单也没什么反应，爸爸把菜单拿了过去，叫了服务员。我一直傻笑着看着爸爸，尽量让他对于信的内容忘却一些，可这样就违背了我的初衷，我想使他痛苦的初衷，我很矛盾，在这种矛盾里不断地调整着自己的表情和姿态。我了解我的爸爸，我知道他能通过我的表情和姿态看得出来我究竟是处在一种什么样的状态，我在试图伪装某种要展示给他的状态，我觉得这游戏很有意思，比写信给他说我在这里天天刷厕所以及要去山里做道士还要好玩。

"不会再让你吃这种苦了，我这次来一是看你，二是来帮你安排这件事，你去文工团吧。"爸爸说。

"文工团？"我有些吃惊。

"对呀。文工团多好，不用吃太多苦，以后你还有可能去北京当兵。"

"去北京倒是挺好的，可要是去当兵就太没意思了。"

"怎么没意思？你刚不是还唱《咱当兵的人》了吗？阎维文唱的，对吧？"

"嗯。"

"去北京当兵，去总政歌舞团，像阎维文那样，你唱歌那么好。"

"你不是说唱歌是艺人没出息吗？"

"这不一样。像阎维文这样唱可就不是艺人了，那是艺术家。"

"我觉得也没什么分别。"

"先不说以后了。过两天你就去文工团了，去了可要好好表现。快吃饭！"

菜端上来了，在医院里没什么胃口，这下子胃口打开，我开始狼吞虎咽地吃起东西来。爸爸看着我吃东西的样子，脸上的表情在告诉我，他完全相信了我信里的那些话。

经过爸爸的铺排，我顺利进入了文工团声乐队。当我再次抱着吉他坐在声乐队队长陈队长面前的时候，已经是我第一次见他三年后的事情了，不过不同的是，三年前我们面对面坐在家中，只有我和他和爸爸，那时候他是爸爸的朋友，我叫他陈叔叔，而三年后，他是我的领导，我要叫他陈队长。

他已经忘了我是谁了，在我第一天去见他的时候，我兴奋地喊，陈叔叔，陈叔叔。他没有理我，很吃惊地看着我，我马上开口说，陈队长。那时候我就明白了，他已经忘记我是谁了，不过也是，三年时间都过去了。

事实当然不是这样的，他没有忘记我是谁，他只是为了避嫌。文工团不用待在没有人烟的大山里，就这一点已经使我很满足了，另外，也不需要在大暴雨之后五公里越野跑，十公里越野跑，五公里负重越野跑，十公里负重越野跑，这些都不用了，不用再挑着两桶水重复地走在山路上，也不可能再去打扫厕所。

陈队长带着我去了他的办公室，让我坐了下来。

"你会什么啊？"陈队长说。

"陈队长，我会……"我说。

"在这里就不用叫我陈队长了，叫我陈叔叔就行了。我们以前见过的。"

"嗯。陈叔叔。"

"你爸爸和我说过了,说你很有文艺天分的,你都会什么啊?"

"我会唱歌。"

"这个太普通了,你会不会什么乐器啊?"

"乐器?"

"对,乐器。钢琴啊什么的。"

"我会弹吉他。"

"那好。明天开始你跟着我学弹吉他。"

"我学了好几年了,弹得挺好的。"

"让你跟着我学你就跟着我学就是了。"

"嗯。谢谢陈叔叔。"

"记住了。有人的时候就叫陈队长,你出去吧。"

"嗯。我知道了。"

"哦,还有。来这里行事还是注意点,多多少少都有点关系,你明白吧?"

"我明白。陈队长。你和我爸……"

"你还挺聪明的。你爸爸当然找的不是我啦,我就是个小队长,不过以前我们可都是战友啊。"

"那陈队长我先走了。"

"嗯。你回去吧。"

走出陈队长的办公室我回忆了很久才想起他来我家时候的一些细节,他也不怎么说话,说起话来声音很轻,比现在要拘谨很多,不知道自己为什么会想这些,总之迷迷糊糊的,我就开始了在文工团声乐队的生活。

不久,我们文工团就去遵义的大山里面做了一次文艺演出,故地重游,当车子进入大山之后,我认真地看着车窗外,这条路上有我的脚印和汗水。我注意了很久,还是没有找到那棵让我中毒的野果树,也就没了这个心思。第一次演出我没有上场,只是跟着看一看学习一下,声乐队舞蹈队都有自己的节目,演给在大山里训练的士兵。这些节目总体上都很无聊,无非就是一些军旅歌曲和民族舞蹈,要么就是军旅歌曲加上民族舞蹈,战士们太久没有接触外面的人,什么节目都使得他们非常开心,他们像过节一样迎接我们的到来,又像出殡一样把我们送走。

第二次慰问演出是去一个特种兵连队,这些人看上去对我们不屑一顾,他们似乎都见过很多世面,我能听到他们在对文工团里的女兵品头论足,还听到他们谈论某一个文工团的战士唱歌拿腔拿调。我坐在下面和他们聊了起来,他们不知道我是文工团的,他们之间似乎都不怎么熟悉,他们跟我说了太多关于对文工团表演的意见。回去的路上我把这些告诉陈队长,陈队长说他们每次都是这样,不止是我们文工团,其它的团来了也一样,文工团的表演对那些太久没见过外面人的新兵有很大的慰问作用,对于这些压根就不愿意见人的特种兵来说一点用处都没有。

第二次演出结束之后我就开始跟着陈队长学吉他了,同时学的还有另外一个人,他是舞蹈队的,他学吉他只是出于兴趣。从我学习吉他开始,他就一直陪伴着我,所以在陈队长这里的课就变得很有意思，陈队长其实弹得还不如我，但是我得做出一副跟着他学习的样子来。而他呢，也知道这一点，他也做出一副领导的样子来指点我一下，倒是舞蹈队的那个战士，他是真的什么都不会，他才是真正在跟着陈队长学弹吉他的人。而我每次去陈队长那里，就是坐着聊聊天，然后带点东西送给他，就是这样。

等练习完初级和弦之后我们的学习又进入了下一个阶段，舞蹈队的战士开始有些疑惑，我和陈队长都发现了这一点，所以，我得真的学点什么，陈队长摸着后脑勺想了一会儿，说我的节奏感太差了，他教了一首童谣给我让我回去多念念，跟着节奏多打一打拍子，那首童谣是这样的：

大兔子病了，

二兔子瞧，

三兔子买药，

四兔子熬，

五兔子死了，

六兔子抬，

七兔子挖坑，

八兔子埋，

九兔子坐在地上哭泣来，

十兔子问它为什么哭？

九兔子说，

五兔子一去不回来！

　　我很听话地按照陈队长的要求去做，可这首童谣使我感到了恐惧。事情是这样的，有一天我们宿舍里没有人，我一个人坐在里面读这首童谣，读着读着，我突然间觉得有一点点的恐怖，那就是我发现了一个问题，为什么大兔子病了五兔子却会死掉呢？我想了很久没有想明白，那天晚上也没有睡着，也不好意思去问其他人。

　　等到再去上课的时候我把我关于那个童谣的疑问告诉了陈队长，可是他却说我很奇怪，他要我弹一下吉他看一看，像往常一样，我故意没有弹好。

　　"我要你回去读这个是让你找找自己的节奏感，不是让你找五兔子为什么会死！"陈队长这样跟我说。

　　我没有说话，另外那个战士却在笑我，他连那几个初级和弦都还没有弹会，我想要教训他，可陈队长一直盯着我，我握紧的拳头又松开了，做出一副接受批评的样子来。陈队长继续上课，我则像往常一样继续走神。

　　来到文工团之后我也一直再没有听到过路班长的消息，也不知道他调去了哪里。有一天我们去大山里演出，车子到达之后有人来接，我看着那个人的身影觉得很熟悉，走近一看，原来是路班长。

　　"路班长！"我高兴地冲他喊。

"是你啊。"他也很高兴。

不过他没有马上过来,而是先和文工团的领导们打了招呼,然后他走到我的身边,我的那种亲近感马上就产生了,可是他的行为却使我很意外,他拎起了我手中的乐器箱。

"路班长,你干嘛啊?"我说。

"你们一路辛苦,舟车劳顿,这些还是我们来做。"他说。

跟着他来的另外一个战士拎起了其他人的乐器箱,路班长和陈队长和团长说着话,说上几句又和我说几句可有可无的话。他这个样子使我很不舒服,可我也没办法,这里是部队,就这次演出来说,我们的级别就要高他一些,在这里,下一级必须尊重上一级,无条件服从上一级的命令。我想起了答应他的裸体火机和杯子。

"路班长,下次再有机会我想办法搞到跟你说的那个打火机和杯子给你带着。"我说。

听到这个路班长很开心,那种笑容又拉回了我们的距离,就像那次在浴室洗澡时一样。

虽然离得不远,可是再见到路班长的机会却一直没有,我也没有机会搞到裸体火机和杯子,这承诺还不知道能否实现。而我和陈队长则继续着吉他课,没别人的时候,我就带点东西过去,我们聊聊天;那个舞蹈班的战士在的时候,我要么读童谣,要么跟着弹一些我早已掌握的初级和弦,我一直期待着舞蹈班战士的进步,可他就是老样子,永远停留在初级和弦。这样的日子没过多久,陈队长给了我一个惊喜。一天下午我们休息的时候,陈队长把我叫到了他的办公室里,他神秘兮兮地关上门,甚至连窗户都关上了。

"天天唱部队里那些军歌没意思吧?"陈队长说。

"是要对陈叔叔说吗?"我打趣道。

"你这孩子,对,说吧。"

"真没什么意思。"

"那你听听这个。"

陈老师将一盒磁带放进了录音机里,放出了一首歌,这首歌跟部队的氛围差距太大了。

"人潮人海中,有你有我。

相遇相识相互琢磨。

人潮人海中,是你是我。

装作正派面带笑容。"

"黑豹。窦唯!"我吃惊地说。

"嗯。不必过分多说,自己清楚,你我到底想要做些什么。不必在乎许多更不必难过,终究有一天你会明白我。"陈队长竟然跟着唱了起来。

歌曲在继续,陈队长穿着军装看着穿着军装的我。

"怎么样?"陈队长兴奋地说。

"没想到你还喜欢这个啊?"我说。

"嗨,你别看我平时这么严肃,我私下里可是个摇滚青年啊。我不像吗?"

"像。很像。"

歌曲在继续,陈队长兴奋地在抽屉深处拿出其他的磁带。这里面除了黑豹的,还有崔健的、张楚的。

我的吉他进步得越来越快了,因为我发现了其他的乐趣,在陈队长的辅导下,开始学着弹那些磁带里学来的和弦,这可比那些初级和弦好玩多了。不过陈队长一再嘱咐我,这些东西私下里搞搞就行了,可不能让别人知道。所以当舞蹈班的那个战士来的时候,我还是抱着吉他在弹初级和弦,他也一直是老样子,没有任何进步。

舞蹈班的那个战士放弃了学习吉他,从此,陈队长的吉他课成为了我在部队的一个私密天地,没有人知道这里面的乐趣和宝藏。陈队长除了给我放摇滚乐的磁带之外,还告诉我关于话剧关于电影的事情,有一天,他神秘兮兮地从一个牛皮纸袋里拿出一张盗版盘,那里面是电影《鸟人》,这部电影使我觉得兴奋,比《董存瑞》《地道战》这些部队里放的电影有意思多了。陈队长告诉我,如果去了北京,那么想要听到这个歌曲看到话剧买到这些电影的盗版盘就太容易了。他还告诉我他的经历,他跟着父母漂泊,在北京读过一年书,后来又回了贵州老家,再后来当了文艺兵,莫名其妙,跟着组织走,现在到了这里。我对他的经历兴趣不大,倒是对北京留下了很深的印象，虽然我还没有去过北京，这印象也仅仅是陈队长带给我的，可这已经打开了我对于北京的想象。我想起了杜老师，他也曾经为我打开过关于哈佛的毫无边际的想象，那想象离我越来越远了，而现在，陈队长给我的这想象看起来很近，完全可以触碰得到，只要我努力伸手就可以。

不久后一个战友送了我一把刀，我很兴奋，拿着玩了半天才想起来要上吉他课，我就拿着刀去了。走到排练室门口的时候我发现里面有一个政委模样的人坐在下面，仔细看了会儿，就是政委，于是我把刀别到了背后的皮带上进了排练室。进排练室之后陈老师停下了课，下面坐着好几个战士，所有人都看着我。

"你干嘛去了？"陈队长问我。

"报告队长，没干嘛，我来晚了。"我说。

"你的琴呢？"陈老师继续问。

对呀，我的琴呢，我没有带琴，我的后背上倒是戳着一把刀。

"陈队长，我忘了。"我说。

"你来上课的你连琴都不带，你来干什么啊？"陈老师说。

我不知道该说什么，愣在一边。重要的是，政委在盯着我看。

"回去拿琴去吧，拿了琴再来。"陈队长没有看我，他继续说："来，大家继续上课。"我转身往外走，结果刚走一步，陈队长叫住了我。

"你背上别的什么？"他的声音不大却很严肃。

"没什么……没什么……"我结巴着说道。

陈老师走到我这边来,从我背上抽出我的刀,他拿起我的刀看了看。

"你怎么能带这种东西。"陈队长说。

这里是部队,有一把刀是很正常的事情,当着政委的面不拿出来,当着陈队长其实没什么的。

"队长,就是一把刀,政委看不到了。"

"什么政委不政委的,这种东西一定要小心,不要随便能拿在身上的,你是要打算伤害谁吗?

"啊?没有!我就是玩玩。"

政委走出了排练室,陈队长迎了上去,我趁机溜走了,我注意到政委的眼神在往我这边看,不过我没有管这件事。我的心里想的是,陈队长不是说他是摇滚青年吗?连一把刀都怕,还怕惹出什么乱子,真是令我失望。

不过这种失望没有持续多久,马上又要去特种部队演出了,我想起来他们上次对文工团的嘲笑,有些不爽他们,我把我的计划告诉了陈队长,没想到的是,他竟然同意了,我对他的失望完全消除了,没错,他就是个摇滚青年。

而我的计划就是,在对那帮特种兵慰问演出的时候,唱一首张楚的《蚂蚁蚂蚁》,自己弹着吉他伴奏,自己来唱。

蚂蚁蚂蚁蚂蚁蚂蚁蝗虫的大腿
蚂蚁蚂蚁蚂蚁蚂蚁蜻蜓的眼睛

蚂蚁蚂蚁蚂蚁蚂蚁蝴蝶的翅膀
　　蚂蚁蚂蚁蚂蚁蚂蚁蚂蚁没问题

　　前几句刚一唱出来，下面的那帮特种兵就鸦雀无声了，我朝着陈队长的方向看，他倒是做出一副事不关己的样子。无所谓了，我在心里想。向这帮特种兵证明我不是吃素的就行了。我继续唱了起来。

　　天之下不多不少两亩三分地

　　竟然就有几个兵唱了起来，我继续唱着。一会儿就变成了大合唱。

　　蚂蚁蚂蚁蚂蚁蚂蚁蝗虫的大腿

　　一遍又一遍地重复着，特种兵们跟着我大合唱起来。我的心里美滋滋的，舒服极了，这帮人还是被我给征服了。
　　这次演出的结果是，我被记大过处分一次，一个月内不许参与任何演出。另外，这一个月内我每天都要站岗，一天也不能少。陈队长去为我求情，结果反倒被政委罚一个月内不许参与任何工作，如反思不够彻底，撤去声乐队队长职务。
　　"我去给你求情可不是因为你爸，其实你爸和我关系也没多好,一面之交而已,也不是什么战友啦。你来这里是你爸和别人的关系,我也就跟着沾沾光罢了。"陈队长坐在办公室里沮丧地说。

这句话使我感动,我知道他没有撒谎,他能够让我在特种兵面前唱张楚的歌就已经使我非常佩服他了,我也早已经忘了我爸和他是战友这回事。

"陈队长!你是个牛人。"我说。

陈队长没有说话。

站了一个月的岗,我在文工团也待了快一年了,一番周折,部队给了我探亲假,我回了贵阳。其实也就一年左右没有回来,可我却觉得像离开了半辈子,很多熟悉的地方我都觉得有陌生感,陕西路上新开了很多家娱乐场所,"YY"已经不再像以前那样风光。我的那些小弟们早已忘记了我,他们中的一大部分也都离开贵阳去追寻自己的人生。天每天都是阴沉沉的,看不到太阳,我原本以为这次回家我会出去外面疯狂地玩,可是没有,我只想待在家里。爸爸的出租车生意完全转给了别人,小于也不再跟着他了,4S店又多开了两家,房地产的生意正欣欣向荣。爸爸像一个年轻人一样精力充沛,有一天他回到家,我躺在沙发上睡着了,他回家的开门声吵醒了我。

"快起来。不要在沙发上这样睡,多没精神。"爸爸说。

我坐了起来,看着他。

"爸,我怎么觉得我自己老了。"我说。

"不会说话!你爸我都没觉得自己老,你小子倒觉得自己老了。精神点,在部队锻炼了这么久回来就应该有个军人的样子。"爸爸说。

我坐直了身子,看着他忙忙碌碌地把拿回家的东西整理好,然后他回身很认真地看着我,我也很认真地看着他。

"从部队复员后你有什么打算?"爸爸说。

"我……"

"你先别说,我打算给你安排去公安局,你去先好好锻炼几年。"

"我有我的想法。"

"什么想法?"

"我想考北京的大学,我想去北京。"

"去干什么?"

"学习唱歌学习戏剧学习电影都可以,我有我自己的想法。"

"你的想法很好啊。"这回答使我有些意外。"不过我还是先给你跑一跑,你愿意考是好事,能考上也是好事,但是我觉得你考不上,我先给你跑一跑,也好有个准备。"这才是他真实的想法。

我没有再说话,我不想和他进行口舌之争,我已经有了自己的想法,我就是要考到北京去。这次谈话爸爸那种并不相信我能考到北京去的感觉刺激到了我,我完全没了回家时那种有些觉得自己老了的感觉,我后悔把这句一时的感觉的话说出来给我爸爸听,我已经完全恢复了斗志,在他的刺激下。我还很年轻,比他可要年轻多了。

贵阳的变化很大,大西门开了贵阳市第一家肯德基,很多原来只有广州才卖的服装玩具也在贵阳的街头出现,令人意外;在一个玩具店里我见到了我说给路班长听的裸体打火机和一倒水就有图案的杯子,我每样买了五个,打算给他带回去。

探亲假结束回部队的时候爸爸还在跟我说关于公安局的事情,而我也很坚决地告诉他,我一定会在复员时考到北京的大学去。爸爸听了我的话就笑,这笑里一半是觉得我考不上,也有一半是一种欣慰,总比我说自己老了要好上很多。我坐着火车离开,回到遵义去。

回去之后我们一直没有机会去路班长所在的连队演出,我请了半天假,带着五个杯子和五个裸体打火机去了大山里。找到路班长的时候他很意外,看看四周有没有其他的战士。

"别找了,就我一个人来的,专门来找你的。"我说。

这句话让路班长开心极了,因为时间关系,晚上文工团还有一个会要开,我不能久留,我把打火机和杯子送给了他就走了。他很开心,像孩子一样。我走的时候他一直在念叨。

"你说你,我也没什么东西送给你。"他说。

"你不用送我什么。"我说。

"唉。也没什么东西送给你。"他又说。

他一直在念叨着这句话,我了解他,这是真心话,他真的觉得没有什么送给我让他心里觉得不舒服。我尽量安慰着他,然后离开了他所处的连队。

原本一切顺利,赶在开会前肯定能赶回去,可是回去的路上我搭的车坏了,修理了一个多小时,车修好后那个战士开得很快,可是我还是迟到了半个小时。政委没有批评我,反倒是批评了陈队长,说他带兵有问题,上次去给特种兵演出我就犯了一次错误,这次我又迟到,我给陈队长带来了很多麻烦。

一个月之后,一切风平浪静,我也不再听摇滚乐,陈队长做事比以前小心了,我尽量不去给他惹麻烦。政委总是拿我犯错的事为借口数落陈队长,这让我很不舒服,没过多久,政委找了一个小麻烦,暂时撤掉了陈队长的职务。错是我犯的,结果却由陈队长承担,我觉得我得给陈队长报仇。好不容易,我找来了一次机会,我向政委请示在下次新兵慰问演出的时候唱《国际歌》,政委问我是谁的意思,我说完全是我自己的意思。

"《国际歌》好啊,《国际歌》好,《国际歌》怎么唱来着,我就知道点旋律。"说着政委哼了起来。

"起来,饥寒交迫的奴隶!起来,全世界受苦的人!……这是最后的斗争,团结起来到明天,英特纳雄耐尔就一定要实现!"我唱道。

"从来就没有什么救世主,也不靠神仙皇帝!要创造人类的幸福,全靠我们自己!"我继续唱。

"行了行了,下次你就唱这首歌吧,就这么定了。"政委说。

演出那天很快就到了,我走上台唱起了这首歌。前面一切顺利,政委坐在台下也似乎很满意，士兵们倒是没什么反应，他们都在等着后面的女兵唱歌。

原本到了前两段就应该结束了，可我继续唱了下去，唱出了后面的歌词：

压迫的国家、空洞的法律，苛捐杂税榨穷苦；富人无务独逍遥。

穷人的权利只是空话，受够了护佑下的沉沦。

平等需要新的法律，没有无义务的权利，平等！也没有无权利的义务！

这是最后的斗争，团结起来到明天，英特纳雄耐尔就一定要实现！

这是最后的斗争，团结起来到明天，英特纳雄耐尔就一定要实现！

政委觉察到了问题，站起来看着我，我边唱边瞪着他。

矿井和铁路的帝王，在神坛上奇丑无比。

他们除了劳动，还抢夺过什么呢？

在他们的保险箱里，劳动的创造一无所有！

从剥削者的手里，他们只是讨回血债。

这是最后的斗争，团结起来到明天，英特纳雄耐尔就一定要实现!

　　这是最后的斗争,团结起来到明天,英特纳雄耐尔就一定要实现!

政委明白了问题所在,我可没有那么大的情怀,我就是在讽刺政委,他很聪明,马上明白了我的意思,他做了个暂停的手势,朝我走来。

　　国王用烟雾来迷惑我们,我们要联合向暴君开战。
　　让战士们在军队里罢工,停止镇压,离开暴力机器。
　　如果他们坚持护卫敌人,让我们英勇牺牲;
　　他们将会知道我们的子弹,会射向我们自己的将军。
　　这是最后的斗争,团结起来到明天,英特纳雄耐尔就一定要实现!
　　这是最后的斗争,团结起来到明天,英特纳雄耐尔就一定要实现!

刘队长和士兵们也觉察到了问题所在,我看着政委唱着,一边唱一边瞪着他,他快步地朝我走来,我当然没有停下。

　　是谁创造了人类世界?是我们劳动群众!
　　一切归劳动者所有,哪能容得寄生虫?!

最可恨那些毒蛇猛兽，吃尽了我们的血肉！

一旦将它们消灭干净，鲜红的太阳照遍全球！

这是最后的斗争，团结起来到明天，英特纳雄耐尔就一定要实现！

这是最后的斗争，团结起来到明天，英特纳雄耐尔就一定要实现！

在女兵唱歌的时候，我被政委叫到了一边，还有陈队长。

"你唱这首歌是什么意思？"政委说。

"没什么意思啊，我唱之前跟您申请过啊，您都同意了。"我说。

"小兵啊，不要给我耍小心思，你这就是无组织无纪律！"政委说。

"我怎么无组织无纪律了，你才无组织无纪律呢，陈队长什么错都没有，错是我犯的，你就是想找茬欺负他。"我激动地说。

陈队长一把拉住了我，说是自己带兵有问题，要我向政委道歉，我坚决不道歉。

"你根本就是公报私仇！"我继续说。

我被关了禁闭。黑暗的禁闭室很是恐怖，什么也看不到，一个人缩在一个小角落里，没有一点光，到了吃饭时候，从外面打开一个小窗户，饭被从外面递进来，小窗户马上又被关上，在黑暗的状态中吃完饭，小窗户打开，饭盒被拿走。我忘记了自己被关了几天禁闭，那几天我想起了很多事情，很意外，想起了很多在文工团学来的军旅歌曲，后面的几天里，我每天都在禁闭室里唱军旅歌曲，而外面不时地有战士走过来，用力地敲打外面的铁门，然后说，早干嘛去了，现在唱起来了。

走出禁闭室的那天我的眼睛很疼，很久我才适应过来，慢慢地睁开眼睛看着外面的世界。就是连队的样子，可我觉得太美好了，我决定再也不做这种冲动的事情了，我要好好地表演，争取戴罪立功，这不是说给别人听的场面话，是我心里的真实想法，文工团给我了机会。政委说，我们有些战士（就是在说我）靠关系来的，业务并不好。这句话使我很愤怒，除去爸爸的因素，我的业务其实很好，只不过我心思没在上面而已。政委继续说，我们要让这些战士成为真正的战士，去接受火热的锻炼吧。在表面上看来，这是一个光荣的任务，我被从文工团派到了监狱去，做一名看守监狱的士兵，去接受火热的锻炼，可我心里清楚，这就是政委对我的惩罚。

离开文工团之前我没有再见到陈队长，走的那天，我看到了他，他站在远处用手做出了一个打电话的姿势，我明白，他的意思是要我给我爸爸打电话，我摇了摇头，他用手指了指自己，我摆了摆手。我在那一瞬间做出决定，这次我不找自己的爸爸来解决这件事情，这是我自己造成的结果，我不想要我爸爸来处理这件事，不想再像在广州时那样，每一次都是爸爸来替我收拾烂摊子。我是个成年人了，我得为自己做出的事情负责。

文工团的车子载着我离开文工团，朝着我的家乡城市的一个县城驶去,我知道那个县城是什么地方,那里是我的家乡最大的监狱的所在地,我将要被带去那里,做一个监狱的看守士兵。这一切来得太快了,像做梦一样,我还从没有正经地做过一天文工团的战士,没有在台上唱过那天唱给爸爸的那几首军旅歌曲。车子走了一半的路程,我开始调整自己的心态,告诉自己,在监狱也没什么,我又不是去坐监狱,我是去看守监狱的,想到这里我的心情好多了,我开始和车上的士官聊起天来。路旁的景色很美,像是我小时候去寻找江湖的那次一样的景色,几乎没有什么变化,我还看到了路基旁的山洞,就像那次我钻进去的山洞一样,不过我心里很明白,这次即便是走到大黑,躲到任何一个山洞里,也不会有我爸爸开着夜车来找我。

# 第十二章 老何

当我快要到达监狱的时候还是觉察到了自己未来很长的时间内将要面临的那种生活的一丝丝恐怖的感觉，高墙大院，没有人烟。车子沿着长长的水泥路往监狱里开去，和去大山时的感觉完全不同，四周荒凉一片，也许是为了防止犯人逃跑，连一块庄稼地都没有留下。空荡荡的土地上矗立着一堆别扭的奇怪的建筑，它们里面关押着成百的犯人，这些犯人里犯什么罪的都有，抢劫、强奸、杀人，也有盗窃、失手伤人等等。到达这里的时候，我除了恐惧感之外没有任何其他的感觉。最初的一个月的监狱生活，或者说看守监狱的生活，至今记忆犹新，那是一种无可名状的痛苦，没有方向感，没有安全感，尽管有日落日出，可我也已经完全失去了对时间的感觉，而此后的监狱生活在我的记忆里却模糊得多了。有些事情仿佛已被忘却，或者说被我自己刻意地忘却，这两种感觉彼此混在了一起，只剩下一种笼统的印象，对于监狱生活的痛苦的、单调的、令人窒息的印象。然而我在监狱生活的最开始所经历的一切，至今回忆起来仍像是昨天发生的一样。

最开始的几个月里，我并没有进入过监狱里面，我的任务是看守最外面的一道门，这个任务算是对我这个从文工团调来的兵的一种赏赐或者说怜悯，我只要站在门口，开门，关门，向领导敬礼，这就够了。第一次使我确切感受到自己是在看守监狱的是在一个犯人出狱的时候，他犯盗窃罪，当他终于穿上了自己的衣服，从牢狱里走出来，要回到普通人的生活中的时候，他在大门打开后的一瞬间走不动路了，他站在门口，出来送他离开的士兵看着他，他也看着我们，不说话，愣在那里。阳光照在他消瘦的脸庞上，他在大门口看着我们，开始尝试着迈出第一步，几分钟后，他才迈出了第一步，然后是第二步，然后慢慢恢复正常，向外面走去。这是我第一次看到犯人出狱，那两个来送他的士兵似乎已经习惯了这样的事情发生，他们在小声地说，关了这么久，连外面的路都不会走了。我看着那个人踉跄走路的背影，心里有一种说不出的感觉，像被人卡住喉咙出不来气一样。

以往我对于监狱没有任何印象，也没有见过犯人是什么样子，我的记忆里唯独和监狱有点关系的就是老何，我和小于在街上打架，去抢小江湖里的老大，惹着了老五，和老五以及他的兄弟们打来打去，最后我让老五跪了下来，在十二中的巷子里我被老何带着人围住，小于来帮我，我扔下小于跑掉。这和监狱都没有关系，和监狱有关系的是老何，他是个老江湖，大家都给他面子，他有自己的一点走私香烟的小生意，每天坐在贵阳最好的饭店的橱窗里，喝着茶吃点东西，他的小弟来给他汇报一些事情，关于他的生意和江湖上需要他出马的事情。传说他坐过监狱，因为他为了兄弟捅了人，那人受了重伤，他坦荡地接受了这个结果，坐了八年牢。这个故事为他在江湖上增添了传奇性，第一，说明他打架厉害，第二，说明他重兄弟义气。我很难想象他八年的牢狱生活是如何过来的，我才刚来没多久，就已经感到痛苦万分。

想起老何倒是对我有了激励，我想，他八年都能过来，我最多在这里待两年，也说不定哪天政委一句话，我又回文工团唱歌去了。这样的想法使日子好过了一些，和士兵们吃饭时，一起睡在宿舍时心里都舒服了一些，不再觉得自己是在监狱里。

可有一天我看到监狱里的士兵在排着队在公用电话前打电话时，我还是无法控制自己，我站到了他们身后，我想要离开这里，可离开这里的唯一方法就是求助爸爸。排队排了很久，我的内心很坚定地做出选择，一定要打出这个电话。终于到我了，我站到了电话跟前，拨通了电话，如我所愿，爸爸很快接了电话。

"在文工团怎么样啊？"

这句话问住了我，我原本已经想好了如何解释我被调到监狱这件事，我想了不下十种借口，然后一一分析，最终分析留下两种借口，准备用这个借口来解释我为什么会被调到监狱。可爸爸的这一句话问住了我，我一下子忘记了自己已经完全编好并且练了几次的求助表演。

"安安，说话啊。怎么了？"

"挺好的啊。前两天刚刚演出回来,挺好的。"

"那就好,有什么需要就给我打电话。"

"嗯。我知道,暂时没什么需要。"

"哦,那我先挂了,我这边还有点事在忙,你在部队要好好表现啊。"

"嗯。你忙吧,我肯定好好表现。"

我挂了电话,排在我后面的士兵开心极了,他原本以为我会打很久的电话。挂掉电话,我沮丧地站在他们身后,看着周围荒凉的景物,我告诉自己,认命吧,说完这句话我又骂了自己,真没用,自己做的事情自己负责,再也不许想求助的事情。这样,我完全放弃了调回去的打算,既来之则安之,不论怎样的生活,都是我自己的一时冲动造成的,还是自己来承担吧。

夜里躺在宿舍的床上,战友们都睡着了,我感到有些欣喜,我睁着眼睛看着黑漆漆的天花板,竟觉得这是一种成功,我没有求助他,那个可以带我离开这里的人。不管是因为什么原因来到这里,我想如果我完全依靠自己在这里生活下去,那就是一种成功。我不想站在爸爸的跟前,一句话都不敢说,然后他看着我说:你怎么这么不懂事,你怎么又犯这种事之类的话。我想起了老何说过的那些话:要不是因为你有那个爹,我们早他妈收拾你了,大家伙都是看你老爹的面子不收拾你,就你自己,你他妈算个屁。他说得很对,我算个屁。我为自己没有在电话里说出实情开始感到骄傲,等我自己扛过去了,别人再说,你算个屁,我才不会哑口无言。有战友开始打呼,在监狱里工作很辛苦,我以前从不打呼,现在睡着了也会打呼。我突然间想起了老何,他不是在监狱里吗?他在哪里?会在这所监狱里吗?

我竟然真的开始注意这里的犯人,可是在门口站岗,见到犯人的机会太少了。我把老何的事情告诉了同宿舍的一个战友,他笑我,说我是太孤独了才会有这种想法,贵州这么大,怎么可能正好关在这所监狱里。他问我老何叫什么,我想了很久还是回答了不知道,我真的不知道老何叫什么,就知道他叫老何而已。

我开始好好表现,争取调到监狱更里面的机会,并不是因为我想见到老何,自从和战友说了这件事之后,我已经完全打消了这个念头。我只是为了见到更多的人,虽然里面关的都是犯人,可看到他们,看到更多的人会使我觉得自己有存在感,每天站在门口站岗和一根柱子没有任何的区别。

我努力站岗,从不违抗任何一次命令,甚至主动站夜岗。在例行的思想总结大会上,我也会努力表现,将自己的思想政治情况汇报给上级领导。几个月后,由于我表现良好,我被调进了监狱更里面的那道门做看守,我可以看到犯人了。这对我来说是一次成功,我完全凭借自己的能力和努力,得到了自己想要得到的结果,可这结果带给我的兴奋并没有持续太久。这些犯人的状态千奇百怪,不过无论什么状态,都完全无法使人联想到美好二字,我开始安慰自己,虽然是在监狱里,可我与他们还是完全不同的,我毕竟是看守犯人的士兵,他们是在坐牢的犯人。

不久这些犯人就帮助我印证了我的感觉，他们打架了。两个犯人，一高一矮，其中一个看了另外一个一眼，两人便吵了起来。

"你看我干什么？"高个犯人说。

"你怎么知道我看你了？"矮个犯人说。

"我当然知道你看我了，我后脑勺可有眼睛呢。"高个犯人说。

这句话竟然引起了哄堂大笑，这使我很意外，他们一定是被关得太久了，一个犯人略微一点的逗笑都能使他们发出失控般的笑声。

"去你妈的。"矮个犯人说。

很明显矮个犯人进来不久，他还不习惯监狱里这些犯人的笑点。

"去你妈的。"高个犯人说。

矮个犯人突然拿起自己面前的餐具朝高个犯人扔去，犯人们正在吃饭，他的餐具没有打到高个犯人，反倒是饭菜洒了一地，高个犯人冲了过来，两人厮打在一起，而其他的犯人不但没有阻止，还跟着一起起哄，煽动他们的情绪，让他们越打越厉害。几个战友冲进去的时候这两个人还纠缠在一起，他们被勒令分开，罚各自关禁闭一天。这天夜里犯人们很无聊，就继续拿已经被关禁闭的这两人开涮。

"真他娘的没意思，没分出个胜负来。"一个犯人说。

"是啊。你们觉得谁能赢啊？"另外一个犯人说。

"我觉得窜天柳能赢。"刚才第一个说话的那个犯人说。

窜天柳，很形象，应该是那个高个犯人的名字。

"不可能。肯定是李伟赢。"提出究竟谁能赢的这个问题的那个犯人说。

看来李伟就是那个矮个的犯人,我刚调进来不久,犯人的名字我完全对不上号。

"窜天柳赢。"

"李伟赢。"

他们吵了起来。

"窜天柳赢。"开始有其他的犯人加入进来。

"李伟!"也有犯人有不同的意见。

"窜天柳!"

"李伟!"

犯人们吵开了锅,外面传来战友的声音:安静!

他们压低了声音继续吵,很快就分成了两派。他们还赌烟,说要等窜天柳和李伟放出来了刺激他们比一比。

后来这样的事情层出不穷,这些犯人虽然被关在监狱里,有些犯人还戴着脚镣,可他们在这片小天地里也有属于他们的一点点自由和乐趣,他们抽烟、吵架,甚至赌博,什么东西都能拿来做赌资,有人来探视其中某个犯人的时候同一牢房里的其他犯人就开始在背后说这个犯人的坏话,要么就是猜测是谁来探望他,说一些关于他进来前的事情,仿佛在进监狱之前他们之间亲如兄弟似的。

犯人们要出去干活,就在监狱的后面,他们干的工作毫无意义，无非是挖一挖地，编一点麻绳之类的，他们不知道他们挖完的地会做什么用，也不知道他们编的麻绳会去往哪里。不过对于他们来说，能够劳动总是一件好事，总比蹲在牢房里要强一些，能呼吸到一点点新鲜的空气，能看到一片大一点的天空。在牢房里，他们所看到的永远都是那一小片天空，无论刮风下雨或者是艳阳高照，他们都只能看到那一小片天空。他们在渴望着外面的世界，计算着自己的刑期，他们甚至希望能够在下雨天走出去淋一场雨，而一些刚进来监狱的人，他们在后悔自己的所作所为，或者，有些更大胆的人或者更绝望更偏激的人，他在想，还不如当初做的更坏更绝一些，死了算了。他们有着各种各样的心态，这些不同的心态也导致了他们的行为的不同，有些人好好表现，在努力争取着减刑，先不管未来的生活怎么样，至少先离开这里再说。而有些人却自暴自弃，整日找茬打架，在自己的刑期上不断添着日子，招惹麻烦，也给别人带去麻烦，比如说去欺负那些想要减刑离开的人，如果那个人上了他的当，和他打上一架，那么辛辛苦苦积累了很久的良好表现在减刑还未到来之前便功亏一篑。性格沉稳的人或许再忍一忍，继续积攒下一次的减刑机会，而性格稍微不好一点的人，可能就此也自暴自弃。当然，来到监狱里的大多数人，在自己的性格上或多或少都有一点点问题。

我这样存在着的一点点与他们这些犯人不同的优越感消失在一天放风的时候，我看到了老何。他第一次出现在我眼前的时候我没有认出他来，直到第二次经过我的眼前，我才认出他来。他剃了头发，比以前更瘦了，身上完全没有了我印象中的老大的感觉，他口中念念有词，也不和人说话，看上去就像是一个沉浸在自己世界的精神病人一般。这简直就是意外惊喜，我已经完全忘记了老何这回事。我想我得找机会和他说说话，可他所处的牢房不在我的管区，这机会一直没有找到。我觉得自己很没出息，被老何吓跑，扔下自己的兄弟，现在见到了他，倒是像见到了一个老朋友一样，我期待和他说话。

几天之后我借着换岗的机会，和他在牢房门外说了话，我站在牢房门外，他则站在里面。

"老何。"我叫他。

他直愣愣地看着我不敢说话，认了半天，他走远了。我试图再叫他，可是有战友和其他犯人，我放弃了。

我想总会有机会再和他说话，只是老何的变化使人意外，他已经完全没了当初那种老江湖的感觉，根本不像是一个老大，而更多的像一个猥琐二流子，可即便是这样，我还是想和他说话，就像是碰到了多年未见的朋友那样。

第二次有机会说话是在他放风的时候，我叫住了他，他反应了半天才认出了我。

"是你呀。李鲲他儿子啊。你怎么在这里啊？"

"我当兵了，调到这里了。"

"有烟吗？"

"现在你能抽吗？"

"能啊，怎么不能了，你看他们都抽呢。"

老何点上了烟。看了看四周的高墙。看着自己面前穿着囚服的老何，我有些想不明白，短短的一年时间，他就从一个叱咤风云的江湖老大变成了这副样子。我想起了那些关于老何的传说，说他可以一打十，说他罩着多少家夜总会和酒吧，说他有多少弟兄，说那些人有多么愿意为他卖命。随着他进监狱，这一切都没有了，他没有妻子，父母也早已去世，一直孤身一人活在这世上，在外面的世界，还有一堆弟兄可以陪伴，在帮别人出气之后，还能得到别人真心的尊重和崇拜。可现在什么都没有了。

"没有一个人来看过我。"他突然说道。

"老五他们呢？"我问。

他摇摇头，集合哨响，他得回牢房去了。我看着他佝偻的背影离开，完全无法想象他曾经做过八年牢，而且出狱后还能继续做江湖老大。

后来我总找机会和他说话，我的到来给他带来了一丝希望，他突然振奋起来，可他的振奋却使我无比失落，似乎一个犯人不该在一个看守他的人面前表现出振奋似的。我也知道了他以前压根没有坐过监狱，那都是下面的兄弟们瞎编瞎传的。而他这次进来，不是因为走私烟，确实是因为和一个小他很多的女人纠缠，被人家告了强奸。

"我以为这事情是你情我愿的，结果不是这样。"老何的语气里充满了惆怅。

"那你现在怎么办?"我这个问题问的真实愚蠢。

"能怎么办。"老何坐了一个无奈的手势。

"好好表现!争取减刑,早日离开这里。"我说。

"你也好好表现,你也有机会减刑,早点离开这里。"他说。

他说出这句话的时候我就明白了,我刚才那句话带着某种自己没有发觉的优越感在安慰他,其实反倒伤害了他的自尊。

"你小子不就有个爹嘛。你爹不是很牛吗?你怎么还到这当兵来了,你和我现在有什么分别,别跟我说你在这干得还挺愉快的。"老何说。

"我到这来跟我爸没关系,是我自己的事。"

"别逗能了。看这样子你爹的关系也没铺排好啊。"

"我说了和我爸没关系,他不可能铺排不了这点关系。"

"别维护你老爹了。你肯定一直以为你老爹很牛吧,其实不是这样的,孩子。"

老何笑着要走,我一把拉住了他。

"不是什么样的?"

"你还真想知道啊。你小子可别觉得我在故意给你爹抹黑啊,我们可都知道呢,你老爹有一次被王市长叫到办公室骂了整整两个钟头。"

"这有什么,做生意嘛,被市长批评很正常,我爸总不能和市长作对吧。"我故作镇定。

"这没什么是吧?你不知道你爸在外面有情人吧?"

我一下懵了，这种关于我爸爸的话我是第一次听到。

"吓到了吧。你爸在外面的情人多着呢，就你小子不知道。"老何继续说。

"别说了！"我说。

"你自己问的我不是什么样的？现在不想听了？"

"滚！"我厉声地说，转身离开。

我和老何没有再说过话，彼此记恨，他记恨我的优越感伤害了他的自尊心，我记恨他对我爸爸的诽谤，这些事情真真假假，却弄得我心里不是滋味。其实还有更重要的一点，老何告诉我一个事实：**我和他一样，都是犯人，只不过服刑的方式不同而已。**

我所在分区的牢房的犯人中有一个服刑结束了，老何被分了过来，我们就跟陌生人一样，和其他的犯人和战士之间一样，没有任何交流。直到有一天，窜天柳又在吃饭时找麻烦，这次他找上的是老何，老何自然不会认怂，和他打了起来。窜天柳准备玩阴的，用吃饭的筷子往老何的喉咙里捅，恰巧我巡视经过，阻止了这次争斗。我和老何又说话了，他首先向我说了谢谢，然后又说了对不起，我告诉他这是我的工作我的职责，不用他谢我。总之，我们又开始说话了。

监狱生活痛苦，即便是做一名看守监狱的战士，我开始无比失落，觉得度日如年，对未来生活失去了希望，老何却开始鼓励我，我们变成了某种意义上的狱友，互相鼓励着对方好好表现，争取早日离开这里。这样的日子原本会照常过下去，我有一种预感，我在这里好好表现，不用求助爸爸，我也会被调回文工团。

不知道是不是一种安慰，老何告诉我他说的那些关于我爸爸的传言都是假的。反过来，他还告诉我这样一件事：那是很多年前了，那时候我爸爸还在做出租车营运的生意，有一天忙完回来，在我家门口的巷子里我爸爸被人从后面闷棍击倒，然后装进了一个麻绳袋子里。这个麻绳袋子被带到了贵阳附近的一个郊县，在一个四周只有田地的黑屋子里打开，几个混混看着他，他们威胁我爸爸，要我爸爸放弃做出租车营运的生意，否则就让他以后经常受苦。我爸爸一句话都没说，也没有答应也没有不答应，耗了一天，那几个混混承认了自己是谁雇来的，把责任推到那个人身上，然后把我爸爸放了。这个故事我也从来没有听到过，真真假假。老何的目的我清楚，他在挽回之前所做的事情。可我的心思却不在故事本身，我有些厌恶自己，觉得自己没用，我似乎永远都无法甩掉父亲的影子，在离家这么远的地方，在一座父亲所不知道的监狱里，我还是要听到关于他的故事。还是要因为这些故事愤怒或者欣喜，我在努力地摆脱他的影响，却怎么也无法逃脱。而且我也明白了一点，我应该不会被调回文工团了，没有任何从文工团传来的消息，我所能做的和老何一样，等待刑期结束，我必须这么做，我不能给爸爸打去电话，让那个如影随形的父亲的阴影活生生地压在我的身上，被他完全控制，无法脱身。

我坚定了信念，可老何却出了意外，他生病了。一开始只是轻微的咳嗽，他一点也不担心，他说，我老何命不该如此，这里关不住我。这句话使我欣慰,他终于有了一点我所期待的该有的那样的状态,窜天柳挑衅他,找他的麻烦,把他的饭拨到自己的饭盘里,在他睡觉时拿掉他的被子,这些他都忍气吞声,连一句骂人的话都没有,他完全避开了和窜天柳争斗,任由狱友嘲笑他。我明白了他在争取什么,只要有机会,就会鼓励他,鼓励他好好表现,不惹事,争取能够得到减刑。

可是有一天他还是去了医疗室了,从医疗室回来他很失落,也不再和其他狱友一起插科打诨,早早地就睡了。从这天开始之后他要经常去医疗室,我还是在有机会的时候就鼓励他,和他一起回忆他当老大的时候打架的场面和他打架的技巧。有一天他跟我说了这样一件事,他说:有一次我被人家围到了一个死巷子里,就是解放路那个,你知道的吧,人家有十几个人,手里还有东西,都是些长刀啊钢管什么的,那时候我年纪小,什么都不怕,他们要我认错,其中一个人跟我说,叫我爸爸,跪下来叫我爸爸我就放了你。我当然不会这么做,我冲上去把他手里的刀给抢了回来,他吓坏了,我提着刀跟他们对砍,其中一两个人受了伤,我没事,毫发无损。唉,那时候也是运气好,没被抓进来过。我一个人混到市里,谁也不认识,我进来之前谁不认识我老何,不给我老何点面子?妈的,现在不就是进了个破监狱嘛,老五老六这帮人就他妈躲得我远远的,老子我一定出去收拾他们,让他们跟我说声对不起。

"嗯!一定可以,出去了让他们道歉。"我鼓励他。

"他妈的。"他还陷在对自己兄弟的失望情绪里。

"你一定可以的。老五老六他们算什么,没法跟你老何比,我小时候就知道你了。"我继续鼓励他。

"小时候。你以为你现在多大啊。"老何笑了。

他这样的状态也会影响到我,我也保持着一种积极的状态。可好景不长,没过多久,老何去警察医院了,他去警察医院的时候我还能想起他说那些自己以前的事情的时候的样子,我很同情他,我甚至有些怕我自己也突然生一个什么病,永远留在这里。

老何不在的几天里我就像失去了一个朋友一样,一直在等待着他回来,也希望他的病没有大碍。一个星期后,老何从警察医院回来了。他回来我很开心,而见到我他也很开心,我们真的成了同病相怜的狱友。

老何从警察医院回来后病好多了,不过有一天放风的时候他跟我说,嗨,我要走了啊。当兵,尤其是在监狱里当兵使我对这种话变得敏感。

"你疯了吗?你马上就能争取到减刑了。熬不了几年了!"我有些激动地说。

"我没疯。我的病比你想象得严重多了,我不想死在这个地方。死也得死在外面。"老何说。

"你这种想法是消极的想法极端的想法,老何,你不能这么想。"

"不要用你从部队学来的这套教育我,我有我的想法也有我的办法，不用你一个小孩来教我。"

老何转身离开，我萌生了一个想法，我得告发他，这样就能阻止他越狱，他一定是被自己的病给吓到了，夸大了这个病的影响。我一路小跑到了上级士官的办公室，打了报告，里面传来了"进来"的声音。我迟疑了，老何是我的朋友，我怎能告发他？这不是一个男子汉该做的事情。可是不告发他，他如果冒险越狱，很可能会有危险。我站在办公室的走廊里，一堆犯人出来放风，他们身上穿着囚服，脚上戴着脚镣，艰难地毫无希望地行走在监狱的小院子里。我离开了办公室门口，里面的士官走了出来，我快步离开，他没有看到我。

几天之后老何越狱了，他当然失败了，这里可不是那条他年轻的时候面对的死胡同，提把刀带着胆子冲就能冲出去的。越狱失败后他就被转移了监狱，至于后来怎么处理的我就不知道了。对于他越狱的原因，我想我很清楚，他可能知道自己快不行了，他想出去，至少出去教训一下老五老六这两个不讲义气的家伙，让他们跟他说声对不起。或者想得更远一些，出去结婚生子，像别人一样拥有家庭，不再在江湖上混，做点其他的营生，过一段安稳的日子。

老何的离开使我绝望，就好像一场拉力赛失去了对手一样，在无边的沙漠里，我又该往什么方向行驶。和他住在同一间牢房的几个和他一起进来的犯的事差不多的人，因为减刑都陆续离开了。窜天柳，李伟，他们都离开了。好在我还知道老何在另一所监狱里，我想他不会再越狱了，越狱使得他的刑期又变得漫长，生病之前的努力都白白浪费掉了。我一直在想，如果我当初告发了他，他的结果会不会好一点？可人生没有如果，每个人都有自己的活法，即便他人如何想要去影响，他都会按照自己的活法活下去。这是我从老何身上学到的。而我的活法是什么？我还在探索之中，但是我想我已经有了方向。

冬天到了，南方的冬天并不冷，可处在监狱这样的环境里，也会有一点点萧瑟的感觉。我不知道自己的刑期什么时候会满，而一些熟悉的犯人的面孔却都先我离开了。多方打听，知道了老何的消息，换了新的监狱不久，他就病死了。他的病的确很严重，他说得没错。

我所处的管区换了一批新犯人，老何不在了，剩我一个人在这里服刑。一年之后，我的刑期也满了。我选择了复员回家。

走出监狱大门的时候我竟然也像我在门口站岗的时候看到的那个因盗窃入狱的人一样，迈不出第一步。我也努力了很久才迈出了第一步，来接我的士官就是来送我的士官，他看着我冲我开玩笑。

"还不快走啊，这里你还愿意多待啊。"他说。

我当然不愿意多待，奋力地迈出第一步之后，我快速地上了他开来的车，我们俩人沿着水泥路朝远处开去，经过了那些大片的没有种庄稼的空地，竟然还有雪落在上面没有化掉，它们遮住了那种令人恐惧的荒凉。很快，绿色的树木就出现在了我的面前，我睁大眼睛看着外面，不由自主地唱起了军歌，那个士官笑着看着我。

我爸爸始终不知道我在监狱里度过了两年，他一直以为我还在文工团里，我每天除了要坚定信念努力度日之外，还要在公用电话跟前演戏给爸爸看。复员的消息我也没有通知他，在文工团，我办理了复员手续。李队长已经调到别的文工团去了，我没有见到他。

## 第十三章　妈妈

离开遵义的那天是雷雨天，就是我刚刚去到大山里时遇到的那种雷雨天。我买的是晚上十点的火车票，拎着自己简单的行李上了火车。火车开动之后，这种雷雨天愈发激烈，闪电撕开天空，照亮夜空，雷声轰鸣，完全压过了火车轮子撞击铁轨的声音。火车上人很少，我坐在空荡荡的车厢里，火车驶过遵义界之后雷雨天气就结束了，铁轨声开始传入我的耳朵里，半个小时之后，火车停靠在息烽站，这是一个极小的车站，只有一个站台，站台上零零星星站着几个人，他们的面前摆着一些方便面之类的东西，几个人聊着天，也不指望会有人下来买他们的东西。火车停了三分钟，没有人上车，也没有人下车，列车开动，往贵阳驶去。

老何离开后，剩下我一人在监狱中度日，直到知道他的死讯，生活变得完全没有任何色彩。我得找到一些事情做，让自己度过后面这难熬的一年，很快，我想到了弹吉他，可是我们这里可没有吉他。这个容易，犯人们想要点东西都会想办法去搞，何况我还是一个战士呢，我花了点钱，有战友答应帮我搞一把来。

有一天，我值完勤回宿舍休息的时候看到同宿舍的一个战友床上放着一把吉他，那把吉他很破，是最便宜的那种，宿舍里没有人，我忍不住拿起来试了试，所有的音都调得有问题。

"你会弹吗？"战友问我，他是四川人，叫王阳，比我大一些。

"会啊。我是文工团的呢。"我说。

"哦，忘了这回事了都。你弹一首歌给我听听吧。"王阳说。

"弹什么？"我问。

"我也不知道啊。这里有本乐谱，你看看。"

他递给我一本乐谱，我突然间想到了我托战友搞吉他的事情。

"哪来的吉他？"我问王阳。

"哦。大头让我给你的，我都给忘了。"

"乐谱呢？"

"大头说随琴附送。"

大头是我托的那个战友，他要经常地出去做采购的任务，很显然，他买了一把最便宜的吉他给我，但是这也不错了，随琴附送的乐谱令人意外，竟然是一本古典吉他乐谱，我这才反应过来，仔细看了看，大头买的这把吉他还是一把做成古典吉他样子却放着民谣吉他弦的奇葩吉他。

吉他谱的第一首就是我最早学会的那首《爱的罗曼史》，我给王阳弹了这首曲子,他很喜欢,听着听着竟然哭了起来,这让我很意外,他告诉我说自己想家了,不知道为什么,听到这音乐就哭了。我也想家了,可是我还得继续演戏,绝不能让爸爸知道我在这里。

此后的日子里我一有闲暇时间就弹吉他,那本古典吉他乐谱里的曲子我都弹得非常熟悉,而且我的吉他技艺比以前更出色了。有时候其他战友还来我们宿舍,我为大家伴奏,他们一起唱一些部队里关于想家的歌曲,比如《军中绿花》这样的歌曲。

我的行李里没有这把吉他和古典乐谱,我离开监狱的时候,把它们送给了王阳,他已经会弹《爱的罗曼史》了。在文工团办理复员手续时,我问过团里关于报考军艺的事情,这个想法我在我唯一的一次探亲回家时就有了,只不过这两年我都在监狱里工作,没有机会。可是很遗憾,团里告诉我,推荐去参加军艺考试的名额有限制,早已经满了。

火车到达贵阳时已经是凌晨一点了,我复员回家的消息家里不知道,我带着自己简单的行李去了"YY",这是我登上火车前就计划好的。探亲假回来的时候,我觉得喝酒打架都没了意思,不愿意出去玩,那是因为我在文工团里在陈老师那里得到了比这更刺激的东西,可现在,两年监狱生涯,我除了进步的吉他技艺之外一无所有,没有自由,甚至连一直梦想的报考军艺的机会也没有了,那吉他技艺进步又有什么实质的作用。我需要尽情地宣泄,把我这两年积压的愤懑都发泄出去。

从火车站到"YY"的路不长,贵阳又发生了很多的变化,这里的人愈发地痴迷夜生活,城市里的霓虹灯不断闪过我的眼睛,这座城市已经越来越像广州了。可"YY"却令人失望,它的四周开了"铜锣湾"这样的在外面看上去都要比"YY"气派很多的夜店,"YY"那曾经使我惊奇的红白蓝三色门已经从左至右变得破败,门上原来镶的金色的边也早已脱落,这不重要,只要它是"YY"就好,旁边的那家新店门前聚集着年轻人,有的喝多了,有的正准备进去喝,而"YY"里冷冷清清,原来那我觉得独特的进门楼梯设计也变得鸡肋,服务员懒洋洋地问我要喝点什么,她长得不好看,台上也没有人唱歌,包厢的门都是锁上的,从门口的灯光判断,没有一间包厢里有人。

"我要一个包厢。"我说。

"你一个人?"服务员惊诧地问。

"你管我几个人,我要一个包厢。"我有些不耐烦。

"你等一下,我叫一下经理。"服务员说。

不好看的服务员去找经理,我不知道这种事情为什么要叫经理。我把行李放在地上,抬头看"YY"的天花板,连天花板都是破败不堪,曾经最时髦的木结构天花板现在看上去又蠢又丑。经理睡眼惺忪地走了过来。

"我要一个包厢。"

"没有包厢。"

"那不是包厢吗?"我摆摆头示意。

"哦。你就一个人吗？"

"就一个人，但是我要包厢，我会给钱的，你放心。"

"我不是这意思。这样,你来跟我看一下。"经理转身冲后面喊：
"拿钥匙！"

包厢门打开了，这是"YY"曾经最大的包厢，经理打开灯，一股灰在里面飞舞着，沙发上的皮都裂纹了，地上也全都是灰。

"你看吧。都成这样了。"经理无所谓地说。

"我要这个包厢。"我说。

"你不介意我们也无所谓，找服务员稍微给你打扫下吧。"

"不用了。"我说。"把酒水单拿来就行了，再找几个陪酒的女孩。"

包厢里的电视打开了，放着过时的迪厅音乐。我点了很多酒，来了两个陪酒的女孩，女孩年龄都不大，比我和小于在"YY"喝酒时这里的陪酒的那些女人年龄小了很多。她们一个劲地劝我喝酒，一会儿还找来骰子，玩骰子喝酒。我拼命地喝着酒，我已经很久没有这样的喝过酒了，一会儿我就醉了，她们还在让我买酒，我醉醺醺的，但是完全明白她们的意思，无所谓，买就买，我心里这样想，高兴，只要高兴就好。

我醒来的时候已经是中午十二点了，整个"YY"就剩我一个人和几个打扫卫生的服务员，我去结账，服务员告诉我我已经结过账了，还说我给了每个人小费。这些我都不记得了，我的头很痛。走出"YY"，没有一丝快乐的感觉，除了空虚之外还是空虚，两年的监狱生活的阴影和没有报考军艺的机会的失落依然萦绕心头。我回家了。

这次回家使爸爸惊喜,他并不知道我的复原时间,我也没有通知他。4S店爸爸已经不做了,他的生意已经完全转到了房地产,花果园立交的那片地已经变成了住宅,他已经有了新的地块,并且不止一块。这些地块更靠近市中心,成本更高,得到的回报也会更高。爸爸的房地产生意成立了公司,有了一个基本的管理制度和公司架构。我的回来使他开心和兴奋,并且,他告诉我,公安局的工作已经跑好了,准备准备就去工作。锻炼几年,我也进入他的公司,接他的班。我暂时没有力气反驳,也不想一回家就和爸爸争吵,吃完饭和家人说了说文工团的演出趣事——当然,这里面有很多都是编造的——我就去睡了。

家里的床垫我已经睡不习惯了,习惯了部队里的硬板床,在软床垫上我完全无法入眠。闭上眼睛,脑海中全是监狱里的种种景象。后半夜我终于勉强睡了过去,我做了一个噩梦,梦见我家的门窗紧锁,外面被黑色的布封住,布上面用铁丝网裹住,我想要逃出去却怎么也逃不出去,而老何则坐在我的旁边。从噩梦中醒过来,出了一身冷汗。

第二天早上六点我就醒过来了,这是在部队里的起床时间,虽然我一夜没有睡好,可是到了六点,还是很自然地醒过来了。我本该继续睡过去,这里没有人会管我睡到几点,不会因为起晚了受到批评,也不会在我睡觉的时候突然间铃声大作紧急集合,还要穿得整整齐齐站在院子里,然后告诉你,这只是一次紧急集合训练,解散,回去睡觉。爸爸妈妈都没有起床,我下了楼,找了一个扫把,开始打扫院子。

爸爸妈妈起床的时候院子里被我打扫得干干净净,没有其他的事情可做,我又把角落里扫了一遍。爸爸很意外,他站在楼上哈哈大笑着。

"儿子真不错。从部队回来受了教育,竟然主动早起劳动啊。"爸爸说。

"这么早就起来了,回去再睡会儿。"妈妈说。

我冲着爸爸妈妈尴尬地笑了一下,不知道接下来该做什么,又拿起扫把扫了起来。回去睡,我肯定是睡不着了。这样的生活持续了很久,我每天早上都会在六点醒过来,然后去扫院子,只是夜里不再做噩梦了,我没有想过再去"YY"里喝酒或者去找以前的兄弟们玩玩,不是因为"YY"的破败,隔壁新开的"铜锣湾"我也没有任何兴趣,虽然它有个香港名字。我记得贵阳人总喜欢称这个城市为小香港,具体从什么时候开始有的这个说法我也记不清楚了,这里的很多商店都喜欢起香港名字,比如铜锣湾。

妈妈开始不怎么出门了,所以家里经常就是我们两个人,她总是会做上一大桌好吃的菜,我们俩一起吃。她现在喜欢煲汤,做美容,看看电视,说话做事的节奏都慢了很多,完全变成了一个太太。有一天她要我陪她去逛街,我和她一起出去了,这个城市变化很快，多了很多高楼大厦和大商场，我和她去了一家新开的商场，我们要去五层的女装区，当等到电梯发出叮的那一声响时，我竟然有些恐慌，站在电梯里我也很不习惯，周围全是人，他们距离我很近，我也有些不太习惯。在五层的一家内衣店门口，妈妈示意我先自己去走走，我明白她的意思，便往前走了，这是我们母子之间一种特殊的客气，我想原因就是因为妈妈在我小的时候那次长达一年的离家出走，它造成了现在这样的状况，我们之间似乎没有母子之间那种特别的亲近感。可我走着走着忘了自己绕了几个圈，我找不到那家内衣店了，那一层很多的内衣店，我一家家地经过却不知道妈妈在哪一家里面，而且我自己也不太愿意进去找一找，后来我走了好久我想总得去找的，所以硬着头皮准备去一家店里碰碰运气，这时候突然间有人从后面拍了我一下，我吓了一跳，转身一看，是妈妈站在我身后，她看着我笑着，可我觉得没什么好笑的，她看出来我有些不高兴，便开始说一些别的事情，我也不好发火，便也接着她的话说起了别的事情。这种事情如果放到其他母子身边，那看上去肯定是其乐融融，可我和妈妈之间，还是有一种隔阂在。

我一直在打听关于考北京学校的消息，可都没有获得过什么有用的信息，除了有一次，有人告诉我说音乐学院是没有吉他专业的，这条消息使我心灰意冷，觉得自己离北京的学校越来越远。

不久后我去工业学院里看望了爷爷，爷爷很开心。我和爷爷谈了这件事，还说了考军艺的事情，而且我还告诉他，我依然打算考到北京去，只是不知道自己现在还能考什么学校。爷爷告诉我，你应该去艺校找个老师问问。过分地在乎倒使我变得愚笨，完全忘记了艺校的存在，不过也是，我以前只在这里打架而已，从来没有想到过它还有这个作用。

艺校就在十二中隔壁，十二中新修了高大的校门，可我对校门并没有多大的兴趣，我走进了学校围墙外的环形巷子里。环形巷子还是老样子，石板路、低矮的旧房子以及里面住着的安静的居民，和几年前并没有什么不同。不过我想可能这里不久后也会被拆掉吧，这里不是名胜古迹，吸引不了外地游客，也没有传奇故事，有的只是一群烂仔用身体搏斗的方式消耗掉的躁动青春。烂仔们终将结束烂仔生涯，去过上正常的生活。曾经在环形巷子里被别人打过或者打过别人的那些在当时看起来那么重要的事情最多也就当作笑话拿出来讲一讲，来证明自己躁动的青春没有缺失。

多年后当我因为结婚再次回到这个城市的时候，环形巷子已经变成了一个大工地，石板路和旧房子已经不见了，机器的轰鸣声取代了往日的宁静，这个城市用惊人的速度在推倒房子和建造房子，在这个过程中，有人获得了财富，也有人倾家荡产，谁还记得这个城市以往的样子，那歪歪扭扭的街道和它两旁低矮的房子里的欢声笑语都已不复存在。

我走到巷子深处,看到艺校的小门还在,只不过用一把小锁锁了起来,我在地上找了一块砖头,轻轻地一砸,锁就掉在了地上。我轻轻地推开小门,低下头钻了进去,是艺校的上课时间,校园里只有几个逃课抽烟的学生,我比逃跑的那天走得慢,他们也没有看到我。艺校其实很小,还不及工业学院的五分之一,因为地势的原因,学校里各个建筑都不在一个水平面上,这也导致学校里的所有道路都是缓坡和台阶,走起来很费力气。学校里的建筑也都很老,只有教学楼是一栋稍微新一些的五层楼房,也是艺校里最高的建筑物。

我走进了这所最高建筑里,贵阳这些年在疯狂的建设中,倒是只有这里还保持着老样子,艺校没有严格的制度,老师们也很好接触,很快,我便找到了一个老师。我把我的疑惑提了出来。

"我会唱歌。"

"会跳舞吗?"

"会。"我说。

我没有撒谎,在文工团的时候,业余时间我也跟着舞蹈队学舞蹈,一直坚持到我被调去监狱。

"你可以考舞蹈学院的音乐剧专业。"

"真的吗?"我激动地说。

"当然是真的啊。"

"谢谢老师。谢谢您!"

那个老师有些意外，兴奋使得我的声音变大，握着的拳头在手心里砸来砸去，后来老师带我去了她的办公室里，给了我一个舞蹈学院的小册子，上面有考试的内容和时间。我觉得这就像是上天赐予我的一个机会，可马上就意识到了一个严重的问题，以我的年龄来判断，我只有一次机会，明年我就超龄了。

我换了一身衣服，穿得整整齐齐，刮了胡子，把自己收拾得干干净净，那天妈妈去了外婆家，我一个人在等爸爸回来。晚上爸爸在外面应酬完回来，他看上去气色很好，心情也不错。我觉得时机正好，我准备告诉他我的想法，我把舞蹈学院的小册子放在茶几上。

"爸，我有事和你商量。"

"什么事？"

"我回来前问过考军艺的事，但是今年的推荐名额已经满了，我考不了了。"

"你没和我说过啊，我不知道这个事啊。"

"嗯。你不知道，我现在想考舞蹈学院，我想去北京考试。"

"舞蹈学院？你怎么考？"

爸爸在打量我，我看着他的眼睛，没有丝毫的恐惧，之所以这么说，是因为在以往，当我看着他的眼睛的时候，我会有一点点的恐惧感。

"我问过艺校的老师了，我的条件可以考，我要去北京考试。"

"什么时候？"

"过完年以后。"

"没几天过年了。那你现在就是在通知我了。公安局我都已经给你跑好了,人家职位都留出来了你现在又去北京考什么舞蹈学院。胡搞!"

"我没有胡搞!爸,我很清楚我自己在做什么。"

"你在做什么?"

"我在追求我自己的理想,我有我的理想,我的理想不是去公安局,也不是干两年去跟着你搞房地产。我想考舞蹈学院,专业我都看好了,音乐剧专业。"

"这就是你在部队里学的?自作主张!"

"我自作主张也没有错,我是我自己,我有权利决定我自己的生活。"

"你有权利决定你的生活,你爸我也有权利决定你的生活。音乐剧?完全就是胡搞!不许去!"

爸爸往自己的卧室走去,我站起来看着他。

"爸,我尊重你。但是我还是得去,公安局的事情我向你道歉。对不起。"

爸爸关上了卧室的门,留我一个人在沙发上坐了下来。

我和爸爸之间不再交谈,他也不提这件事情。倒是妈妈,她回家后知道了这件事,她站在我这一边。一天晚上吃完饭我把在文工团唱摇滚歌曲的事情告诉了她,她很吃惊,但是表示了理解。几天之后,我把调去看守监狱这件事告诉了她,这让她很意外,她和爸爸都不知道竟然还发生过这样一件事，我要她帮我瞒着不要告诉爸爸，她答应了。她也告诉了我一个爸爸的秘密，在我在做监狱看守的那一年里，爸爸的生意上出了点问题，他刚刚从另一个行业跨过来，充满着信心做任何事情，没多久，他就因为税务的问题被调查了，这一次他差点就坐了监狱，好在问题不是很大，爸爸很快就解决了。

而这一件惊险的事情爸爸隐瞒了我，而我也向他隐瞒了我在监狱做看守的事情，我们之间各自留着一个秘密，这个秘密只有妈妈知道。

过完春节，我踏上了去往北京的飞机，爸爸没有阻挠我，他只是依然坚定地认为我在胡搞，认为我还会回来，像他说的那样到公安局里去。

北京的冬天很冷，可这寒冷却使人充满希望，北京天高地阔，这是我走出机场的第一感受。这里和贵阳太不同了，我觉得自己得到了释放，我坐出租车去了舞蹈学院，大晴天，蓝天白云，宽阔的马路，我的内心中充满了对未来的期望。

初试考朗诵和歌曲演唱，我很顺利地考完了。住在舞蹈学院旁边的一个宾馆里，也没有去任何的地方，等待着初试的结果。我通过了初试，进入复试，这给了我鼓励，复试考歌曲演唱、视唱练耳、舞蹈，这些我都做好了准备，也都按预期完成了。进入三试的消息很快传来，我继续考试，歌曲演唱没有问题，可是三试多了命题小品，这方面我没有任何的经验。抽到题目之后我按照老师的要求表演，这是我第一次进行这样的表演，我完全不知道自己在做什么，只是在演完之后看着老师的表情，他们似乎很满意又似乎不满意，我不知道，鞠躬，离开考场。

我没有心情继续待在北京，这里使我忐忑不安，我买了回贵阳的机票，回家了。

家里没有人问我考试的情况，我自己也没有做出任何的解释说明。回想对于北京的印象，只有我在的那些天里的大晴天，蓝天白云，高大的建筑和宽阔的马路，以及在考场上的我自己，我知道的自己和不知道的自己。

在家等待着舞蹈学院的结果，而这段时间贵阳市里开始流传南明河边上的一个新修的别墅群是鬼楼，鬼楼的故事也开始越来越离奇和丰富，有一天吃饭的时候，妈妈也说起了这件事情，说是那个别墅群在修建之前是一片坟地，所以修好之后没有人敢住进去。而麻烦的是，这个别墅是我爸爸的公司开发的项目，我不太相信这个牵扯上鬼怪的流言，总觉得这其中有什么猫腻，所以在关于鬼楼的故事几乎传遍这个城市的任何一个角落的时候，我在一个晴朗的下午走进了所谓的鬼楼别墅群。而我和爸爸之间，依然处在冷战的状态，偶尔说几句可有可无的话。

别墅群在南明河的上游，离市区有些距离，除了别墅群的十几栋小楼之外四周没有任何的建筑物，只有在很远的地方能看到一些低矮的小平房。别墅群的地方挑得很好，紧邻着南明河，而且地势稍微平坦一些，一栋栋房子有规则得排列在一起。在到达别墅群之前我没有一丝的害怕，可当我走到它面前的时候，还是有一点点的紧张。整个别墅群里没有任何的声音，安静得让我能清楚地听到自己的呼吸声。几分钟后，我慢慢地靠近别墅群最外面的一栋房子，没有任何的动静。我稍微休息了下开始靠近第二栋房子，并且将脚下的石子捡起来朝第二栋房子扔去，还是没有任何的动静。我开始慢慢放开步子，往别墅群里面走去，所有的房子都是统一的样式，并且都是刚刚盖好的房子，还没有任何的装修。那天下午我走遍了整个别墅群，除了极端的安静之外没有发现任何的异常。

可是关于鬼楼的流言还在继续传播着，所以没过多久，在一个夜晚，我在妈妈睡了之后离开了家，带了一个手电筒再一次去了那个别墅群。夜晚的别墅群比起白天的时候的确要阴森一些，一栋栋黑漆漆的房子隐隐约约地排列在一起，我的手电筒的光到了这里显得微不足道，并且这一点点的光反而使得房子轮廓更加的阴森和恐怖。依然是极端的安静，比起白天的时候更加得安静，我的每一步移动传到耳朵里的声音都像是用一个很大的鼓槌在鼓面上狠狠地敲击，我的心脏也在用同样的方式跳动着。走到第三栋房子的时候我关掉了手电筒，这样反倒好了一些，我慢慢地摸索着往前走，想着那天白天来时的感觉，走到别墅群中央的时候我又打开了手电筒，因为我似乎听到了什么声音，我拿起手电筒往四周照着，没有发现任何异常，便开着手电筒走完了整个别墅群。

那天晚上我走回家的时候天已经快要亮了，妈妈没有发现我偷偷离开的事情，第二天一直睡到中午我才醒过来，我中午在家吃了饭，下午又回到房间继续睡觉了。晚上一家人一起吃了饭，爸爸和妈妈也在饭桌上讨论起了鬼楼的事情，爸爸告诉妈妈这个流言里其实另有隐情，可是有什么隐情他却没有说。

爸爸把我当小孩子，第二次去的时候我就知道这是怎么回事了，很明显，是爸爸的竞争对手放出的流言，而这可笑的流言竟然真的有人相信，房子没有卖出去一栋。爸爸没有任何的办法，他最终想到的办法如同自己做出租车运营生意时处理事情的方法一样，在现在没有任何的作用，那个时代早已过去了。

"我有办法。"夜里爸爸回来的时候我站在门口说。

"什么？"他说。

"对付鬼楼流言的办法。"

"这事不用你管，你该干嘛干嘛去。"

"爸。你怎么就不听听我的办法呢。"

"你说吧。"爸爸想了一会儿说道。

我的办法很简单，互联网。这时候互联网早已进入了我们的生活，贵阳市里也开起了网吧，可我爸爸却始终没有接受这一新事物，他听完我的办法之后冷笑了几声，觉得我完全在说笑话。不过他没有选择，他还是相信了我，用我的方法试了试。

舞蹈学院的专业考试通过书寄到了，这消息使我兴奋，我也知道了我对于我所不知道的自己的判断完全准确。这在爸爸的意料之外，也使他感到惊喜，可是他掩饰了这种惊喜，没有表现出来。

我在城市里的各大论坛上发布自己去别墅群拍来的照片，白天的，夜里的，雨天的，各种时段的照片，然后将自己扮演成一个探险者的样子，说，这里没有任何的异常。这是第一步，虽然没有明显的效果，但是至少鬼楼的传言开始慢慢没有了，但是介于之前的流言，大部分的人还是觉得宁可信其有不可信其无，依然持观望态度。开始第二步，让爸爸去广州向一些自己的朋友推荐这里的别墅，这时候我也开始准备文化课的考试，不再去参与这件事情，爸爸将别墅用很低的价格卖给他们，这些人完完全全不知道鬼楼的传言，一个广州人买下了那个别墅群的第一栋房子，后来接二连三地有广州人来买下那里的房子，慢慢地本地人也开始买下那里的房子，鬼楼的流言便不攻自破了。人们总是要等待第一个吃螃蟹的人的，既然有人愿意去买，那房子自然是没有问题了，几个广州人吃过螃蟹之后，本地人也开始大胆地吃了起来，那个别墅群后来倒成了这个城市最火的别墅群，后来我家也搬到了那里。

也是自此开始，广州人大量地涌入这个城市来购置房产，在炎热的夏天，逃离闷热的广州，来到这个城市享受爽爽的夏日，"爽爽的贵阳"是这个城市现在宣传的广告词，经常会看到大幅的海报贴在一些建筑物上，上面就会写上这样的广告词。

我收到录取通知书的时候爸爸已经完全承认了自己的惊喜，

那天他请来所有的亲戚,在饭店里摆了酒席,他很开心。爸爸醉了,他已经很久没有醉过了,他醉了之后坐在桌子边笑着,那笑容很可爱,像孩子一样。这一次我赢了,这么多年来我第一次成了这场父子之间较量的赢家。

临走前的那天晚上,爸爸拿出了一瓶酒,拿来两个杯子,坐在客厅里看着我。

"儿子,来,咱们喝两杯。"爸爸说。

"安安明天还要早起坐飞机,你这是干什么?"妈妈说。

"你别管了,我和儿子喝两杯。"爸爸说。

我坐下来,爸爸在我的杯子里倒上酒,又在自己的杯子里倒上酒,我们碰了杯,他一口喝完了杯里的酒,我也一口喝完了。我给爸爸的杯子里倒了酒,又给自己的杯子里倒了酒,我先一口喝掉,爸爸又喝掉了他杯子里的。

妈妈坐在旁边不说话,一开始她的劝阻失败后她也放弃了,她只是默默地看着我和爸爸。

在飞机上我从口袋里掏出一张纸,那是我在帮妈妈收拾东西的时候找到的,那是她写的诗,不过她已经忘记了。我悄悄地拿走了这首诗,她自己也不知道。

 我想做一个孩子
 一个任性的孩子
 我想笑就可以笑

我想哭就可以哭

我想歌唱就可以歌唱

我想舞蹈就可以舞蹈

做一个这样的孩子多好

我想做一个孩子

一个任性的孩子

可我不是这样的孩子

我有一个金色的梳妆台

和一座装着它的房子

我想要抛掉那金色的梳妆台

如果可以

我愿意到森林里去

我是这样的一个孩子

我们约好天亮出发

一只鸟儿为我领路

在森林里快步行走

穿过茂密的繁盛的森林

哪怕它的尽头只是一处悬崖

妈妈只做了一年的诗人,她的诗写得并不像是一首诗,可我明白了这首诗的意思,我明白妈妈想要说的事情,明白她当时的处境和心情。我原谅了她的离家出走,也知道吸引她离开我的是什么,那就是我现在刚刚追求到的东西,自由。

# 第十四章　陈正

贵阳的新机场不大，建筑上也没什么特别之处，爸爸自己开车来送我，他停好车，妈妈帮我把行李拿了下来。行李不多，就是几件衣服，剩下的所有东西我都打算到了北京之后再采购，这里有一点点自己为自己营造的仪式感，完全自主自己的生活。

录取通知书我放在随身的包里，它已经被我拿出来看了很多遍了，已经有些皱了，爸爸停好车，我接过妈妈手里的行李，走进机场。办理完登机手续，在安检门前告别，回家的这些天因为妈妈的陪伴和她对我的支持使得我们的关系至少回到了一对普通母子的关系，我有些舍不得她，后来我和宿舍的同学聊天，他们都没有这种感觉，他们大多数是第一次离家，只有一种总算要离开家了，还不快点走没什么好牵挂的感觉，可我不同，我已经不是第一次离开家人了，只是这次意义不同，它是我自己追求得来的。我既有种想要马上逃离的感觉，又有一些对家人的不舍。

"到了注意身体，按时吃饭，多打电话。"妈妈说。

"嗯。我知道了。"我说。

"快走吧。男子汉大丈夫，应该出去闯一闯。去吧。"爸爸说。

我笑了笑，没有说话。拎起自己的行李往安检门走去，经过安检门，整理好自己的东西，再回头时爸爸妈妈已经被挡在人群外面了，只能隐隐约约看到他们。爸爸的宽容鼓励使我很欣慰，虽然这话里依然有一种我先放你出去等时机成熟了再收你回来的意味。

贵阳到北京需要三个小时的航程，十点出发，下午一点到达北京。走出机场，我像是第一次来到这里一样，来北京考试的时候，我的身上有一种奇怪的紧张感，这种紧张感使我完全放弃了与北京这座城市的交流，记住的只有寒冷的天气和宽阔的马路，以及晴朗天空里的蓝天白云，和高大建筑。那时候不同，我住在舞蹈学院旁边的一家宾馆里，所有的注意力都集中在考试上，我和普通考生不同，在专业方面我自然是要吃亏一些，考完一轮试，我就把自己锁在宾馆房间里，吃着楼下叫来的外卖，按照自己认为的方式来练习，补足自己的不足。我对这座城市还暂时没有感觉，我只知道自己是来考北京舞蹈学院，考上了，就有机会离开贵阳，不用去公安局里做一名警察，也不用去爸爸的公司做房地产生意，可以自己掌握自己的人生。考不上，我的年龄使我只有这一次机会，除了回去按照爸爸所安排的方式生活之外我别无选择。我可以选择自己去做生意，可性质早已不同，如果我没有来考过试，我去做生意，那是我叛逆地表现自我，考了试没有考上，再去做生意，那是失败者的表现，我会永远地输给爸爸，即便他不再控制我，我也在他的控制之下；他不再影响我的生活，我的生活也完全受他的影响。我的任何行为都会像一个失败者在赌气一样，除了暴露自己的败相之外毫无益处。

我开始做起了自己的准备，练习以前在文工团唱的歌，以及学到的那些舞蹈的基本功，我心里并没有一个对自己完全自信的判断，只是隐约知道另一个自己的一种可能，要把它挖掘出来，这是我告诉自己的。

我的考试并不顺利，在初试的时候，当我唱完一首歌，我看到主考老师的表情时，我觉得他对我并不信任。直到复试的时候他要我放松，发挥出自己最真实的水准时我才渐渐打消了这种疑虑。三试结束之后我是逃一般地离开北京的，那种完全不知道未来会是什么样子的感觉使我觉得异常压抑，我不想待在北京，它的天高地阔反而使我觉得没有安全感。在宾馆的前台订离开的机票的时候我差点动了一个念头，去广州，这是我当时心里突然蹦出的一个念头。我记得有一年冬天的时候爸爸去广州看我，我们住在白天鹅宾馆，那天天在下雨，有一种湿冷浸在空气里，我站在房间的窗口看着外面。房间在高楼层，小雨使外面看上去雾蒙蒙的，往外看去，那些稍微高一些的建筑都像漂浮在云里雾里一般，使人觉得安全。不过我马上放弃了这个想法，因为除此之外广州没有使我觉得有安全感的地方，豪华套间，昂贵的玩具，或者是那些兄弟们，或者是于丽娜，都没有使我觉得有安全感。自从小的时候发生那起绑架事件之后，甚至在家中，我都没有安全感。后来爸爸又把我送去工业学院，我经常一个人在工业学院的树林里走,那些大学生在我的四周转悠,他们也使我觉得没有安全感,他们经常会约在小树林中打架,互相谩骂对方,然后打架。英皇贵族学校的建筑很气派,宿舍里的装修也很舒适,可我还是会经常做噩梦,觉得自己没法安然睡去,一夜无梦,一觉就睡到天亮。在遵义的大山中就更别提了,经常在梦乡中被铃声叫醒,穿上衣服在院子里集合,然后解散。回到硬板床上刚刚睡过去,电闪雷鸣,有一次闪电击中了连队外的一棵老树,老树燃起火光,紧接着而来的大雨又将火浇灭,第二天出去训练时,老树已经完全死去。在文工团的时候睡觉时倒是很快乐,陈队长给我听的那些歌曲,看的那些电影都会经常出现在我的梦里,叫我那时候身上有一种亢奋感和躁动感,觉得自己想去毁灭一切,陈队长在有其他战士时说要有组织性自律性,到了我们独处时却说,摇滚就是要毁灭一切。在监狱的日子我没有睡过一个好觉,我烦透了那些犯人之间无限重复的吵架方式和打架伎俩。回到贵阳,酒精没有解决掉我的这种不安全感,它依然存在。考虑之后,我还是选择了贵阳为目的地,逃离北京。

现在我再次回来了,却像是第一次来到这里一样,我在出租车上打量着这个城市,有一种前所未有的安全感在我的心里,机场高速两边的树木笔直地挺立着。车速不快,路上的车井然有序,这座城市也以同样淡然的态度面对着我这个陌生人的打量。

报完名我将行李放在宿舍,又离开了学校,我要去给自己购买生活用品,包括床单被褥毛巾牙刷牙膏,我给了自己一种近乎矫情的仪式感，没有从家里带这其中的任何一样东西来。

秋高气爽，我走进了学校附近的一家超市里。自己选择的感觉很好，我买了自己喜欢的颜色的床单，自己喜欢的毛巾，这家超市摆放牙刷的货柜很大，而且满满都是牙刷，我站在摆满牙刷的货柜前，突然间有些不知所措。我买了十个牙刷，不同的样子，一个一个慢慢用。

学校开始上课了，这是我完全想要的生活，我开始认真努力地去做一件事，每一堂专业课都使我觉得有幸福感，好像自己触摸到了从来不曾想象的某种神秘的东西似的，课余时间，和同学们一起去看音乐剧看画展，我想起了陈队长告诉我的那些话。我还去看了话剧，去参加摇滚音乐节。自由的感觉很好，爸爸打电话来也是问问我课上得如何之类的话，他已经完全无法控制我的生活。

不久，爸爸来北京看我，我知道这个消息的时候第一反应竟然是一种被打扰的感觉，不过很快开心就占了上风，很久没有看到爸爸了。去机场接爸爸，在半路上接到爸爸电话，会有人去接他，他要先谈公事再来找我，要我在学校里等他。无奈，我又回了学校。

爸爸到达学校的时候已经是夜里了，他接我出去和他住在外面，第二天是周末，他说有礼物送给我。爸爸的生意越做越大，他在家乡盖了一家酒店，这次来北京，他就是来和酒店的管理公司签约。得知他不是来专程看我竟使我有些不快，这种感觉令人意外。

这种不快在第二天就完全消失了，爸爸带我去了一家跑车4S店，走进店里，他突然间笑着看着我。

"儿子,喜欢哪一辆,自己挑。"

"给我买车?"

"当然啊。你忘了我说过的话了。自己挑。"

4S店的工作人员走了过来。

我突然一下也不知道该挑哪一辆。展厅里一共停着五辆车,这又不是牙刷,五辆都买了一辆辆慢慢用。工作人员过来开始介绍,我不喜欢听他介绍,伸手指了其中一辆。

没有试驾,没有过多的交谈询问,这辆还没有挂牌的法拉利被我和爸爸开到了北京的大街上。

"想去哪?"爸爸问。

"不知道。"我说。

"去长安街。"爸爸说。

我掉头,往二环上开去。

"我们先绕二环跑一圈吧。"我说。

"好啊。听你的。"爸爸说。

车子驶上二环,开始提速,引擎声使人兴奋,速度不由得越来越快。

"怎么样?儿子。"

"很棒。"

我继续提速,超越着路上的其他车辆,这感觉使人异常兴奋。爸爸坐在副驾驶上,竟也露出兴奋的笑容。

我们开着这辆新车在二环上兜了两圈,我觉得满足了,开着车上了长安街。这是我第一次在长安街上开车，宽阔的街道使人觉得整个身体都放松了，不过我却不再过分地提速，总有一种威严感在压制着我，我开始变得审慎起来。经过天安门的时候爸爸要我停下了车，我们的车停在天安门广场最东边的马路边，两人一起伸头看着天安门。

"安安。怎么样？"

"很爽。"

"记得你小的时候带你飙车不？"

"记得。"

"飙到多少了？"

"一百……一百六？"

"一百八。是老皇冠最快的速度了。"

"这你都记得？"

"你老爸我还年轻着呢，记性好得很。这车比老皇冠快吧，听人家说法拉利法拉利，这就是法拉利了。"

"谢谢你。爸。"

"不用谢我，我是你爸爸你谢我干什么？咱们家第一辆车都没有安全带呢，记得吧？"

"嗯。右边车门还关不好。"

爸爸笑了起来，我也跟着笑了起来。天安门广场上有很多的游客，天安门下面也有游客在拍照，他们笑着对着镜头。

爸爸签好合同之后就回贵阳了，车子也上了牌照。同宿舍的一个同学带我去看了一场音乐剧，那是《西区故事》第一次来中国演出，我坐在座位上，看着舞台上的演员们自如地利用着自己美妙的声音，随着音乐的节奏感染着台下的每一个观众，我的身上起了鸡皮疙瘩，有一种奇特的兴奋的感觉，我完全地沉浸在演员的表演里，想象着自己某一天站在这样的舞台上的情景，可随着音乐剧剧情的发展，我的这种兴奋感突然开始减少，在某一个临界点上，很可能只是某一个演员一次轻声哼唱，将我从那种兴奋的感觉里抽离出来，舞台上演员的每一次演唱都开始让我清楚地认识到，我并未拥有这样的天赋。当那场音乐剧结束，演员们开始谢幕时，所有的观众都起立鼓掌，只有我愣在座位上站不起来，带我来的同学一边鼓掌一边叫我站起来，我看着他说，我这辈子都不可能站上这样的舞台，他没有听到我说的话，自顾自地鼓着掌，我的整个身体则僵在了座位上，直到演员谢幕结束后观众离场时才慢慢站起来，跟在那位同学后面走出了剧场。学校生活带给我最初的那种新鲜感开始消失，我也知道了自己是班上专业课的最后一名，我突然间有些厌倦每天这样努力地去学习的生活了。自由已经来了，爸爸完全不再过问我的生活，我开始把对自己的不满转移到了其他的事情上去。

在二环上飙车使人快乐，尤其是在夜间路上没有什么车的时候，速度使人忘却了一切烦恼，法拉利的性能很优异，它能够达到一切我想要的速度。我开始尝试给自己计时，看看自己花多长时间能够跑完整个二环，当然，我不是职业车手，我的成绩很差。

后来我加入了一个经常会组织一点小活动的跑车聚会，在那里，我认识了一个叫王窦的歌手。

认识王窦之后，飙车的生活渐渐减少了，我和他以及他的朋友们，经常聚在北京的夜店里，玩到天亮。有一天王窦说自己的酒量很大，没有人能够超过他，不信可以和他比一比。一个年龄和他相仿的人提出和他比一比。

他们就喝啤酒，一杯一杯地喝，看谁先喝不动或者喝到吐掉。那个人喝到第二十杯就不行了，并且是他自己说自己不行了。王窦继续说自己的酒量大，没有人可以拼得过他，这句话激发了我的好胜心，我说我愿意和他拼一拼，我们约好了时间，继续喝啤酒来决胜负。

这种生活严重影响到了我的学习，我也不再去看音乐剧了，也没有再看过画展，没有去看过话剧。我发现了北京的另一面，纸醉金迷的一面，这一面似乎比艺术更能使人着迷。

在和王窦比赛喝酒之前，我又认识了几个同样喜欢玩车喝酒的朋友，他们中的一个家里也是在做房地产的生意，不过年龄比我稍大一些。有一天我跟着他们去参加了他们的聚会，大概有十来个人，有男有女，我们白天在郊外开车，找一些没有车跑的直路，两车一组，比赛直线加速。我连着赢了两场，这成绩使我骄傲，而输掉的两人都郁闷极了。下午，我们吃了饭，我以为晚上会去夜店喝酒，可是没有，跟着带路的头车，我们来到了北京东边郊外的一处新开发的别墅区，这里还没有人入住，林硕家是第一家入住的，我们进入了他的别墅里。

林硕便是那个家里做房地产生意的人，个子不高，脾气古怪。那天我们如往常一样喝酒，啤酒，红酒，洋酒，什么酒都喝，喝着喝着大家觉得没有意思了，于是便提议找点好玩的方法来喝酒。玩骰子，猜拳，继续喝酒，还是没有意思。

"我想到一个好玩的。我们这样好不好？摇骰子喝酒。"林硕说。

"切！"大家这样回应他。

"我话还没有说完呢，我们摇骰子，输了的不是要喝酒嘛，我们喝白的，用喝红酒的杯子，一次一满杯，谁要是先喝不动，就用酒瓶子砸他的车一下。怎么样？"林硕说。

"还要他自己砸，这样才有诚意，我们来检验砸的成果。"有人响应。

大家从来没有这样玩过，这个游戏得到了所有人的响应，包括我，游戏开始，大家还都铆足了劲的拼命喝酒，过了几局之后就不行了，实在喝不动了，林硕是第一个喝不动的人，我们拿着酒瓶出了别墅，车子就停在别墅外，我们把酒瓶交到他的手上。

走到车前，他轻轻地磕了一下。

"不行！"大家都醉了，齐声喊道。

"哎呦。什么嘛。"他摊了摊手。

"砰"的一声，他的车上出现了一个小坑。林硕的行为激发了大家的热情，游戏继续，我们一直玩到了天亮。

疲惫不堪的我开着车行驶在二环路上，我的车前面是一个个小坑，酒醒之后，我看着这些小坑很是心疼。我在二环路上慢悠悠地往前开着，一辆改装过的马自达突然别到了我的前面，我很疲惫，没有搭理他，并到了另一条车道上去了，可是它也紧跟着别了过来，并且别了我一下。车主从车窗里伸出手，示意我往前开，我明白他的意思，他要和我来一场比赛。我的好胜心被激发了出来，我决定迅速赢掉他，我开始加速，他也明白了我的意思，比赛开始。我的车性能要比他的车好，一开始马上占了优势，可是跑了大约一公里之后他开始追了上来，并且趁着我变道的时候跑到了我前面去，我自然不会这么轻易让他超掉我，将油门踩到底，我开始追击他。可我始终没有追上他，不但如此，他还忽快忽慢，在我快要追上的时候将我甩掉，在一个出口，前面车的车速都慢了下来，他也跟着减速，我觉得机会来了，马上变道超车，可车变道过去之后才发现前面车道上有事故车，变道回去已来不及，我迅速刹车，并且闭上了眼睛。车子在快要撞上前车时停了下来，那辆马自达也开了过来，车主从上面下来。

"我叫陈正，你好。"他伸出了手。

我没有握他的手。

"改天再比，我一定赢你。"我对他说。

我们互相留了电话，就此分别，约好了一个星期之后夜里在二环上赛车，看谁能先跑完整个二环。而王窦也在那天联系了我，要我去和他比赛喝酒。

我们在一个夜店见面,还有平时一起玩的朋友,那天我还带上了陈正,喝酒比赛开始,依然是喝啤酒,一杯一杯地喝,王窦没有吹牛,他喝酒的确厉害,前二十杯我都没有问题,可越往后面越艰难,我去厕所吐掉了,输掉了比赛。陈正没有喝酒,那天他开着车载我离开。

"今天这个王窦我以前听说过。"陈正一边开车一边说。

"怎么了?"

"我听人说他好像有恋童癖还是什么的?"

"不是吧?看着不像啊。"我说。

"我也不知道,我听别人说的。"陈正说。

不管他有没有恋童癖,我和他的比赛输掉了。

"下次一定赢回来!"我对着陈正说。

"好。相信你。要不要我开快一点?"陈正说。

"好啊。你那么厉害。"我说。

陈正开始加速,因为喝过酒的缘故,我看着外面的霓虹灯都变成了一条线,看上去美极了。我突然间有些厌恶自己,我自己究竟在做什么事情?这种生活肯定不是我想要的生活,可我又想起了那场音乐剧,又想起了某天下课的时候,我无意中在老师那里看到了那张入学时的排名表,我被放在最后一名。自从来到学校之后,我一直都没有去想过这个问题,我一直在想,以我的情况,能够来到这里已经万分幸运,可当这张表摆在我面前的时候还是令我觉得很不舒服,它验证了我在看《西区故事》时对自己的怀疑。

我不想做这个最后一名,我突然间觉得我在努力追求的东西距离自己有一些远,我的天赋没有那么得好,可另一面是我始终热爱着这些东西,是它们使我在遵义的大山里不至于觉得绝望,也是它们使得陈队长的身上充满了魅力。

我在一种极度的矛盾之中参加了与陈正的比赛,在一个周三的夜里十二点,二环上几乎没有车辆,我们从鼓楼桥的入口进入二环,开始比赛,看谁先回到鼓楼桥。自西往东开,比赛开始。两辆车并驾齐驱,一直到雍和宫速度都差不多,可进入第一个大弯之后陈正就甩开了我,我飙车的经验不多,在弯道的时候会自觉地减速,过完大弯,我就看到陈正的车了。过弯之后我拼命加速,在东直门桥的时候又追上了陈正。我必须趁着直道多的时候超越他,因为进入南二环之后这样宝贵的直道就会变少,到那个时候如果我还没有甩开他,赢的几率就不大了。夜里的二环路上几乎没有一辆车,我开始放开速度,和我设想的一样,在朝阳门的时候我超越了陈正,我在后视镜里看到他的车渐渐离我越来越远。

我在广州的时候,有一段时间高佬带着我骑大水牛摩托车飙车,我们在大良周围那些没有一辆车的公路上飙车,速度带给我的释放使我觉得极度快乐。高佬驾驶摩托车的技术要比我好,出于友谊和信任,我经常在他和别人比赛的时候坐在他的后座上,同理,我和别人比赛时,他也坐在我的后座上。这种信任也出过危险,有一次我为了利用一个弯道超越另外一个高干子弟,结果差点翻车,好在我及时控制方向,过弯之后马上减慢了速度,这才避免了危险。高干子弟被我的险情吓到了,也停下了车。那天我问高佬,你怕不怕?高佬想了很久说,不怕。不知道是不是真话,可后来他还是愿意坐在我的后座,这种信任给了我很大的鼓励,在得知大水牛摩托车是别人手下买菜骑的摩托车之前,我赢了很多次比赛,而高佬一般都坐在后座上。现在我开的这辆车比起大水牛摩托车安全多了,可我的副驾驶上没有坐任何人,我在北京找不到这样愿意信任我的朋友,陈正正在和我比赛,不知道他愿不愿意坐上来。其他的那些人呢,我们一起喝酒一起狂欢,酒醒之后告别,然后继续喝酒继续狂欢,有时候的聚会来的人都不认识,大家就是喝酒狂欢,酒醒之后告别,谁愿意坐到我的副驾驶上来?

顺利开完了整个南二环,开始进入西二环,后视镜里没有陈正的车的影子,这令我开心极了。车子到达复兴门的时候陈正追了上来,不过南二环已经过去了,我不再怕他了。他一直紧追不舍,在西直门的弯道时,他差点就超越了我。我为自己能够守住位置而感到骄傲,可是到达积水潭桥时他却不见了,我看不到他去了哪里,等我反应过来,才知道他把车开到了辅路上去。这令人感到意外,在辅路上开,在德胜门那里过一个转盘,他不可能再追得上我,这个战术太蠢了。我加速继续往前开,很快就到达了鼓楼桥的出口,减速驶出出口,陈正的车不在外面,没有奇迹,我赢了。

我把车停在路边,打开车门下车等他,突然间他从旁边的一根路灯杆后面跳了出来,吓我一跳。

"我早到了,车停那了。"他说。

我顺着他示意的方向看去，他的车熄了火关了车灯，停在路边。他赢了，他做到了我以为的不可能的事情，在辅路上超越了我。我这个时候才明白过来，在整个二环上他都可以轻易地甩掉我，他在让我。

"我他妈的不需要你这样。"我冲着他喊道。

我关上了车门回到车里，有一种被羞辱的感觉，我发动了车子离开了。陈正在后面大声喊我，我没有停下车。

再次与王窦比赛，这一次是在他的家里，还有一些我不认识的人也来玩，这一次我们不喝啤酒，我们喝白酒。我爸爸是一个酒量很大的人，尤其是喝白酒。他其实一直都是一个不善于言谈的人，很多时候，他向生意上的朋友表达情谊的方式就是喝酒，而且，他从来没醉过——或者说我从来没有看到他醉过最准确。他也不会借酒浇愁，也没有耍酒疯的毛病。在爸爸的世界观里，他认为这个世界依然如同武侠小说中的江湖一般，规则和法律并不重要，道义才是最重要的。讲道义，讲义气，而表达情谊时最直接的方法就是大口喝酒，另外一面，江湖险恶，行走江湖，能够千杯不醉，这是一种行走江湖的能力，不论是敌是友，千杯不醉，时时刻刻保持清醒的头脑，不被任何人左右。

和王窦比赛时我想起的就是关于爸爸的这些事，我在慢慢地发觉自己潜移默化地被他影响到的地方，不过有一点不同，我完全相信规则和法律，道义的时代终将过去，一个更加公平公正的时代自会来临。爸爸的那一套慢慢地便会过时，这是无法逃避的事情。

我喝了半斤酒了，依然保持着清醒，而王窦也在继续喝，比赛胜负难分。门外响起了敲门声，正值午夜，谁会来打扰别人？有人过去开了门，门外竟然站的是几个警察。

我们的比赛还没有分出胜负，王窦便被带走了，陈正告诉我的传言是真的，王窦便是因为这个被带走的。比赛剩下的酒都被我喝掉了，离家半年，我突然间开始想念我的爸爸，我有些担忧他的身体，因为他现在依然喜好大口喝酒，喜欢用这种方式表达自己的情谊。

王窦被警察带走后我也不再和他来往了，知道了他的这件事情也多多少少对我的心理有一些影响，我也不再想见到他。陈正和我自从那次比赛之后也没有再联系过，直到有一天。

我知道这件事情的时候他已经被抓到派出所去了，处理结果是拘留七天。他与另外一个我并不认识的人比赛被警方抓获，他从派出所出来的那天，我去看了他。我们冰释前嫌，我也不再计较那件事情，他跑得快就是跑得快。那天晚上，我请他喝了酒。

"我想成为职业车手，你别笑话我。"他醉酒之后说。

"你可以的，你没问题。"我说。

"你在笑话我吧。"他说。

我不再说话，而是继续和他喝酒，我忘记了爸爸告诉我的江湖险恶的那些话，那天夜里我喝得烂醉如泥，保持清醒的头脑已经完全没有可能。陈正跟我说他要成为职业车手的事情，我则跟他说我想成为音乐剧演员的事情。我们互相要对方不要笑话自己，其实都渴望对方给予鼓励和安慰。

第一学期结束，我的成绩不好，就像我的入学成绩一样，排在班上的倒数第一名。喝酒也没有赢得过王窦，那场比赛被打断了。开车我赢不过陈正，虽然我们俩后来没有再比赛过。我觉得自己有些失败，这是我第一次自己完全掌握自己的生活，做着自己喜欢做的事情，用自己的能力得到机会，可我却在慢慢地挥霍掉它。自由这么多年没有来，来的时候却来得太快，使我有些不知道该如何面对自己。

酒精和速度在继续麻痹着我的神经，使我暂时不用去想那些令自己困惑的事情。寒假到来，我回了贵阳。离开北京时走的路就是我来的时候走的路，似乎什么都没有变，依然是大晴天，天气晴朗，蓝天白云，天高地阔，好像整个世界都是你的，都可以由你支配和掌握一般。警笛响起，几辆特权车辆前面由警车开道，呼啸驶过我乘坐的出租车，出租车司机似乎有些不满，还骂了几句。我突然想到了爸爸，我知道，这样的景象可能与他所追求的生活有一定的关联，在他的世界里，这就是成功的一种方式，而财富、权力，就是实现这种方式的筹码。可我对于这种生活没有期待，我觉得自己并不需要这些，当然，我也从中得到了好处，可我也有自己的权利来放弃这种好处。

北京动物园很大，里面有很多动物，这是我来到北京之后最喜欢去的地方，我经常去那里看长颈鹿，然后想起奶奶对着长颈鹿说的那些话。羚羊和麋鹿很有灵气，可关在笼子里使他们的灵气都变成了那令人动容的悲伤的眼神。我曾经想过偷偷地将这些动物都放出来，后来还是觉得自己这种想法太过天真了。老鹰的笼子最大，可是最上面却被封了起来，它永远也别想飞出去。鳄鱼似乎不在乎自己被关在一个狭小的空间里，它永远一副表情趴在那里。有时候我会在动物园里待上一整天，小的时候，爸爸忙于生意，妈妈去遵义的那一年，我家里面养有一条小狗，我给它起名叫闹闹，爸爸不在家的时候我就会和闹闹说话，有时候还会抱着它哭，有一天我带它出去玩，它走丢了，我再也没有找到它。闹闹是一只杂种狗，所以它的样子很难找，我突然打算，如果有一天碰到长得像的，我就再养一只。

陈正后来真的当上了职业车手，可是他的第一场比赛就输了，而且还是因为严重失误造成赛车受损。他退赛了。此后再也没有他的消息。

在机场里快要登上飞机的时候，我看到机场里的一个大幅平面广告，是一款关于汽车贷款的广告，广告上的女孩并不漂亮，可我看着她，竟然有些心动。这是我半年来少有的如此淡然安静的坐在一个地方，什么也不去想，我觉得自己有些期待爱情了。

## 第十五章　李璐

机场高速两边到处都是那种巨幅的广告牌，关于汽车和房子的，我大概注意了一下，爸爸最早打广告的那块广告牌已经拆掉了。爸爸换了新车，换了新的司机，新司机刚刚上岗，年龄比以前的司机大，不爱说话。

爸爸和妈妈在家里等我，妈妈做了菜，我们一家一起吃饭。

"明天你李叔叔来贵阳，你一起跟着去见见。"爸爸说。

"哪个李叔叔？"我问爸爸。

"海南的李叔叔啊。"爸爸说。

"嗯。我知道了。"我说。

这个李叔叔我稍微有点印象，我在广州上学的时候爸爸曾带我见过他，当时还有他的女儿也在场，她比我小两岁，不过她不喜欢和我说话，我也不喜欢和她说话。

吃完饭爸爸要我陪他去南明河边散步，爸爸一直在跟我讲房地产公司的发展，我对这些没有兴趣，可是他并没有要我去跟着他帮忙的意思，所以我也不好打断他。那天我们散步快要离开的时候发现南明河有冬泳的人，爸爸似乎很有兴趣，站在边上看他们如何做准备如何下水。

"爸，难道你想冬泳啊？"

"想啊。这看着很有意思啊。"

"还是算了吧。这么冷。"

"哪冷了？贵阳冷吗？北京那么冷都有冬泳的呢。"

"有吗？我没有看到过啊。"

"有！你要不要和我一起来试试啊？你看人家那就是一对父子。"

远远看过去，果然有一对父子，他们似乎在互相鼓励，还都不敢下水。

"好恐怖啊，我不敢啊。"爸爸学着水边那个爸爸的样子。

"我也不敢啊。"我学着他儿子的样子。

我和爸爸都笑了，我没有想到他还有这种幽默感，也没想到我和他这么默契，马上就明白他的意思。这对父子最终选择了放弃，他们穿上了衣服离开了。这让我和爸爸都很失望。

"要不要来试试？"爸爸说。

"好啊。"我说。

"脱衣服。"爸爸说。

"就在这儿吗？"我问。

"对啊。这附近没什么人，也没人会注意你，男子汉大丈夫的，利索!"

我马上脱掉了衣服,只剩内衣,爸爸随后脱掉衣服,我们俩一起跳下水里。虽然贵阳的冬天并不冷,可南明河的河水还是冰冷刺骨,爸爸看着我,他的表情很奇怪,我知道他对水温的判断出错了。

"爸,上岸吧。太冷了。"

"我不冷!"

"你明明很冷。快上岸吧。"

爸爸还在坚持,不愿上岸,我先往岸边游去了,站在岸上。

"爸,我先不行了。太冷了。"

我爸爸马上游上了岸,我们用一件衬衣擦干了身上的水,穿上了衣服。爸爸有些哆嗦,可他却强撑着笑脸看着我。

"你在让我呢,我看出来了。"爸爸说。

李叔叔来了,还有他的女儿,他妻子没有来,据说和几个朋友去国外过春节。我们在一家饭店见面,等到介绍的时候我才记起来,他女儿的名字叫做李璐。李璐个子很高,很漂亮。爸爸和李叔叔聊着天,我和李璐和上一次的情况一样,互相没有什么话说。吃完饭,我被派了任务,爸爸和李叔叔第二天有事情要谈,李璐是第一次来贵阳,我得带她去走走。

贵阳市区没什么好走的,我开着车,市区里街道弯弯曲曲起伏不定,车不好开也不好停。

"没什么好玩的吧?"我说。

"嗯。"李璐说。

"要不我带你去花岩溪,反正外地旅游的人都去这。你有什么问题吗?"我客气地说。

"好啊。就去你说的那吧。"李璐说。

离开市区使我觉得呼吸都顺畅了许多,不再有弯曲起伏的街道,随时的刹车和起步,贵阳郊外虽然被大山和森林包裹,可是郊外的公路比起市区的街道还是好走太多了。在距离市区十几公里外,便是花岩溪,溪水从山里流出来,流过贵阳。我开着车载着李璐到了花岩溪,一路无话,好在那天太阳很大,天气很舒服。花岩溪两岸是宽大的石板路,路的两边种着大棵的树,停好车,我们沿着右岸一直往上游去。走了一小段路之后,我们碰到了一个自行车租赁点和两个牵马的人。

"里面路挺长的,还是山路,我们骑马吧。"我说。

"好啊。听你的。"李璐说。

和牵马的人谈好了价钱,我们便上了马,李璐坐在前面那匹高头大马上,而我则坐在后面那匹显得有一点矮小的马上,看着她的背影。李璐会骑马,她没有要牵马的人牵着他的马,只是让他跟在后面,而我不行,我只能让牵马的人牵着我的马,我在上面一颠一颠地往前走着。

"那些自行车也是出租的吗?"李璐转身问我。

"对呀。"我说。

"在市里没看到过自行车啊。"

"是啊。你看市区那街道,自行车根本没法骑。"

"你会骑自行车吗?"

"当然会啊。"

"不如我们骑自行车吧。"

我还没有回答,牵马的人的脸色已经变了。

"好啊。听你的。"

我们又骑着马回去了,牵马的人脸色很难看,我答应给他付刚才说好的钱,数目不变,他马上开心多了,不过他没有这么收钱,只是按一半的价格收了钱。

自行车在上山路上没法骑,只能推上山,我们一人推着一辆自行车往山上走去。

"是不是没什么意思啊?"我问。

"没有啊。挺好的。"李璐说。

"说实话呢?"我接着问。

"是没什么意思。"李璐说。

"其实一般人到这就不再继续走了,往山下骑就是了。"我说。

"嗯。"李璐说。

我们站在一个缓坡处,不远处有一个水坝,这个缓坡就是修建水坝的时候形成的,贵阳的小孩子们喜欢这样玩,推着自行车到这里来,看看水坝,然后骑着自行车下山去。一阵风吹来,山上的草和树木都被风吹得摆动起来,水坝往上上游的水面也因风吹而起了涟漪,看起来很漂亮。而经过水坝之后,水流就变得湍急,这点风当然不会使水面有任何的变化了。

"反正别人都这么骑，要不我们就骑自行车下去吧。"我说。

"往上走是什么地方？"李璐说。

"说实话我也没去过，我也不知道。"我说。

"看着挺漂亮的，我们去看看吧。"李璐说。

"好啊。"我说。

我们推着车继续往山上走去,走到了山的背面,看不到溪水了，也听不到任何人声。我们也不说话，就这样一直推着车往山上走，后来实在没有路可走了。我们选择了骑车下山。骑车下山的路上我突然间觉得很有安全感，呼吸着自然的空气，没有任何令人忧愁的事情，一个漂亮的女孩骑着车相伴。这种安全感使我放松警惕，我开始跟李璐说起我小时候的事情来，我跟她说我被绑架的事情，还有我妈妈离开我一年的事情，我划我爸爸的车，爸爸带我飙车，还有那次三峡之行我看到的那个传说中最大的月亮。我们一边骑车下山我一边说话，李璐偶尔回应一下表示她在听我说话，有时候山路崎岖，碰到拐弯的地方我还在说，拐过了弯才又看到她，我也不知道她是不是听到了我说话，不过无所谓，这不重要，我只是需要倾诉一下而已。

或许是这种倾诉和她认真倾听的缘故，我向她建议，我们可以去坐一下黔灵山上的过山车。

"和游乐场里的那种不一样，就是山里的，很土，但是好玩。"我说。

"是吗？我很想去试试。"她说。

我们在花岩溪开车往黔灵山去，这里已经建成了黔灵山公园，和小时候我奶奶带我来的时候的不同就是每天挤满了来锻炼的老人，他们中的很多人都是早上进来，晚上的时候再离开，带上一点吃的，在山里面待上一天，逢一些特别的日子，去山里面的寺院里拜一拜。黔灵山公园依山而建，山上有郁郁葱葱的树木，往山上走，藏在树木后面的是一个自然湖，湖里面可以划船，李璐对划船没有任何兴趣。在湖岸边的山上，会有火车经过，先是听到远处传来的汽笛声，然后抬起头寻找，在郁郁葱葱的树林中，偶尔会发现它的身影，但很快又钻回树林中，声音也慢慢地走远。我告诉李璐，在我去当兵的时候火车就是从这片树林中穿过的，只不过我在火车上想找到黔灵湖却没有找到。

湖岸边就是我说的那个过山车了，它沿着山势而建，从最高的地方开始，一路下坡，直到湖边结束，应该有一公里左右的路程。

"你玩过这个吗？"李璐说。

"没有。这个是建公园之后才有的。我是听别人说的。"我说。

"那你就找我来玩？"李璐说。

"我本来打算一个人玩的，正好你来了，就一起了。"我说。

我撒了谎，我从来没有打算过一个人玩这个东西。只不过很奇怪，在从山上骑着自行车下山之后，我突然间觉得带李璐玩这个倒是有些意思。

"我看你一直都很淡定，骑车下山路上有坑你也不怕，这个不知道你怕不怕?"我说。

过山车绕着山的轮廓,周围都是树木,看上去的确有些恐怖,并且,上面一个人也没有。

"这有什么好怕的。"李璐说。

我们去购票时卖票的人似乎很意外,她告诉我,玩的人很少。我再一次向李璐确认她是否要玩,其实这不是我的礼貌,而是从花岩溪到黔灵山的路上我没有再说自己小时候的事情,突然间觉得与李璐之间也没有那么亲近,似乎带她玩这个有些意思的那种想法也变淡了,如果她确实不想玩,就算了。我像是那种一时脑热把刚认识的小孩带回家吃饭的小孩,那种感觉没有了,就有点不想让自己的行为继续下去了。而李璐却自信地说,当然要玩啊。

她为自己的自信付出了代价,小火车速度很快,尤其是到了山腰往湖边冲刺时,小火车在它的轨道上顺着山势开始加速,李璐吓得大声尖叫起来。站在湖边她缓了很久脸色才恢复正常。

"这个还真的挺恐怖的。你玩过吧?我看你一点都不怕。"李璐说。

"我真的没有玩过。我就是不怕。"我说。

其实某一瞬间我还是有些害怕,只是旁边坐了一个女孩,突然间有了种英雄感,觉得这也没什么,加上李璐后来的尖叫声,我愈发地觉得这是小儿科了。几年之后这个过山车出了事故,一对年轻情侣被从上面甩了出来,过山车先是降低了速度,后来就彻底关停了。等李璐因为和我的婚礼再次来到贵阳的时候,小火车已经完全拆除了。

寒假结束回到北京，继续我的喝酒飙车生活，大多数的时间里，我都和林硕他们一帮人混在一起，这种生活其实没有趣味，有一天夜里，我喝着酒的时候突然间想起了李璐，我不清楚她爸爸和我爸爸之间的生意往来，只知道他们家在海南，她具体在什么地方我也不太清楚，我觉得自己有些可笑，我的学校我在北京的情况我都告诉人家了，自己却什么都不知道。后来我想，她可能已经忘记我了吧。

可是我在机场的广告牌下曾经有过的心动的感觉却越来越强烈，我发觉自己一直在想着李璐，并且越来越强烈，可后来我还是放弃了给爸爸电话问她的联系方式这件事情，我觉得这样做很愚蠢。

北京的春天很少下雨，把所有的雨都留给了夏天，春天里晴朗的天气和风沙天交互出现，我还是有些想念李璐，不过这样的日子很快就过去了。夏天的第一场大雨过后，爸爸来北京了。

爸爸告诉我要和李叔叔见面，在我们学校附近的一家饭店内。

"李叔叔不是在海南吗？"我问爸爸。

"是啊。李璐在北京上大学啊。"爸爸说。

"什么？"

这个消息使我开心，我发现我的确有一些对李璐动了心。

"我和你李叔叔一起，再叫上李璐，我们一起吃饭。"爸爸说。

"好啊好啊。"我答道。

第二天我们就见面了。前一天和爸爸吃完饭我去剪了头发，那天晚上林硕打电话说要一起喝酒，我说自己不舒服拒绝了。

那天天气很热,李璐穿着一条孔雀绿色的长裙,我和爸爸先到,她和李叔叔后面过来,当她走进包厢的时候,我感到自己的心脏在怦怦地跳,为了掩饰自己的紧张,我不住地喝着杯子里的茶水。

"好久不见啊。"我故作镇定。

"是啊。我前段时间还去过你们舞蹈学院看你们班的汇报表演呢。"李璐说。

"不是吧?你在开玩笑吧。"我说。

"没有开玩笑,我还去了呢,不过都化着妆,我们也坐在后排,没有看清楚你演的内容。"李叔叔说。

当然看不清楚,这次汇报我没有参加,排练的时间我都去飙车喝酒了。

"哦。李叔叔你经常在北京吗?"我在岔开话题。

"也不是,就是偶尔来看看璐璐,我大多数时候还是在海南。"李叔叔说。

爸爸加入了话题,他们聊起了海南的房地产的事情,我不再参与其中。我想找个话题和李璐说说话,但是一直找不到合适的话题。

"你在什么学校啊?"我问。

"中青院。"她说。

"什么?"我一下子没有反应过来。

"中国青年政治学院。"她说。

"你学政治?"

"新闻专业。"

这几个问题使我觉得自己非常愚蠢,我肯定看上去智商很低。

"你们都在北京,以后要多多来往啊。"爸爸说。

"没问题。我会的。"我说。

李璐没有说话,我有点尴尬,埋头吃起了饭。这顿饭的时间过得很快,我记住了李璐的孔雀绿色的裙子和我们之间的所有对话,然后一遍一遍分析哪一句话显得我很蠢,我就像一个孩子一样。临别时我们互相留了电话,然后说以后要多见面。爸爸和李叔叔说他们还有事情要谈,要我送李璐回去,我没有开车,我们在饭店门口打了一辆出租车。

一开始我们之间没人说话,气氛一直有些尴尬,最后还是我先说了话,我说的是关于她的学校的位置,她告诉我在万寿寺,然后我们就此话题开始聊了起来。然而说的话自然都是一些可有可无的话,时间过得和吃饭时一样快,出租车很快就到了中青院的校门口,校门很小,上面写着中国青年政治学院,我发现李璐并没有要下车的意思,我心里也不愿意要她下车。

"继续开吧。"我说。

"嗯。"李璐说。

"不是到中青院吗?"出租车司机说。

"绕着三环走一圈再回来吧。"我说。

说完这句话我偷偷看了一眼李璐,她没有反驳的意思。那天我们在三环上绕了三圈,然后我送她回了学校。我觉得我回家前在机场所期待的爱情已经到来了,我觉得自己浑身充满了力量,但是又像醉酒了一般绵软无力。回到学校的我依然沉浸在这种兴奋之中,我开了车,在三环上兜起圈子来,我没有飙车,按照正常的速度行驶。走到每一处,都想起刚刚说过的那些可有可无的话,比如北京的春天过得很快啊之类的。妈妈打来电话,我接了电话。

"和璐璐见面怎么样啊?"妈妈说。

"挺好的啊。"我说。

"那就好。"妈妈说。

"什么意思啊?"我说。

"你爸爸还不相信我,你们在贵阳的时候我就觉得你们能谈得来。"妈妈说。

"妈,我没明白你的意思啊。"我说。

"你爸爸和我商量了很久,还和你李叔叔商量了,专门把你李叔叔从海南叫到北京去的呢,他去北京也是为这事。"妈妈说。

"什么事啊?"我感觉这其中有一些问题。

"你和璐璐啊。你爸爸和你李叔叔觉得你们俩挺合适的,我们两家情况又差不多,就让你们见见面啊。"妈妈说。

我挂了电话之后在一个出口把车开了出去,我觉得自己受到了欺骗,爸爸没有这么跟我形容这件事情,我一直认为这次见面只是无意的安排,从来没有想到过是爸爸有意这样做。我觉得我掉入了他的陷阱之中,从在贵阳见面开始,这就是他一手安排好的事情,想必他很喜欢李璐,加上他与李叔叔的交情,如果我们俩在一起,那么一切都符合他的要求。我开始怀疑自己对于李璐的感觉,从一开始的见面想起,我觉得自己被蒙蔽和欺骗了,这种感觉不是李璐给我的,而是爸爸给我的。

我把车开到了爸爸住的酒店,一路小跑到了他的房间门口,他开了门。

"和璐璐相处还愉快吧?"爸爸说。

"你觉得呢?"我说。

"好好说话!"爸爸厉声说。

"我妈都跟我说了。你就是故意安排我和李璐见面的。"我说。

"对啊。这有什么问题吗?你们俩不是挺合得来的嘛,我也挺喜欢李璐的,你李叔叔也挺喜欢你的。"爸爸说。

"这就是关键。你根本就不会管我是怎么想的,你让我和她见面是因为你喜欢她,因为你和她爸关系好。"我说。

"对啊。这有什么问题吗?"爸爸说。

"我有我的自由,我再也不见李璐了,凡是你认识的我都不见。"我说。

"你有你的什么自由啊?晚上出去喝酒,白天在路上飙车。"爸爸说。

"你怎么知道的?"我说。

"我是你爸爸,你的事情我当然得知道。"爸爸说。

"你在监视我吗?"我说。

"还需要监视吗?你是我儿子,我用鼻子闻都知道你在做什么事情。收收心吧,你也成年了,好好和璐璐相处,别整天出去在外面瞎玩了。"爸爸说。

我没有说话，我有一种很深的挫败感，不知道该怎么表达自己的这种感受。

"我要去下面的游泳池游泳，我们一起去吧。走吧，儿子。"爸爸看着我。"里面那个抽屉有我给你买的泳衣。"

"我不去，我回学校去了。"我说。

我离开了爸爸住的酒店，留下他一个人去游泳，林硕又给我打电话了，我没有接，其实也有很长的时间没有出去和他们喝酒了。爸爸离开北京的时候我没有去送他，他在学校门口嘱咐我要和李璐多见面，还说以后李叔叔来了北京也会找我出去。

我没有联系李璐，我决定不再和她见面，我继续过我的生活，照样喝酒，照样飙车，我觉得自己很失败，永远逃不出爸爸的手掌心，他那句话使我觉得自己很没有出息，他说他用鼻子闻都知道我在做什么，我还有什么事情能够在他的控制之外？一个星期没有和李璐联系，我的心情好了很多，这件事我一定不会听从爸爸的安排，可是可笑的地方就在这里，周五晚上李璐发了短信问我周末的安排，说我们可以一起去玩。这条短信使我兴奋，我其实一直在等她的消息，我也有些担心如果她一直不联系我我该怎么做，可对她动心又使我觉得自己失败。李璐是爸爸喜欢的女孩子，他认为这样的女孩适合我，认为我会和她相处得很好，而我在不知道这些的情况下就已经对李璐动心，这完全说明了爸爸对我的判断是很准确的。可我不想这样，我觉得我短暂的自由又要被压制了。

我没有回她的短信，晚上我和林硕他们见了面，我们又在林硕的别墅里喝酒，然后玩砸车的游戏。那天林硕他们一人带着一个女孩，他们笑我每次都是一个人来，我说我也可以带来女孩，他们不信，我给李璐打了电话。

李璐的酒量使我吃惊，不过我自己就很不争气，我的车前盖又多了很多小坑，玩累了之后大家就在别墅里休息，中午的时候我开着车带李璐离开。李璐坐在我的副驾驶上，我觉得很幸福，有一种安全感，可我也觉得很压抑，我完全在按照爸爸的说法做事，我的一切都被他猜中了。这种矛盾的感觉使我想要宣泄出心中的不舒服，我加快了车速，在车流中开始穿梭。

"你很喜欢这么玩吗？"李璐说。

"心情不好的时候就这样玩。"我说。

"这样很没意思。"

"是吗？你怎么知道。"

"我刚满十八岁的时候就能这样轻轻松松地在车流中穿来穿去了，速度比你快多了。"

"吹牛吧？"

"靠边停车！"

我坐到了副驾驶上，我不相信李璐会开得比我还快，至少没有她说的那么厉害。车子启动，速度很快就提了起来，她的车速越来越快，并且开始不断地超车变道。她的确开得比我快，我系上了安全带，可是她急促地过弯和超车还是将我甩得左右摇晃，我觉得她的速度已经突破了我能够承受的底线。开了不到十公里，李璐靠边停下了车，我的脸色都变了，她的确没有吹牛，她开得比我好多了，而且还比我更大胆。

"我没骗你吧？"

"嗯。是，不好意思。"

"有什么不好意思的？"

"没什么，没什么。"

我不再飙车了，不再能找到什么快感，再与林硕喝酒时也觉得没有意思。我想要见到李璐，可是又不愿意见到她。这一切都与她有关系，我爸爸所说的我现在的生活中所有主要的事情除了他想要的和李璐好好相处之外其它的我都觉得没有意思了。我觉得我很想见到李璐，我爱上她了。

爷爷去世的消息传来时我和李璐正在一起吃饭，这是我从来没有想到过的问题，我知道当我每一次见到他时他的身体状态都大不如前，可我却从来没有想到过他有一天会离我而去。爷爷走得突然，我无法见到他的最后一面，我和李璐已经成为了关系很好的朋友，我那天问她愿不愿意和我回贵阳去，她说她考虑一下。在我订机票之前，她告诉我，她愿意和我一起去贵阳。

爸爸在电话里声音沙哑，而且有些慌乱，我了解他，他很少会这样。爷爷的葬礼办得很气派，我作为长孙来读祭文，祭文是爸爸写的。爸爸不善于言语表达，他的祭文和他说话一样，没有任何辞藻修饰，只是在不断地重复还有什么事情没有为爷爷做，还有什么事情不能再为爷爷做。出殡的那天清晨贵阳的雾很大，一切都显得很不真实，我跟在爸爸的身后，总觉得像回到了奶奶去世的时候。爷爷去世，爸爸表现得看上去没有奶奶去世时那么难过，可事实不是这样的，我知道爷爷的离开对爸爸的打击更为严重，因为，他是一个孤儿了。

我和李璐离开贵阳回北京的那天，爸爸带我去了他公司的办公室，办公室很气派，墙上依然是一张他和省长的合影，一张我在广州时和张学友的合影，我看上去很幼稚很好笑。

"李璐跟我说你已经不怎么出去和林硕他们玩了。"爸爸说。

"嗯。也没什么意思。"我说。

"那就回去好好学习吧，我也不了解你学的这个专业，音乐剧，我弄不懂，你跟你妈似的，你妈当年写的那些诗我一首都看不明白。"爸爸说。

"我怕我学不好。我怕我没这方面的天赋。"我说了实话。

"有什么好怕的，你觉得你爸爸有做生意的天赋吗？你爷爷是做生意的吗？不是的。"爸爸说。"这东西要有什么天赋，想做就去做就行了。"

"你不明白。"我说。

"我都明白。不过我希望你毕业了还是能回来帮我，别人毕竟是别人，肯定不如自己的儿子信得过。"爸爸说。

我没有回答他。

回到北京之后正逢音乐剧《猫》来中国演出，我和李璐一起去看了这场音乐剧。就像我看《西区故事》时一样,我同样地被吸引了,可我不再觉得恐慌,也不再怀疑自己。我想起了爸爸说的话,并不是那句"这东西要有什么天赋,想做就去做就行了",而是他说的,我不了解你学的这个专业,音乐剧,我弄不懂。我这才知道能够带我完全摆脱爸爸控制的就是音乐剧,就是我现在所学的专业,爸爸说他弄不懂的东西,我曾经因为对自己天赋的怀疑而放弃自己,将自己至于无限的虚无之中,现在我又把它找了回来。

从大二开始我没有缺过一节课,没有缺席过一次排练,在完成作业参与集体排练的同时,我还在私底下给自己加小课,这时候我才完全热爱上了音乐剧。它使我有了生命力,有了激情,有了面对一切虚无的勇气。

林硕他们的活动我再也没有参加过,我也再没有飚过车,他们中会不断地加入新人,发现新的游戏,后来林硕和他们中的另外三个人慢慢和娱乐圈有了接触,他们得到了一直想要拥有的名号,但对于我来说,这已经不是很重要的事了。

大三的时候我开始参与班上的大戏的主要角色,我不断地用自己的努力在弥补着自己天赋上的不足,也慢慢地发现爸爸说的那句话"想做就去做就行了"也一直在影响着我。我和李璐确定了恋爱关系,在从爷爷的葬礼回来之后,我们经常一起去看音乐剧看话剧看画展,我似乎又回到了自己刚到北京时的那种状态。我开始越来越喜欢北京这座城市,我想要留在北京,在这里生活,过完全由自己掌控的生活,做一名音乐剧演员,拥有完全属于自己的人生。

## 第十六章　爸爸

在婚礼司仪的引导下，负责接新娘的一行人一起合了影，在快门按下的同时，纸质的筒花礼炮的声音在我身后响起，彩色的纸屑从我的头顶上落下来，然后大家一起喊着司仪要喊的口号，热热闹闹地上了各自要上的车。我的伴郎看上去比我还要紧张，他在上车前还在问司仪自己要注意的事情，左手捧着花，右手在不断地摸自己的鼻子，可能这个行为能够缓解他的紧张，婚礼当天他在不断地用右手摸着自己的鼻子。车队缓缓开动，天气很好，是这个城市难得的大晴天，所有人都沉浸在一种欢愉的气氛里，包括我自己，在迎亲的车队开动之前，我想我还没有强烈的感受到作为新郎的那种奇特的感觉，而在车子匀速前进的过程中，我像是坐在将要开动的过山车上一样，心里开始紧张起来，而我的伴郎倒是放松了一些，不再喋喋不休问司仪同样的问题。

接亲车队的行驶路线是很早前就规划好的，而由于璐璐的家并不在本地，所以在结婚前的一天，璐璐和她的家人便住进了我们家的酒店里，这是我们家在贵阳的第二家酒店，也是贵阳的第一家五星级酒店，可其实酒店这个行业并不赚钱，或者说赚钱的不是业主，而是管理公司，无论生意如何，管理公司赚的钱是不会少的，而我们家，从来就没有从酒店里赚到过一分钱。璐璐她们家将要参加婚礼的其他亲戚也都在那天陆续到达住进了酒店里。于是那个酒店的顶层便做了简单的布置，成了她暂时的娘家。这一切的规划和准备都由旁人去做，我并不用去操心这些事情，也是因为这个原因，在婚礼举办之前，在每个人都忙忙碌碌的时候，我倒成了最清闲的一个人，就好像这场婚礼与我并无太大的关系似的。填完喜帖的那天晚上我一夜没睡，第二天天快亮的时候我睡了过去，后来璐璐叫醒我吃了早饭，吃完早饭后我又继续睡觉，后来璐璐也没有再叫我，家里人也没有叫我，我一直睡到了当天晚上，简单吃了点东西之后又继续睡了。这一觉睡得我之后的几天里都不太舒服，有些无精打采，看着其他人忙忙碌碌地准备着我的婚礼，总觉得自己有些奇怪。

璐璐穿着漂亮的婚纱，坐在酒店的大床上，整个婚纱像一朵花一样开在上面，这是我按照习俗递完红包，璐璐房间的门打开的一瞬间我所看到的画面，她的左脚上穿着金黄色的皮鞋，而另一只脚则空在一边，我先是将伴郎手中的花交给了她，然后迅速地环顾四周，我的伴郎也加入进来，帮我找那只藏起来的鞋子。当我找到那只鞋子，轻轻地帮璐璐穿在她的右脚上的时候，整个房间里响起了欢呼声，我在欢呼声里一把将她抱了起来，在人群的簇拥下走出了她的房间。

当我将璐璐抱上我家楼梯的时候，头顶上的纸质筒花礼炮又响了起来，那些彩色的纸屑就像接亲车队离开时一样，在我的头顶上飞舞着。像在梦里一样，在一种特殊的氛围里，我的婚礼在进行着。

下午的婚礼似乎已经完全与我毫无干系，一切都听从婚礼司仪的安排，按照他的要求进行着。我和璐璐都有些累。婚礼现场布置得很隆重，舞台上的灯光烤着我们，看着下面一桌桌热闹的人，在某个瞬间，我倒是有一种错觉，觉得自己好像在舞台上表演一般。那天下午最开心的人其实是我的父亲，他像一个孩子一般放肆地笑着，看着站在舞台上的我。

看着开心的爸爸我突然间想起了小时候的一件事情，那时候妈妈刚刚离开，而爸爸的运输业也才刚刚开始不久，有时候他不知道该如何安置我，便带着我去他的车上和他一起去一些地方。有一次他的车坏在了路上，在毫无人烟的大山里面，那是一个冬天，大山里还是有一些冷，爸爸先是试图自己来修好汽车，可结果却失败了。后来他在路上拦下了几辆车想要寻求帮助，可是那些车都离开了，有一辆车答应帮助去找人来帮助爸爸可是却再没有回来，爸爸有些恼火，不断地用拳头砸着方向盘。后来他发现了我在看他，他便停止了这个动作，打开车窗抽起了烟。天黑之后他为了哄我入睡，便一直冲着我笑，安慰我说睡着了车就好了。后来我忘了我自己什么时候睡着了,第二天醒来的时候和爸爸一起做运输的那个叔叔前来援助,修好了爸爸的车,我们一起回到了家里。而那个叔叔,就是后来蒙着脸拿着刀突然间跳在我面前的那个人。这些事情对爸爸造成的伤害其实超过了对我造成的伤害,爸爸从此不再相信任何人,每一个时刻都将自己绷紧,甚至是在我的面前,直到在我的婚礼上他再次像个孩子一样的放肆的笑着的时候。

毕业之后我留在了北京,成为了一名音乐剧演员,我的第一次演出爸爸从贵阳赶来观看了,他对我的评价很高,虽然我明白他其实不是很明白这件事情的评价标准。此后的演出爸爸没有再来看过,而我也留在北京,成为了一名职业音乐剧演员,爸爸再也没有提过要我回去接班的事情,他没有再干涉过我的生活。我完全掌握了自己的人生。

婚礼结束时舞台上的灯关掉的一刹那,我突然间有些看不清楚下面坐着的人,闭了好久的眼睛才又慢慢缓过来。带着璐璐挨着桌子敬酒的时候,我才反应过来,那些在我记忆里显得那么重要的人,他们都没有来,这样的感觉让人有些不适,就好像自己从未经历过一些事情一样。婚宴结束后送客人离开时我看着璐璐说,时间过得真快,就感觉彷徨着彷徨着好多年就过去了。璐璐沉浸在做新娘的喜悦里,并没有仔细听我的话,她抬头看着我说,你说的这话真奇怪,瞎想什么呢!

想起来小的时候,因为有些贫血爸爸带我去了医院里,医生给开了几瓶补血的糖浆,都是黑色的玻璃瓶子,我冲着爸爸喊,我抱,我抱。爸爸很高兴,说,好好好,闹闹抱,闹闹抱。然后便把那几瓶糖浆给了我,出医院门的时候爸爸蹲下来系鞋带,我自己抱着糖浆往前走,走到医院门口要下台阶的时候,爸爸在后面喊,闹闹,闹闹,我一边回头答应一边往前走,一个趔趄,几瓶糖浆一起掉到了地上,啪,玻璃瓶全都碎了。

在我快要结婚之前,爸爸在一次游泳时腿抽筋了,这是他第一次在游泳时抽筋,并且,他只游了十几分钟而已。我去游泳池边看他,他颓丧的坐在椅子上,看着我很久没有说话。

过了很久之后,他看着我说。

"儿子。我老了。"他说。"我希望我的事业能有人继承,辛苦了一辈子,不想看着它荒废。"

"爸,我明白你的意思。只是我……"

我没有说完这句话,我也没有回应爸爸的要求。

在北极地区生活的人,他们要去百米高的海边悬崖上去取鸟蛋,家族中最有经验的男性来做这个工作,他的孩子们在上面用一根绳子牵着他。他在悬崖上赶走鸟,拿走它们的蛋。而每下去一次悬崖,也就拿到十几只鸟蛋而已,为了这十几只鸟蛋,他可能会失去自己的性命。我的父亲一直就在做这样的事情,他为我们一家取鸟蛋,并且随时面临着危险。现在他老了,需要我去做这份工作。他的公司已经很具规模,也需要良性的发展下去,如此庞大的家业,需要有人去继承,去将它保护和发展起来。可我已经有了自己的事业和人生,我成为了一名职业音乐剧演员,并且能够在一部音乐剧中担当主演,我的人生也在沿着一个越来越清晰的轨道走下去。

这一刻,我不知道该如何抉择。

## 图书在版编目（CIP）数据

因，父之名 / 李京怡著．—济南：山东画报出版社，2014.1

ISBN 978-7-5474-0836-0

Ⅰ．①因… Ⅱ．①李… Ⅲ．①小说－中国－当代 Ⅳ．①I247.5

中国版本图书馆CIP数据核字（2013）第177006号

| | |
|---|---|
| 责任编辑 | 徐峙立 |
| 装帧设计 | 王　芳 |
| 主管部门 | 山东出版传媒股份有限公司 |
| 出版发行 | 山东画报出版社 |
| 社　　址 | 济南市经九路胜利大街39号　邮编 250001 |
| 电　　话 | 总编室（0531）82098470 |
| | 市场部（0531）82098479　82098476(传真) |
| 网　　址 | http://www.hbcbs.com.cn |
| 电子信箱 | hbcb@sdpress.com.cn |
| 印　　刷 | 山东临沂新华印刷物流集团 |
| 规　　格 | 148毫米×210毫米 |
| | 11.625印张　300千字 |
| 版　　次 | 2014年1月第1版 |
| 印　　次 | 2014年1月第1次印刷 |
| 印　　数 | 1-6000 |
| 定　　价 | 35.00元 |

如有印装质量问题，请与出版社总编室联系调换。

建议图书分类：畅销　青春小说